Du même auteur chez le même éditeur :

Annie Dunne, 2005.
Un long long chemin, 2006.
Le testament caché, 2009 (« Folio » n° 5172).
Du côté de Canaan, 2012 (« Folio » n° 5687).
L'homme provisoire, 2014.
Des jours sans fin, 2018 (« Folio » n° 6627).
Des milliers de lunes, 2021.

Au bon vieux temps de Dieu

COLLECTION DIRIGÉE PAR JOËLLE LOSFELD

Titre original : *Old God's Time.*

ISBN : 978-2-07-302242-4

À Merlin, mon fils

La licorne sera-t-elle disposée à vous servir ?

Livre de Job

Chapitre un

Au cours des années soixante, le vieux Mr Tomelty avait ajouté une annexe incongrue à son château victorien. Un logement de taille certes modeste, néanmoins avec quelques touches plaisantes, peut-être destiné à héberger un parent. En tout cas, le travail d'ébénisterie y était d'excellente qualité, et l'un de ses murs recouvert de « beau bois » verni captait la lumière pour la restituer sous forme d'une délicate ombre brune.

C'était dans cet appartement, où il y avait une petite chambre pleine d'échos, une minuscule entrée, quelques centaines de livres encore en caisses et deux vieux étuis à fusil de l'époque où il était soldat, que Tom Kettle avait, selon ses propres termes, « échoué ». Les livres permettaient de lui rappeler, au cas où il oublie, ce qui lui arrivait parfois, quelques anciens intérêts. L'histoire de la Palestine, celle de la Malaisie, les vieilles légendes irlandaises, les dieux jetés aux oubliettes, cette bonne dizaine de sujets où il avait un jour plongé son nez curieux. Le bruit de ressac au pied de la baie vitrée était ce qui l'avait d'abord attiré, mais tout en ce lieu lui plaisait – l'architecture faussement gothique avec des créneaux inutiles au bord du toit, le carré de haies dans le jardin qui permettait de profiter du soleil à l'abri du vent, les jetées en granit écroulées sur la grève, l'île tapie toute proche, jusqu'aux égouts presque effondrés qui se déversaient directement dans la mer en contrebas. Les paisibles bassins naturels lui rappelaient le bambin facilement émerveillé qu'il était soixante ans plus tôt, les cris lointains d'enfants actuels et invisibles en train de jouer dans leur jardin créant un contrepoint qui le tourmentait vaguement. Tom se dit qu'il était doué pour le vague tourment. La pluie battante, le soleil battant, ces pauvres héros de pêcheurs qui tentaient de revenir à la rame dans le courant féroce alimentant le petit port en pierre aussi propre et agréable que New Ross, où il avait travaillé en tant que jeune policier – tout ça lui paraissait délicieux. Même là, en hiver, tandis que la saison ne manifestait qu'une dureté hostile.

Tom aimait passer du temps dans le fauteuil en rotin délavé par le soleil qui trônait au centre du salon à fumer ses cigarillos, les pieds vers le murmure émouvant de la mer. Il observait les cormorans sur le décor de rochers noirs à gauche de l'île. Son voisin avait installé sur sa terrasse un trépied pour son fusil et parfois, le soir, abattait des cormorans ou des mouettes innocemment perchés là, persuadés de se trouver à l'abri des préoccupations humaines. Les volatiles tombaient comme des canards de foire. De la manière la plus pacifique et la plus discrète qui soit. Tom n'était jamais allé sur l'île, mais, en été, il avait vu des groupes s'y rendre en barque. Les loueurs penchés sur leurs rames, le courant entourant la quille. Tom n'était jamais allé sur l'île, et il n'en avait pas envie, ça lui suffisait de l'observer. Il s'en satisfaisait. Pour lui, c'était tout l'intérêt de la retraite, voire de l'existence – être inactif, heureux, sans utilité.

En cet après-midi paisible de février, il fut dérangé dans son antre par quelques coups frappés à la porte. Depuis neuf mois qu'il vivait là, il n'avait pas eu le moindre visiteur, à part le facteur et, une seule fois, Mr Tomelty en personne, dans sa tenue de jardinier, venu lui demander s'il n'aurait pas un peu de sucre, que Tom n'avait pu lui procurer. À cause d'un léger diabète, il ne prenait jamais de sucre. Mais à part ces deux visiteurs, il avait été le seul occupant de son royaume et de ses pensées. Pourquoi disait-il ça alors que sa fille lui avait rendu visite une bonne dizaine de fois ? Ce n'était pas comme si Winnie le dérangeait, et puis, c'était son devoir de la divertir. Son fils, en revanche, ne venait jamais, non parce qu'il n'en avait pas envie, mais parce qu'il habitait et travaillait au Nouveau-Mexique, tout près de la frontière avec l'Arizona. Il était médecin remplaçant dans un pueblo.

Mr Tomelty avait divisé sa propriété en différentes parties : le logement de Tom, l'appartement avec le grand salon, et bien sûr celui de la Tourelle, qui depuis peu, et sans avertissement préalable, était occupé par une jeune mère et son enfant arrivés en plein hiver, juste avant Noël, au cours d'une rare chute de neige. Il ne faisait aucun doute que Mr Tomelty était un logeur efficace. Sans doute riche, puisqu'il possédait cette demeure, Queenstown Castle, de même qu'un imposant hôtel sur le front de mer à Dún Laoghaire, The Tomelty Arms, un nom quelque peu aristocratique. Mais son apparence la plus fréquente, du moins pour ce que Tom en savait, c'était celle d'un jardinier courbé par l'âge qui passait dans l'allée sous la baie vitrée avec une brouette grinçante tel un personnage de conte de fées. Tout l'été et tout l'automne, le vieux Mr Tomelty avait fait la chasse aux mauvaises herbes, les arrachant et les ajoutant à un tas de compost de plus en plus haut. Seul l'hiver avait interrompu sa tâche.

Les coups se firent de nouveau entendre, implacables. Puis, pour faire bonne mesure, la sonnette. Encore et encore. Tom souleva son corps massif et volumineux du fauteuil sans plus attendre, comme pour répondre au devoir – ou peut-être simplement par souci d'humanité. Pourtant, il se sentait profondément contrarié. Il avait appris à aimer cette intéressante absence d'activité et cette solitude – peut-être trop, se dit-il, car le devoir l'habitait encore. Quoi qu'on en dise, l'impératif titubant de quarante ans passés dans la police.

Il distingua à travers la porte vitrée la silhouette de deux hommes possiblement vêtus de costumes sombres – mais c'était difficile à dire, parce que le grand rhododendron derrière eux leur conférait un halo noir comme l'encre, et que la lumière du jour était en train de perdre de sa puissance. C'était pendant les quelques semaines où les rhododendrons fleurissaient malgré le vent, le froid et la pluie. Tom remarqua l'agitation des silhouettes derrière le verre dépoli – ces gens n'étaient pas sûrs d'être bien accueillis. Peut-être des mormons.

Les charnières de sa porte d'entrée étaient un peu défaillantes, et le bord inférieur du battant frottait contre le sol, ce qui laissait une regrettable marque en forme d'éventail sur le carrelage. Tom ouvrit, la porte poussa son petit cri aigu et, à sa grande surprise, il découvrit deux jeunes inspecteurs de son ancien service. Il se sentit perplexe, voire un peu inquiet, pourtant, il les reconnut tout de suite. Il n'aurait pas su dire leur nom, mais presque. Comment ne pas les reconnaître ? Ils avaient cette inimitable tenue de civil qui signalait qu'ils n'étaient justement pas des civils. Et le visage mal rasé des hommes qui se lèvent tôt. Que Tom le veuille ou non, ce qu'ils dégageaient le ramena aussitôt à ses débuts dans la police, et à son improbable innocence d'alors.

— Comment allez-vous, Mr Kettle ? demanda celui de droite, un grand et imposant jeune homme avec une moustache comme un coup de pinceau, presque hitlérienne, en réalité. J'espère que notre visite ne vous dérange pas trop ?

— Pas du tout, pas du tout, vous ne me dérangez pas du tout, vous ne me dérangez pas, dit Tom en s'efforçant de dissimuler son mensonge. Vous êtes les bienvenus. Tout va bien ?

Combien de fois avait-il apporté des nouvelles non sollicitées à des gens chez eux, combien de fois avait-il interrompu leurs pensées intimes et leur solitude onirique pour, inévitablement, les accabler de soucis ? Ces visages pleins d'espoir et d'inquiétude, cet air ahuri, parfois. Ces larmes terribles.

— Vous entrez ?

Ils s'exécutèrent. Et une fois la porte franchie, ils annoncèrent leurs noms – le costaud s'appelait Wilson et l'autre O'Casey –, lesquels, de fait, disaient quelque chose à Tom. Puis ils échangèrent quelques plaisanteries sur la météo abominable et le confort de ses quartiers – très douillets, d'après Wilson. Tom alla préparer du thé dans la petite cuisine. Laquelle ressemblait presque à celle d'un bateau. Il demanda à Wilson d'allumer le plafonnier, le jeune homme mit quelques instants à trouver l'interrupteur et s'exécuta. La faible ampoule ne faisait que quarante watts, Tom devait toujours la changer. Il faillit s'excuser pour les caisses de livres, puis se ravisa. À son invitation, les deux jeunes types prirent place. Ils lancèrent quelques remarques anodines sur le métier à travers le rideau de perles avec l'aisance bienheureuse des hommes qui exercent une profession dangereuse. La police était comme la mer, pleine du sel du danger. Ils paraissaient plutôt à l'aise avec Tom, mais respectueux de son rang, ou alors, justement, du fait qu'il n'ait plus de rang.

Tout en parlant, Tom se sentit obligé, allez savoir par quels dieux régnant sur cette imitation de château, de jeter de temps en temps un coup d'œil à la mer sombre aux reflets cuivrés peu à peu grattée par une obscurité toujours plus dense. Il était quatre heures de l'après-midi, et la nuit s'insinuait en engloutissant tout sur son passage, jusqu'à ce que seules les faibles lumières des réverbères de Coliemore Harbour éclairent l'eau sur quelques mètres, mouchetant des vagues de plus en plus noires. Le phare Muglins, situé derrière l'île, s'allumerait bientôt et, encore plus loin, à une distance que Tom ne pouvait évaluer, vers l'horizon, celui de Kish déclencherait sa grosse lampe pour balayer laborieusement les eaux agitées. Tom pensa aux poissons qui s'y planquaient comme des gamins. Y avait-il des marsouins à cette période de l'année ? Des congres lovés dans l'obscurité. Des lieux jaunes avec leur corps de plomb et leur indifférence à se faire attraper, comme des criminels sans talent.

Bientôt, la théière et trois tasses surgirent sur la vieille table indienne que Tom avait un jour remportée à un tournoi de golf. Les vrais bons joueurs, Jimmy Benson et, comment il s'appelait déjà, ah oui, McCutcheon, souffraient de la grippe qui sévissait à l'époque, alors, en dépit de ses piètres talents, Tom avait gagné. Cette idée le faisait toujours sourire, sauf là. Le plateau en nickel prit une teinte argentée dans la lumière.

Tom était un peu gêné de ne pas avoir de sucre à leur proposer.

Il fit pivoter le fauteuil en rotin face à eux et, puisant en lui une ancienne amabilité qu'il n'était pas sûr de posséder encore, il s'y installa avec un grand sourire en le faisant grincer. Il sentit néanmoins dans son sourire une limite qui l'empêchait d'atteindre son ampleur d'antan. Un vrai accueil, un vrai enthousiasme, une vraie énergie lui paraissaient risqués, sans qu'il sache pourquoi.

— Le chef nous a dit que vous pourriez peut-être nous aider au sujet d'une affaire, annonça O'Casey, le deuxième homme, qui était, comme par contraste, long et mince, avec cette maigreur prononcée qui faisait que tous les vêtements paraissaient trop grands sur lui, au désespoir de son épouse, s'il en avait une.

Tom laissa le thé infuser dans la théière en ballottant la tête d'un côté et de l'autre. Lorsque son ami l'inspecteur Butt était arrivé de Bombay dans les années soixante-dix pour tenter d'appréhender les bizarreries du maintien de l'ordre à l'irlandaise – pas d'armes à feu, Ramesh ne s'en remettrait jamais –, Tom avait découvert chez lui cet adorable geste et l'avait étonnamment adopté. Ça allait de pair avec la table.

— Bien sûr, répondit-il, je serai toujours là en cas de besoin, je l'ai dit à Fleming.

C'était en effet ce qu'il avait dit, et à regret, au commissaire Fleming en quittant Harcourt Street par la grande porte en ce dernier jour avec un mal de tête lancinant suite aux adieux de la veille – non parce qu'il avait bu, car il ne buvait jamais la moindre goutte d'alcool, mais parce qu'il n'avait regagné son lit qu'au petit matin. La redoutable Mrs Carr, la « mère » de June, June étant la femme de Tom, les avait scandalisés lorsqu'ils étaient encore un tout jeune couple avec de petits enfants en insistant pour que Joe et Winnie, les petits en question, soient au lit à six heures du soir jusqu'à leurs dix ans révolus. Mrs Carr était une harpie, mais à ce sujet, elle voyait juste. Le sommeil est la mère de la santé.

— On a un truc qui nous tombe dessus, et il s'est dit, le chef s'est dit, que ça pourrait être intéressant d'avoir votre point de vue, dit l'inspecteur. Et puis, aussi...

— Ah bon ? dit Tom, d'un air vaguement intéressé, mais aussi avec une étonnante réticence, voire de la crainte – au fond, tout au fond de lui. Vous savez, les gars, la vérité, c'est que je n'ai pas de point de vue... En tout cas, j'essaie.

Ça les fit rire tous les deux.

— On comprend, dit O'Casey. Le chef a prévenu que vous pourriez dire quelque chose dans ce goût-là.

— Comment va le chef ? demanda Tom d'un ton qu'il voulait banal.

— Seigneur, il pète le feu. Il est immortel.

— Non.

Peut-être était-ce une référence à l'épisode de double pneumonie dont le chef avait souffert après avoir passé une nuit ligoté dans un champ à Wicklow – l'œuvre de deux truands. On l'avait retrouvé plus mort que vif, le pauvre. Mais cette description s'appliquait aussi aux truands quand les flics en avaient fini avec eux au poste, que Dieu les pardonne.

Tom servit le thé et leur tendit leurs tasses avec attention, bien décidé à ne pas laisser ses grandes mains renverser une seule goutte. Il crut que Wilson cherchait les morceaux de sucre, mais non, mais non.

— Je comprends bien que vous avez fait du chemin, un long trajet jusqu'ici. Cependant..., commença-t-il.

Il voulut ajouter quelque chose, mais ne trouva pas les mots. Il était grand temps qu'on lui foute la paix, voilà ce qu'il avait envie de dire. Qu'on laisse les retraités partir l'esprit tranquille – et qu'on mette vraiment les petits jeunes au boulot. Tom avait passé sa vie de flic à fréquenter des méchants. Au bout de plusieurs décennies, ça mettait un coup à votre foi en la nature humaine. C'était un premier enterrement, avant le vrai. Pourtant, Tom avait à nouveau envie de croire en quelque chose. Il voulait profiter de l'abondance des minutes, de celles qu'il lui restait, en tout cas. Il avait envie de moments bienheureux et paisibles. De...

De l'autre côté de la fenêtre, une mouette tomba tout droit. Du coin de l'œil, il vit la créature blanche en chute libre, et ça le surprit tellement qu'il sursauta. Bien sûr, à cette époque de l'année, le vent de la mer se levait en général après le coucher du soleil pour fouetter les murs de la maison, prenant même les mouettes au dépourvu. Mais celle-ci était d'un blanc tellement étrange dans la lueur de l'ampoule du salon, tellement inaccessible, comme un suicide ou une exécution, que l'espace de quelques instants, Tom se sentit perturbé. Ni Wilson ni O'Casey ne paraissaient l'avoir vue, alors qu'ils étaient plus ou moins face à la fenêtre. Ils avaient seulement remarqué l'air effaré de Tom. Celui-ci nota que Wilson se ressaisissait d'instinct, prêt à changer de tactique. Cesser de foncer tête baissée tel un taurillon fou. Sa formation à la vieille caserne de Phoenix Park reprenait le dessus. Ne pas effrayer le témoin. Tom serait-il donc un témoin ?

Wilson se radossa à sa chaise et but trois gorgées. Tom se dit qu'il n'appréciait sans doute pas le thé qu'il lui avait préparé. Pas assez infusé pour un flic. Pas assez froid, ou pas assez vieux. Ni assez sucré.

— Vous êtes vraiment bien installé, ici, vous savez, dit Wilson.

— Ouais, dit Tom avec un soupçon de frayeur demeurant dans la voix. Vous disiez ?

Wilson avait tenté une approche plus personnelle. Essayé quelque chose. Il pense sans doute que je suis devenu gaga, se dit Tom. À force de déballer des portions individuelles de fromage. O'Casey but son thé cul sec, comme un cow-boy son whisky.

— Vous savez, dit Wilson, quand ma mère est morte, on était encore des gosses, ma sœur et moi, et mon 'pa a voulu venir vivre ici. Les maisons ne coûtaient pas cher au village, sauf qu'il n'y avait pas d'hôpital à proximité. Le plus proche, c'était Loughlinstown, et comme mon père était infirmier de nuit...

— Sapristi, dit O'Casey avec la sincérité que seul un ami peut offrir, je suis désolé pour ta mère.

— Non, non, c'est bon, répondit Wilson d'un ton chaleureux, généreux. Moi, j'avais onze ans. Ma sœur, elle, elle n'avait que cinq ans. Pour elle, ça a vraiment été la merde.

Quoi que Wilson ait espéré obtenir en évoquant ce souvenir intime, ce fut contrecarré par la mélancolie qui envahit ses traits, comme si, malgré le courage dont il avait fait preuve à onze ans, il ressentait tout à coup de la tristesse, peut-être même pour la toute première fois. Aucun des trois ne dit un mot. Il y avait soudain quelque chose de bien plus noir dans l'obscurité de la fenêtre. Laquelle fit penser Tom au goudron fondu dans les tonneaux et aux cantonniers. Cette délicieuse odeur âcre. Il aurait tiré les rideaux, s'il en avait eu, pensa-t-il. C'est ce que les gens faisaient dans les films. À la place, il se leva et alluma la petite lampe marron avec un bouton sur son pied lourd posé sur la petite table. Il avait déménagé cette lampe une demi-douzaine de fois. Lorsque Joe était encore petit et qu'il avait du mal à s'endormir, Tom s'allongeait sur le lit d'appoint avec son fils sur la poitrine, et Joe appuyait encore et encore sur ce bouton, tellement il aimait le clic. Tom prenait soin de la débrancher au préalable, il ne voulait pas faire discothèque. Comme c'était agréable d'avoir ce petit corps long et chaud – à un an, Joe était déjà très grand – sur lui, tous les deux en train de sombrer dans le sommeil. Parfois, June devait venir le réveiller et remettre Joe dans son lit à barreaux. C'était un vieux souvenir, pourtant, aujourd'hui encore, ce petit clic lui procurait du plaisir. C'était ridicule. Tom aimait les quelques objets qu'il possédait, il les aimait sincèrement. Il rit plus ou moins, mais pas tout à fait – il se contenta d'un gloussement étouffé – parce que même si ça l'amusait, il continuait à songer à la confession de Wilson. Celui-ci avait laissé le souvenir de sa mère morte flotter dans la pièce, de même que les difficultés rencontrées par sa sœur. Tom se demanda à quoi ressemblait la sœur. Encore une pensée stupide. Il avait soixante-six ans, il ne cherchait pas à se caser. N'avait-il pas épousé une jolie fille ? Ça, personne ne pouvait le lui enlever. Aussi brune que Judy Garland. Mais tout ça, c'était du passé. Les policiers, qui font souvent de longues journées, sont généralement épuisés à six heures du soir, uniquement bons à boire quelques pintes en compagnie masculine, alors ils ont l'habitude de guetter les jolies sœurs de leurs collègues, au cas où. Comme s'il avait intercepté les pensées de Tom, Wilson dit :

— Ma mère était d'une grande beauté.

Il dit cela d'un ton détaché, sans plus aucune trace de tristesse. Il s'était vite ressaisi.

— Et finalement, vous n'avez pas déménagé ? demanda O'Casey.

— Non, non, on est restés à Monkstown, en fait. On est restés à Monkstown.

Wilson ne précisa pas si, finalement, c'était une décision sage ou pas. Tom faillit lui demander si son père était encore en vie, mais il se retint. Pourquoi voulait-il savoir ça ? Car en réalité, ça ne l'intéressait pas. Il supposa que la sœur était mariée, maintenant. Il espérait qu'elle se porte bien. Mais pourquoi, pour l'amour du Ciel ? Il ignorait tout d'elle. La mère avait été belle, et elle était morte. Tom supposa que la sœur était sans doute elle aussi d'une grande beauté. C'était probable. Il avait l'impression de voir la mère bronzée dans sa robe d'été, mais sans substance, comme un fantôme, car elle était véritablement un fantôme, désormais. Il se racla la gorge et manqua tout à coup de s'étouffer avec ses mucosités, comme si on le punissait de ses misérables pensées. Il rit, et les gars aussi. Puis plus rien pendant un moment. Tom ne savait que faire. Devait-il proposer de leur préparer à dîner ? Un toast au fromage, messieurs ? Non. Quoique, ne leur devait-il pas ça ? Il lui restait peut-être un peu de jambon au fond du frigo. Il avait un frichti de poulet qui datait de mardi, il en était sûr à quatre-vingt-dix-neuf pour cent.

Peut-être allaient-ils finir par lui révéler la raison de leur visite. Ça pouvait être mille choses. Une longue liste d'injustices. Il regagna son fauteuil, porta machinalement sa tasse à ses lèvres, et constata que le thé était froid. Eh oui. Il fit un signe de tête à Wilson, comme s'il réfléchissait encore à l'annonce qu'il leur avait faite. En effet, il y réfléchissait encore. Perdre sa mère. Sur le moment, ça vous tue, pourtant, il faut bien continuer à vivre. Mais Wilson rayonnait, comme s'il avait atteint le stade de la sagesse et allait faire un commentaire qui éclaircirait et libérerait son auditoire. Tom le surveillait de cette façon discrète qu'il avait travaillée pour que la personne observée ne soit pas consciente de l'être avec autant d'attention. En tant que policier, il était toujours à l'affût de remarques fortuites. Au cours d'un long interrogatoire, lorsque le suspect commençait à fatiguer et à perdre pied, à flancher sous les coups de la culpabilité qui l'atteignaient à la tête ou au cœur, selon le cas, il pouvait dire quelque chose d'apparemment anodin, sans logique visible, mais qui s'avérait bizarrement utile. De petites portes, des trappes même, s'ouvraient peu à peu vers l'issue de plus en plus tentante des aveux. Tentante pour le criminel. Même si les aveux, ça ne serait que le début de ses problèmes. Eh oui. On voulait tellement obtenir une inculpation que ça vous faisait mal, comme une succession de petites crises cardiaques.

Mais Wilson garda le silence. Et s'y consuma comme une modeste bougie.

— Monkstown, c'est tout aussi bien, dit O'Casey.

— La mère de ma femme est morte jeune, elle aussi, évoqua Tom, pensif. La mienne aussi, je crois.

Il fut soudain embarrassé, parce que, en vérité, il n'en savait rien, il le soupçonnait, c'est tout, voire il l'espérait, d'une certaine façon.

— Oui, oui, c'est dur.

— Seigneur, dit Wilson. Mais bon, Mr Kettle...

— Tom, le reprit celui-ci.

Ces trois mères mortes – peut-être seulement deux d'entre elles – hantèrent quelques instants le salon.

— Tom. J'ai apporté des dossiers, annonça-t-il.

Il plongea la main droite dans son manteau et en sortit une longue enveloppe étonnamment sale compte tenu du fait qu'il s'agissait d'un document officiel. Il observa un instant le papier brun taché, comme s'il prenait le temps de s'entretenir avec lui-même. Tom vit ses lèvres s'agiter à la manière de quelqu'un qui fait semblant de chanter à l'église. Wilson s'agita sur sa chaise inconfortable, se préparant à l'assaut, rassemblant ses forces, mais pour l'instant en vain. O'Casey, maigre, calme, la jambe gauche comme détachée de son corps, sa chaussure à un angle qui paraissait douloureux, avait l'air gêné, comme s'il souffrait à la place de son collègue. Ce fut à de petits détails de ce genre que Tom se rendit compte que O'Casey était un peu plus jeune que Wilson, même si ce n'était sans doute pas de beaucoup.

— J'ai presque honte de vous montrer ces dossiers, dit Wilson. J'ai honte. Selon moi, c'est une sale affaire.

Tout à coup, le moral de Tom plongea jusqu'à ses chaussons. Et il fut subitement très conscient de ses chaussons. Peut-être qu'il aurait dû enfiler des chaussures avant d'aller ouvrir, mais ça ne lui avait pas traversé l'esprit. Il devait avoir l'air d'un petit vieux, comme ça. Dans quel état était-il, sinon ? Il s'observa et vit que son vieux pantalon marron aurait bien besoin d'un passage à la laverie. Sa vieille chemise à carreaux et le gilet étaient des éléments de preuve des dîners des semaines précédentes. Il s'était fait couper les cheveux, c'était déjà ça, et il se rasait toujours soigneusement le matin. En chantant « Tipperary », car, par-dessus tout, il appréciait les habitudes, autant que celle-ci puisse être la sienne, car elle était avant tout très irlandaise.

Wilson sortit les dossiers de leur enveloppe abîmée et les tendit à Tom, qui regarda fixement les feuilles froissées, ne reconnaissant que trop bien leur couleur, les parties dactylographiées, les parties imprimées, et le laïus qu'elles contenaient rédigé sans fioritures avec une encre noire. La paperasse, c'était la pénitence du policier. Tom n'avait aucune envie, vraiment aucune, de s'emparer de ces documents, mais il sentit l'impolitesse de son hésitation. Ce n'étaient encore que de jeunes gars, même si Wilson devait aller sur ses quarante ans. Il grisonnait et il avait une petite cicatrice au-dessus de l'œil gauche. Une blessure d'enfance, peut-être. On a tous nos blessures d'enfance, se dit Tom.

Wilson agita les papiers dans sa main : un encouragement envers Tom pour qu'il ploie sous ce joug tant aimé.

— Le truc, c'est qu'on peut agir, maintenant – le petit jeu de ces lascars est terminé, dit-il.

Tom Kettle se consumait du désir de les voir filer, tous les deux. Il ne les détestait pas, loin de là. Il entendait le vent nocturne heurter la façade sur la mer. Il espérait qu'il ne se soit pas mis à pleuvoir. Aucun des deux flics n'avait de parapluie. Peut-être étaient-ils venus en voiture banalisée ? Je vous en supplie, mon Dieu, faites que ce soit le cas. Ou étaient-ils encore trop bas dans la hiérarchie pour qu'on leur accorde ce privilège ? Il y avait plus de chances qu'ils aient pris le train sur Westland Row jusqu'à la gare de Dalkey, puis parcouru à pied le kilomètre et quelques qui les séparait du château. En se laissant peut-être tenter par une pinte au Dalkey Island Hotel en chemin ? Il était tard pour être encore en service. S'agissait-il seulement d'une affaire officielle ? Ou venaient-ils pour leur propre compte, juste comme ça ? Mais ils avaient dit être là sur les conseils de Fleming. N'avaient-ils pas un domicile à rejoindre ? Peut-être que Fleming voulait que tout ça reste en dehors des canaux officiels. Deux policiers trahis par leurs costumes sombres. Qui s'attardaient en chemin devant les belles maisons. Troublés par toutes ces richesses d'origine mystérieuse. Y soupçonnant des crimes ! Progressant entre les murs cossus d'une rue étroite et bien entretenue. En bavardant, ou en marchant lourdement sans un mot. Savaient-ils à quel point ils avaient de la chance d'être jeunes ? Non. Sur le moment, personne ne le sait. Cette pensée fit naître un nouveau sentiment en Tom. Bon sang de bon Dieu, il se sentit tout à coup au bord des larmes. Il espérait que ça ne se voie pas. L'émotion eut l'air de passer avec fluidité, comme une loutre dans un cours d'eau. Il éprouvait de la sympathie pour eux, ces gars durs, jeunes, sûrs d'eux, pleins de convictions. Le bien et le mal. Arrêter les méchants. Obtenir à tout prix leur inculpation. Rentrer le soir auprès de leur femme et de leurs petits. Une vie sans cesse recommencée. Bien ordonnée. Et puis plus rien. Un destin noir. Non, non, là, c'était sa bêtise qui s'exprimait. Tom avait aimé son épouse de toutes ses forces. Qui aurait voulu épouser un policier ? Mais son chagrin étrange face à la formidable légèreté de ces jeunes gars dans cette tenue qui les trahissait… Tom voulait qu'ils partent, il voulait retrouver son petit coin tranquille. Neuf mois, le temps d'une grossesse. Jamais il n'avait été aussi heureux. Oh mon Dieu, comme il avait envie maintenant que ces deux lascars se lèvent avec quelques plaisanteries et même flatteries, repartent en piétinant le gravier de Mr Tomelty et disparaissent.

— Je ne suis même pas sûr que c'était un délit, à votre époque, dit O'Casey d'un air expert, en érudit des lois, en homme instruit.

Posez-moi toutes les questions que vous voulez, semblait-il dire, sur les textes de loi. Allez-y. Les larmes étranges de Tom cédèrent à nouveau, car il se sentait tout à coup sous le charme. L'intelligence, c'était tellement agréable en soi. La lueur de compréhension. Tom avait envie d'éclater de rire, mais il ne le ferait pas, c'était impossible. Il se souvint alors vaguement d'un truc à propos de Wilson, une affaire de suspect quasiment battu à mort. Pire que les agresseurs du chef, bien pire. N'avait-il pas été envoyé dans les comtés frontaliers à la tête d'une unité spéciale ? Eh bien, il fallait croire qu'il était de retour. Wilson. Ou bien Tom imaginait-il tout ça ? Était-ce à force de tout ce temps passé seul ?

O'Casey ajouta :

— J'ose prétendre que non.

— Quoi ? demanda Tom à contrecœur.

— On sait que vous avez eu affaire aux prêtres dans les années soixante. À cette époque…

O'Casey voulut poursuivre, mais Tom l'en empêcha :

— Ah non, mon Dieu, non, les gars, pas ces putains de prêtres. Non, non.

Il se leva avec une grâce et une agilité surprenantes.

Il devait y avoir un certain comique dans cette scène, parce que O'Casey ne put s'empêcher de rire. Mais il réussit à intégrer son rire à la conversation, et puis, Tom Kettle n'était pas homme à se vexer facilement. Il savait qu'il y avait presque toujours du comique dans les affaires humaines, planté en elles tel un couteau tremblant.

— On sait – en tout cas, on nous a dit, on tient nos tuyaux de Fleming. Sapristi, sapristi, Mr Kettle – mais bien sûr, maintenant, ça a changé. Vous comprenez ?

— Je pense que même Dieu n'aurait pas..., dit Tom à contrecœur d'une « petite voix bizarre », comme le soulignerait par la suite O'Casey. C'était horrible. Et il n'y avait personne pour me venir en aide.

Il ne comptait pas dire ça. Mais qu'est-ce qui lui prenait ? Personne pour *lui* venir en aide. Non, il n'avait pas voulu parler de *lui*, mais d'*eux*. Les gars, bon Dieu, rentrez chez vous. Vous me renvoyez à je ne sais quel passé. À des choses misérables. Des ténèbres pleines de crasse et de violence. Les mains des prêtres. Et le silence. Tom Kettle, il ne faut pas s'inquiéter, il prend tout trop à cœur. Un assassinat, car on aurait pu tuer, on aurait pu frapper, poignarder, tirer, mutiler, découper, en raison de ce silence. Il aurait mieux valu ça, assassiner, tuer. C'était ce qu'il ressentait maintenant. De façon brûlante. Et, à nouveau, toute cette humiliation. Toujours là, toujours présente, même après tant d'années.

Il s'était mis debout et il tremblait. Ferait-il une attaque ? Wilson et O'Casey le regardaient, bouche bée. Il faillit à nouveau éclater de rire. Il ne voulait pas d'une attaque, mais d'un autre côté, si ça pouvait faire décamper ces types... Mais qu'est-ce qu'il racontait ? C'était une soirée terrible, vraiment. Le vent soufflait dehors. Il avait sans doute délogé les cormorans dans leurs nids, là-bas, sur la roche noire et froide. Tom aimait ces cormorans, se rendit-il alors compte. Et ce voisin, cet assassin. Avec un Remington de tireur d'élite, si Tom ne se trompait pas. Rien à voir avec le vieux Lee-Enfield qu'on lui avait refilé en Malaisie pour tuer à distance des âmes sans méfiance. La mort infligée par les dieux eux-mêmes. Et pourtant, le voisin était un type bien, un violoncelliste. Qui vous jouait du Bach à n'importe quelle heure. Pour l'amour du Ciel. Pas de doute, après avoir tranquillement batifolé sur l'île, le vent s'en donnait à cœur joie par-dessus le chenal en projetant des seaux, des citernes, des réservoirs d'eau de mer sur les créneaux. Bon Dieu. Une vraie tempête. N'y avait-il donc aucune pitié en ce monde ?

— Je vais vous faire des toasts au fromage, annonça Tom sans enthousiasme.

Chapitre deux

Il était au pied du mur. À l'instant où il évoqua les toasts au fromage, Wilson lança avec un enthousiasme surprenant : « C'est une putain de bonne idée, veuillez excuser ma grossièreté », et la tempête déjà virulente redoubla de ferveur, comme si elle comptait transformer la côte de Dalkey en cap Horn. Wilson ne dit rien à ce sujet, mais pour ce qui était du bruit, le vacarme aurait pu provenir du salon même. Il avait le regard fixe et les yeux grands et humides d'un enfant. Il ne regardait rien en particulier, mais il le regardait fixement. Comme si cette tempête lui faisait peur. Tom se sentit pris d'un élan paternel. En tant que policier de grade supérieur. Il sentit qu'il allait être obligé – pas de doute, il n'avait pas le choix, même s'il risquait de s'en mordre les doigts – de les héberger pour une nuit.

Pendant qu'il s'occupait de faire fondre le fromage sur le pain, il fut ravi qu'aucun des deux gars ne vienne l'aider. Le four était un mystère en soi. Une sorte de grotte humide et maléfique. Tom comptait toujours se mettre à genoux pour le nettoyer avec un chiffon et du détergent, mais au bout de tant de temps, certaines horreurs, il valait sans doute mieux le laisser en paix. Quelques années plus tôt, il aurait pu attraper sans y réfléchir un peu de graisse avec un couteau pour l'étaler sur son pain, mais plus maintenant – il n'avait aucune envie de déclencher un nouvel ulcère. Il fallait laisser les ulcères tranquilles, ne pas les réveiller à coups de graisse. Le défaut de propreté du four n'était qu'un de ces péchés originels qui minaient Tom quand il passait par la cuisine. Il sentait devoir plus ou moins ça à Mr Tomelty, sans que ça soit non plus très clair. Winnie aurait pu lui lancer un coup d'œil assassin pour faire bonne mesure. Y compris en ce qui concernait « l'état des chiottes » comme elle disait. « Tu peux pas laisser une bouteille d'eau de Javel à portée de main ? » aurait-elle lancé d'un ton affectueux et désespéré. Mais Tom savait à quel point le lieu jaune, l'anguille et la limande pâtissaient de l'eau de Javel, or tout liquide qui s'écoulait dans son logement filait par les tuyaux sous le jardin pour rejoindre directement les eaux assassines. Ce que devaient affronter les poissons était déjà assez terrible en soi. La merde et tout le reste, Dieu seul savait quoi d'autre. Lorsque Winnie s'immergeait depuis la petite jetée en béton, ce qui était rare, elle disait que c'était « comme si on lui servait la soupe ». Elle était pleine d'esprit, et tellement intelligente. Études supérieures. Du droit. La fierté de Tom. Elle avait franchi sa première année de fac telle une comète, puis sa mère était morte, et c'était comme si elle s'était vidée. Elle avait continué à vide, obtenu son diplôme et revêtu sa toge drapée de chagrin. C'était comme si elle n'avait plus besoin de rien parce qu'elle n'avait rien. Elle n'avait que Joseph et lui, or ce même Joseph partirait bientôt très loin. La seule chose qu'elle avait jamais évoquée après, c'était un mari, au sens où elle n'en avait pas. Peut-être n'était-ce qu'un détail.

Wilson engloutit son toast au fromage avec la confiance d'un homme qui n'a pas vu le gril. O'Casey l'aborda avec plus de circonspection. Il avait plus d'instinct, se dit Tom en l'observant avec un sentiment proche de l'affection, voire de la commisération. Le jeune gars renifla délicatement le toast en souriant pour ne pas offenser le cuistot.

— *Arra*, pas mal, Mr Kettle, pas mal...

Il blêmit légèrement, mais s'y attaqua avec vigueur.

Winnie n'était jamais allée jusqu'à lui faire un compliment sur sa cuisine parce que, à vrai dire, Tom ne cuisinait pas. Au mieux, c'était de la subsistance, de l'instinct de survie. Il se demanda un instant si les gars auraient aussi bien accueilli le frichti froid dans la marmite suintante : de façon scientifiquement intéressante, l'hiver se condensait sur ses parois extérieures en aluminium. Les compliments avaient toujours éveillé en Tom le sentiment gênant d'une ambition qui le poussait à atteindre de nouveaux sommets. Y compris les compliments teintés d'ironie. C'était ridicule. Les toasts au fromage étaient un plat pour gosses, même si, dans sa jeunesse, le fromage fondu en tranches n'existait pas encore, et encore moins ces tranches de pain anémiques comme coupées à la pelle sur lesquelles les carrés jaunes avaient docilement fondu. Un jaune qui ressemblait très peu à du fromage, en réalité. Il n'y a pas si longtemps, Tom s'était courageusement aventuré à la National Gallery. Il était d'avis que les retraités devaient élargir leur vision calcifiée par une vie réduite à force de travail et d'appauvrissement général. Il bénéficiait d'une carte de transport gratuite, alors il trouvait malvenu de ne pas s'en servir de temps en temps. Il avait pris le bus 8 pour descendre en ville, délaissant sa solitude à la recherche d'amplitude, voire d'une forme de guérison. Il avait erré dans un dédale de peintures sombres, traversé des salles en marbre désertes avec une attitude respectueuse, inquiète, silencieuse – il s'était réfugié dans une alcôve pour éructer discrètement à cause de son sandwich au rosbeef de chez Bewley's – et fini par tomber par hasard sur un tout petit tableau. On découvre toujours les meilleures choses par hasard. Il avait aimé la modestie de cette peinture disposée parmi un déploiement d'efforts bien plus grands. Ce qui aurait dû, selon lui, être la posture d'une âme au milieu des éléphants et des galaxies. Une toute petite « scène rurale ». *Pissarro*, annonçait l'étiquette. Tom la contempla, tout à coup envahi par une furieuse gratitude, par des représentations de la France et de cette campagne française qu'il n'avait jamais visitée, tout en se demandant à quoi lui faisait penser le curieux carré jaune fondu du petit champ de blé – il fut de retour sur Merrion Square avant de comprendre. Au fromage en tranches. Il avait alors considéré son esprit comme dûment élargi.

Puis il s'était rendu au musée qu'il préférait, le musée d'histoire naturelle, un peu plus loin sur Merrion. La cage thoracique et le squelette du grand cerf des tourbières qui ne parcourait plus l'Irlande, la baleine bleue suspendue dans son immense corset d'os, la ferronnerie des escaliers et des galeries supérieures qui formaient partout autour de lui comme l'immense squelette d'une baleine encore plus grande, une baleine à l'intérieur d'une baleine, ce qui le rendait doublement Jonas – un lieu ô combien sacré et bénit.

O'Casey, qui confessa un ulcère, se leva sitôt son toast au fromage terminé et s'immobilisa près du « beau bois », s'y appuyant d'un air inquiet – on vit le lambris ployer légèrement –, la tête tournée, comme en disgrâce, tel un écolier puni. Il porta sa main droite à son front, et il avait l'air de transpirer. « Mais qu'est-ce qui... ? » marmonna-t-il dans les affres d'une grande souffrance qui avait l'air de croître encore. Il agitait la main droite devant son front, et celle-ci donna l'impression de vouloir s'envoler comme un pigeon à une seule aile. Puis il passa la demi-heure suivante aux chiottes, ce qui est un long moment quand on n'est pas chez soi. Les ouvriers de Mr Tomelty ne s'étant pas préoccupés de l'épaisseur des parois, sa détresse et ses combats furent amplement exposés. O'Casey émettait des gémissements et des protestations presque sauvages, en appelant même à l'aide de son dieu. Au cours de la demi-heure, tandis que les vents balayaient le château et que la pluie rebondissait le long des vitres, l'estomac plein, parfaitement à son aise, Wilson sourit et chantonna en laissant parfois échapper un petit rire. Tom était à nouveau ravi, car il aimait l'amitié qui s'exprime ouvertement. Il se dit qu'ils étaient comme des soldats dans une tranchée, tout à vif et à découvert, leur humanité mise à nu. Oui, ça, ça le faisait vibrer. Il exultait soudain à nouveau en présence de ces jeunes gars, même s'il les craignait, leurs mots et eux. La camaraderie entre Wilson et O'Casey révélée dans le chaudron – la caldeira plutôt – de la détresse de l'un, les tripes du pauvre hère recrachant la lave du toast au fromage, manqua à nouveau de faire monter les larmes aux yeux de Tom. Pouvait-il évoquer l'amour, pouvait-il évoquer ce qui rachète les hommes ? Non, exprimer n'était pas une caractéristique de ce moment, ni d'aucun, ou de trop peu, parmi les mâles. Il l'admit à contrecœur. Alors il alla chercher une vieille boîte de poudre pour la digestion qu'il avait lui-même utilisée dans ce genre de situation extrême et la glissa à O'Casey – d'une seule main par l'entrebâillement de la porte afin de ne pas violer une intimité essentielle. La boîte fut récupérée, non brutalement mais délicatement, tel un chien bien dressé qui reçoit une bouchée de la part de doigts humains.

Au bout d'un long moment, il y eut une explosion finale, puis un cri dramatique, puis le silence, et la chasse d'eau retentit d'un air solennel. O'Casey, pâle, épuisé, tremblant de soulagement à l'idée d'être enfin libéré de la souffrance, revint lentement dans la pièce, Wilson tout sourire, hochant la tête, O'Casey balayant tout ça avec grâce et humilité. Tom, soudain un peu exclu par leur belle entente, peut-être en raison de son âge, alla dans sa chambre sortir le lit gonflable de la petite armoire. Ce meuble venait d'une maisonnette, il en était sûr, c'était un objet rudimentaire et local qui n'était jamais passé par un magasin. L'intérieur de ses portes était tapissé avec un journal d'août 1942 qui contenait des publicités pour des bibis et autres feutres ainsi que des nouvelles de la guerre, proposées de façon démocratique, mais désormais redondantes. Seules les araignées et les mites de passage, ainsi que le regard distrait de Tom, pouvaient désormais les lire. Winnie dormait sur ce lit gonflable quand elle lui rendait visite, et il avait l'habitude d'y ajouter ses petits draps et un oreiller en plumes recouvert d'une taie avec des broderies extraordinaires, encore l'œuvre d'un artisan rural inconnu. Ce qu'il y avait de meilleur en Irlande était produit par des mains inconnues. Mais souvent, aussi, les pires crimes.

Tom ignorait comment O'Casey et Wilson s'en sortiraient avec un seul lit, mais le petit canapé pouvait aussi servir, et parce que, de fait, la panique le gagnait, qu'il se sentait comme un hôte dépassé, il lâcha en petit tas le lit gonflable, les draps et l'oreiller, et hocha la tête avec la sagacité d'Archimède, comme s'il était clair que tout le monde avait une solution pour dormir, bien que ça ne soit pas le cas. Mais il avait fait de son mieux, vraiment, il leur avait préparé à bouffer, maintenant il était fatigué, fatigué, et avec quelques mots aussi simples et éculés que de vieilles pièces de monnaie, il alla se pieuter. Il se leva plusieurs fois dans la nuit à cause de sa vessie défaillante, mais sinon, il dormit comme Dracula en son cercueil de terre.

Lorsqu'il réapparut dans l'obscurité chancelante vers six heures du matin, prêt pour sa journée, il trouva le lit dégonflé et roulé comme une grande langue épaisse. Il pensa à un gecko, mais un gecko, ça avait plutôt une langue longue et fine, non ? Les draps étaient pliés très soigneusement, plus aucune trace des gars. Il alla pisser dans le silence austère d'une vie de solitude et secoua la tête en repensant à la soirée de la veille. Sur le moment, il ne trouva pas sa brosse à dents, alors il utilisa son doigt barbouillé de Colgate. Blaireau enduit de savon à barbe et rasoir de sûreté. Et il chanta la vieille chanson, comme il se doit quand on se rase. Il s'arracha les poils des narines. Se faire beau pour les fantômes. Il se dit que les gars devaient être partis à l'aube de façon à attraper le premier bus, à ne pas prendre de retard dans leur mission de police, en quelque sorte, peut-être aussi à se prémunir de toute retenue sur salaire. Qui avait eu droit au lit gonflable, qui au canapé minable ? Tom ne le saurait peut-être jamais. Avaient-ils remporté leurs dossiers ? Oui. Alléluia. Ils ne seraient pas repartis sans. Tom se sentit tout à coup gêné, honteux. Il ne les avait pas aidés, il le savait. Il avait joué le rôle du vieux à la perfection. Il avait l'impression d'être un assassin remis en liberté à cause d'un vice de procédure. Il se sentait aussi minable que le canapé. Il pleura de grosses larmes de culpabilité qui lui consumèrent le cœur, les larmes d'un lâche, pensa-t-il dans sa lâcheté. Il n'avait pas eu la miséricorde de leur donner son opinion quant au contenu des dossiers. Il n'avait pas été à la hauteur de l'effort qu'ils avaient fait pour venir le consulter. Oh, mais comme Tom Kettle avait été sage. Oui, sage. Il avait pu s'extraire de cette écriture saccadée, de cette prose de flic.

Mais il regrettait aussi leur départ, se rendit-il compte avec stupéfaction, il les regrettait comme ses petits, un terrible sentiment de perte dépourvu de logique. Ils avaient passé un bon moment ensemble, malgré tout, rien de plus. Pourtant, Tom se sentait presque en deuil. Il avait apprécié leur discussion. Vraiment. Mystérieusement. Leur chaleur et leur gentillesse. Il se demanda s'il devrait rechercher davantage de tout ça. De contact humain. Il n'en était pas sûr. C'était une idée gênante, un peu comme s'il trahissait une confiance, un secret, mais lequel ?

De toute la journée, rien n'alla. Il ne parvint pas à rester tranquille. Il était incapable de « penser à rien », ce qui était pourtant toute son ambition. Les dossiers continuaient à flotter dans son esprit tels des pigeonneaux qui battent des ailes pour réclamer de l'attention. Nourris-nous, nourris-nous, va nous chercher des vers. Tom aurait eu beaucoup à dire sur ces dossiers, il le savait, il n'avait pas besoin de les ouvrir pour savoir ce qu'ils contenaient. Des comptes rendus abominables d'allégations minables. Devant lesquels son cœur et son âme se seraient volontiers emportés, innocemment, passionnément, bêtement, comme si l'un des anges encombrants de O'Connell sur sa statue dans O'Connell Street avait soudainement agité ses ailes de métal. Avec une force et un empressement dévastateurs. Cette silhouette sombre qui n'avait pas bougé depuis cent ans ! Même le pauvre Nelson perché sur sa colonne grise comme la mer, soufflé le 8 mars 1966 (la date était restée dans sa tête de flic, il l'avait *enregistrée*), n'avait pas dérangé ces anges.

Après avoir mis un peu d'ordre dans ses quartiers et vaillamment tenté d'effacer toute trace de ses invités, comme si ça avait pu lui permettre de les oublier, il s'aperçut qu'il était incapable de mettre de l'ordre dans son esprit aux abois. Il était orphelin de son ancien bonheur. Mais était-ce du bonheur, ou un bonheur suspect ? Non, c'était un vrai bonheur, qui contenait la promesse de la permanence. Or, tout à coup, quelque chose, un geste impitoyable du destin, le lui avait arraché. Tom enfila son lourd manteau, le ceintura et enfonça presque violemment sa casquette sur sa tête, puis fit grincer la porte, lança un regard accusateur au splendide rhododendron – comment oses-tu avoir l'air si satisfait ? – et franchit le portail à la hâte pour partir à l'assaut de la colline sur sa gauche. Sans ces deux types, il se sentait seul. Il était seul. Par moments, des cimeterres de vent violent s'abattaient, s'en prenant à son couvre-chef, ses cheveux, son cœur. La fin de la tempête se comportait comme une diablesse sur la route, un frêne était tombé dans le jardin du voisin, les mouettes offraient leurs cris de compassion. Hauts dans le ciel, des nuages sombres filaient vers l'Angleterre telle une foule sombre et silencieuse.

Une pluie froide se mit à tomber, mais rien que pour lui, pensa Tom, oh oui, et bientôt elle s'infiltra sous le col de son manteau sans demander la permission, lui mouillant la nuque, juste ce qu'il fallait pour craindre une pneumonie mortelle.

Mais à mi-chemin du parc perché sur la colline, le soleil, ce frère timide de la pluie, apparut soudain, porteur sinon de chaleur, tout du moins d'une forme de doux espoir. Tom pensa à ces rares journées d'été où la terre cuisait, où chaque crevasse, chaque perspective élargie était remplie d'une agréable chaleur belliqueuse. Eh bien, ce n'était pas encore ça. Il pourrait alors descendre à la mer par Dillon's Park et retirer tranquillement ses vêtements de vieux, passer son short de bain « neuf » sous sa serviette battante, à la mode irlandaise, puis se diriger vers les profondeurs, nager avec exubérance, mais pas trop loin à cause de ces satanés courants.

Ce short de bain. En juin dernier, porté par l'atmosphère balnéaire de son nouveau lieu de résidence, bien que n'y ayant même pas encore passé une semaine, il s'était rendu au village de Dalkey pour deux raisons. La première, c'était une visite chez le coiffeur qui aurait pu, selon lui, lui donner un petit air estival, mais constitua une douloureuse erreur. Le coiffeur, un garçon de dix-sept ans, appela sinistrement sa coupe la « numéro un », l'expression enfantine pour « faire pipi ». Lorsqu'il en eut terminé avec son rasoir électrique – le même qu'on utilisait pour les brebis – Tom découvrit le résultat avec effarement. Il était hideux, même à ses yeux, alors qu'il n'avait en général aucune opinion sur son apparence. Il n'avait pas de pommettes, et son visage ressemblait à une miche de pain qui n'a jamais levé parsemée de traces de couteau sale. C'était comme s'il s'était rasé la tête dans un geste d'expiation inconscient. Je vais aller faire le tour de l'Irlande à pied et je reviendrai quand ça aura repoussé, pensa-t-il. Personne ne doit me voir comme ça. Puis il se rappela qu'il n'y avait personne pour le voir, qu'il était à la retraite, et avec une facilité admirable, il mit fin à ce trauma.

Puis il entra dans la mercerie mal éclairée pour demander à l'impressionnante dame qui y régnait si elle vendait des shorts de bain. Elle l'avait dévisagé, jaugeant son crâne rasé, qui ne pouvait être dû qu'à des poux et à un défaut de domicile – passant à plusieurs kilomètres du pouvoir d'achat de Tom, pour qui sa pension de retraite était source de grande fierté –, puis avait déclaré qu'elle « en avait un d'occasion, s'il voulait voir ». Faisant ainsi preuve d'humanité, d'obligeance, de miséricorde, de finesse. Tom n'avait pas trouvé les mots pour la détromper, il avait même été gêné à l'idée de faire un essayage, aussi avait-il accepté ce short d'un jaune bizarre que même Pissarro n'aurait pas utilisé. Il avait fait claquer l'étoffe entre ses mains, une fois, deux fois, puis l'avait fait tournoyer dans les airs, comme si, soudain, allez savoir comment, il était devenu expert en vêtements, en résistance des tissus, en façon de les faire claquer, et avait déclaré son profond assentiment. Il lui avait donné les deux billets d'une livre qu'elle réclamait et supporté qu'elle l'emballe dans un papier marron, à croire qu'il s'agissait d'une flasque de whisky à emporter dans la rue. Puis il avait regagné la lumière du soleil comme après une longue incarcération, et, malgré l'obscure humiliation, il jubilait en rentrant chez lui.

La tonte des brebis. Il se remémora la façon dont le frère de la congrégation de Tipperary coinçait une brebis remuante entre ses jambes, la tenait avec habileté et faisait courir les cisailles cliquetantes sur son corps de haut en bas, la laine froide et sale se détachant en plaques solides tel un vêtement déjà tricoté. Une pelure d'orange. Toute la journée à son labeur, les garçons qui lui amenaient les brebis avec des cris et des hurlements devant la nouvelle étable, la sueur qui coulait sur le visage et les bras du frère de Tipperary, les seaux de thé brûlant qu'on lui apportait toutes les heures pour étancher sa soif intense. Tom se revit à la fin du jour, il revit le soleil qui, tel un charbon ardent, faisait flamber la bruyère près de la mer, les garçons couchés par terre à côté de l'énorme tas de laine et le frère de Tipperary qui riait de son triomphe.

Ce soleil-là n'était qu'un lointain cousin du soleil d'été, et pourtant un réconfort, un héraut, une joie. Tom gloussa dans sa barbe, repu, empli, les faibles doigts de ce soleil suffisant à son bonheur. Le short de bain, ça n'était pas pour tout de suite, mais ça viendrait, ça viendrait.

La pluie qui avait détrempé les branches des arbres avait perdu du cœur à l'ouvrage, en revanche, le vent continuait à secouer goulûment tout ce qu'il trouvait, faisant voler les gouttes vers Tom et partout autour, le soleil y ajoutant son éclat et son scintillement pour les transformer en un million de sprats argentés. Soudain, Tom ne savait plus rien. Un instant, il se sentit fou de rage, comme s'il n'était pas lui-même, mais quelqu'un chargé de mener sa vie. Ce putain de frère de Tipperary. Tom eut l'impression d'être un fou en asile sorti faire un tour. Puis il fut pris de découragement, ses souliers de plus en plus lourds, son âme lestée comme un cheval dans une course à handicap. Doux Jésus. Était-il heureux ou dévasté ? En ruine ou sauvé ? Il l'ignorait. Qu'allait-il advenir de lui ? À quoi serait-il bon ? À quoi serait-il bon pour Winnie ou Joseph, pour l'homme en souffrance ? Il s'arrêta sur le trottoir détrempé, se prit la tête entre les mains et fondit de nouveau en larmes, cette fois accompagnées de sanglots et de frissons dans la lumière diluée du soleil.

Des voisins inconnus l'observaient, comme s'il était, peut-être, l'une de ces créatures en soutane. Là, il y avait un célèbre critique culinaire, ici, « l'architecte de l'Irlande moderne ». C'est ce que lui avait appris la receveuse des postes au village. Mais lui, n'avait-il pas été un policier compétent, apprécié pour ses talents de déduction, son intuition et ses brusques inspirations ? Si. Du moins, il le croyait, il le croyait vraiment. Personne ne vient rendre visite à un simple retraité. Les retraités peuvent aller au diable – sombrer dans les ténèbres sans fin où les eaux se referment sur eux –, sauf à disposer de dons surprenants. De dons rares. Il espérait que ça soit le cas. Tout en sanglotant, il l'espérait. Mais il avait éconduit Wilson et O'Casey, leur curiosité vivifiante, leurs questions, l'effort qu'ils avaient fait pour venir jusqu'à lui. Pour aller consulter ce foutu ermite perché sur son fauteuil en rotin, son cher fauteuil. Les petits bonheurs de Dalkey. Un jour, les dauphins qui surgissent. Un autre, le chenal entre son refuge et l'île teinté d'argent à cause des minuscules poissons pour lesquels les maquereaux sont prêts à tout. Des millions et des millions de petits poissons. Les ténèbres de Dalkey qui, même la nuit, conservaient une certaine luminosité, une aura scintillante comme du basalte. Le monde était trop complexe pour lui. Vraiment. Non. C'était un mensonge minable. Il se mentait à lui-même comme s'il était fou, comme s'il était un sombre criminel aux crimes trop misérables pour être avoués, y compris à lui-même. Il avait renvoyé les gars à leurs interrogations, il s'était comporté comme une limace à l'agonie, ce n'était pas professionnel, ni même tout simplement humain ou admirable. Mais comment aurait-il pu faire autrement ? Cette visite l'avait déstabilisé, troublé, terrifié. Oui, terrifié. Leurs révélations étaient un acte de terreur, mais comment pouvaient-ils le savoir, leurs intentions étaient si pures qu'ils méritaient une médaille, putain. Leur innocence, leur bonté même, ce satané comment s'appelait-il, le chef, Fleming, ce satané Fleming. Allez voir Tom Kettle, ce bon Tom, il est lucide et clairvoyant, il a une tête comme une citadelle, c'est un musée d'expérience, il va vous débrouiller tout ça, il va vous filer un coup de pouce, vous permettre d'avancer, vous donner des conseils, vous tendre une main secourable. L'excellentissime, l'inestimable inspecteur Thomas Kettle, la crème des flics, le pilier de la brigade. Quelle transgression. Quelle trahison. Rien n'allait dans tout ça. Tom était obligé de pleurer à présent, de pleurer abondamment au milieu des gouttes de pluie virevoltantes et de la lumière éphémère du soleil.

Il avait d'abord voulu aller jusqu'à Sorrento Park pour s'éclaircir les idées parmi ces rochers si particuliers, ces arbres petits et voûtés à cause de l'air marin. Il y avait deux parcs au sommet de la colline, le Dillon et le Sorrento, chacun avec son utilité. En tant que remèdes. Poursuivre jusque-là sa petite promenade, sa petite promenade de retraité. C'est ce qu'il avait d'abord voulu faire. Mais il était trop perturbé. Perturbé, *blessé*, pas du tout calmé, il rebroussa chemin pour aller se blottir, confus et inquiet, dans ses quartiers.

Dégoulinant de pluie, il se tenait au milieu de son salon. Comme s'il s'y trouvait pour la première fois. Un étranger, un inconnu. Presque un animal. Ses possessions refusaient de lui parler, de lui communiquer le sentiment qu'il était chez lui. Il ne savait pas quoi faire. Il aurait aimé que Winnie... Mais Winnie était morte. Pourquoi faisait-il comme si elle était encore en vie ? Winnie était morte. Et Joseph avait été assassiné à Albuquerque. Sa femme June, morte, morte, elle aussi. Qu'est-ce qui clochait en lui pour qu'il soit incapable d'accepter ses défunts ? Tom avait été incapable de raconter à Wilson et O'Casey, d'une voix ferme et adulte, les petites histoires de leurs funestes destins. Il avait été incapable d'exprimer pourquoi le contenu de ces dossiers lui sautait à la gorge avant même qu'il puisse les consulter. Il ne pouvait pas les consulter, c'était impossible. En aucun cas il ne pouvait les consulter.

Il arracha son manteau comme s'il s'agissait d'une entrave mentale et le laissa glisser par terre. Les admonestations de Winnie semblaient s'échapper du « beau bois ». Il retourna à l'armoire campagnarde où se trouvait, il le savait, un bout de corde. N'importe quel idiot était capable de faire un nœud coulant, c'était le nœud le plus simple au monde. Mais ensuite, il se mit à errer comme un idiot dans son logement sans savoir à quoi le suspendre. Il y avait bien un crochet à l'arête du plafond dans la cuisine, mais Tom ne savait pas à quoi il servait. Pour des oignons peut-être, ou un ustensile de cuisine disparu. L'épingle qui maintenait l'univers en place ? Tom ne pensait pas que ça supporterait son poids. Il ne trouva rien d'autre. Tout en poursuivant ses recherches, il avait la corde autour du cou comme un cordon ombilical qu'il traînait derrière lui. Il se sentait gêné pour lui-même. Il s'arrêta face à la baie vitrée. La mer dans le chenal paraissait composée d'un million d'assiettes grises. Lesquelles tourbillonnaient et plongeaient comme dans un numéro de cirque, le numéro d'un clown qui faisait tourner une assiette au bout d'un bâton. Le cirque Duffy, dans les années mille neuf cent combien ? Était-ce vraiment un souvenir ?

Des assiettes, des assiettes, c'était exactement à ça que ça ressemblait. Ce curieux effet retint son attention pendant quelques instants.

Et là, il vit surgir en courant le petit garçon qui avait emménagé à Noël avec sa mère dans l'appartement de la Tourelle. Armé d'une sorte de bâton. Une canne noire avec un pommeau d'argent, comme Fred Astaire aurait pu en utiliser pour danser. Qu'il agitait dans le vent. Le carré de haies que Mr Tomelty, ou un ancien propriétaire, avait fait pousser pour être un peu à l'abri s'inclinait et frémissait à la manière d'une ronde de chevaux puissants. Balayant le grain amer de l'existence. Le petit garçon semblait ne faire aucun bruit car la fenêtre était fermée, mais Tom avait l'impression qu'il chantait. Et il tournoyait, comme si sa canne ne tournoyait pas déjà assez elle-même, dans sa culotte courte, heureux dans le vent et le froid, oublieux de tout.

Tom repartit vers la cuisine, toujours avec cette fichue corde autour du cou. Il ressentait une terrible envie de violence, de celles, il le savait, qui débouchent sur de grands crimes. Mais il n'avait pas envie de commettre un crime. Alors il tapa encore et encore sur la table en formica vert-de-gris comme si elle lui avait causé un tort terrible. Il tapa et tapa, mais s'interrompit avant de la casser. Et se ressaisit au prix d'une douloureuse maîtrise de soi, car Tom ne devait pas faire fi de Mr Tomelty. Il fallait respecter la propriété des autres. C'était la règle d'or. La règle de base des policiers, qu'il avait tenté d'expliquer à Ramesh vingt ans plus tôt. Tandis qu'il se sermonnait, il transpirait à grosses gouttes. La paix dans le pays, la sécurité du citoyen, l'inviolabilité de la propriété. Cette table en formica, que Mr Tomelty avait dû payer six ou sept livres chez Woolworth, était sacrée. Tom ne devait pas l'endommager. C'était un objet sans intérêt fabriqué en usine, *mais elle ne lui appartenait pas*. La sueur dégoulinait sur son visage, lui piquait les yeux, l'aveuglait. Il avait envie de laisser ses poings s'écraser sur le plateau et de le détruire tel Samson tuant un Philistin avec une mâchoire d'âne.

Il en était là, les poings levés, avec quelque chose en lui de la souffrance de Samson, immobile, la corde autour du cou, quand la sonnette retentit de nouveau.

Chapitre trois

Que faire ? Était-ce la première fois dans l'histoire de l'humanité qu'en quête d'un refuge dans le suicide, quelqu'un était interrompu par un coup de sonnette ? Non. Pourtant, combien de gens avaient frappé à sa porte au cours des neuf derniers mois ? Et là, ça faisait deux fois en vingt-quatre heures. Tout le feu et la colère le quittèrent. Et ses forces. Le monde exigeait qu'il reprenne le cours de sa vie. Encore, encore. Tom n'y pouvait rien. Il sentait pourtant que sa disparition serait une bonne chose, et s'il avait trouvé un truc assez solide pour y suspendre sa corde, il aurait lancé un bon vieil *adiós* de cow-boy.

Ce n'était pas vrai, mais ça valait quand même le coup d'y réfléchir. En réalité, il avait failli mourir de peur. Le simple fait d'avoir cherché un crochet avec une telle ferveur était à présent dans son esprit une plus grande terreur que celle qui l'avait poussé à vouloir se pendre.

Mais tout ça, c'était du passé. Il venait de retrouver son équilibre.

Par Marie mère de Dieu, il espérait ne jamais avoir l'égoïsme de raconter ça à Winnie. De vouloir susciter sa compassion. Une enfant devait croire en la force de son père. C'était son vaccin contre l'insécurité.

Le seul défi, c'était de s'avancer jusqu'à la porte. Ce qui lui parut un long, long chemin. Tom se sentait comme ce jeune couple sur la bicyclette dans *Butch Cassidy et le Kid* – oh, pas pour leur bonheur, mais pour le ralenti de la scène. Sur cette musique stupide que June adorait et qu'elle avait fredonnée tout un été. *Raindrops Keep Fallin' On My Head.* 1970 ? C'était fou qu'après tout ce qu'ils avaient vécu, ils aient encore été capables, et de quelle manière, de faire des choses ordinaires, d'apprécier des choses ordinaires. Aller au cinéma. Un vrai bonheur. Au Pavilion. En bus depuis Deansgrange. June avec son fourre-tout, elle détestait les sacs à main. Elle était une véritable hippie, affirmait-elle. Alors pas de putain de sac à main. Pantalon pattes d'eph'. Elle avait accouché de ses deux petits dans la vingtaine. Une silhouette de jeune fille. Après Joseph, quand Tom lui faisait l'amour, il sentait une drôle de cicatrice. Le médecin l'avait incisée parce que la tête de Joseph ne passait pas. C'était devenu sa marque de fabrique, comme si elle avait été marquée au fer rouge là, tout en bas. Cette chaleur qu'elle dégageait, assise dans le bus, sa jambe contre la sienne dans ce jean qui moulait sa cuisse... Ça aurait fait chuter même un funambule. Et pour Tom, pas de filet de sécurité non plus. Écrasé au sol. La chaleur de son amour pour lui, celle de l'amour de Tom pour elle. La promesse de l'amour éternel. Et la fierté qu'il éprouvait, parce que, quand même, les gars, elle n'était vraiment pas banale. C'était de très loin la plus belle personne qu'il ait jamais vue. Dans la pénombre de la salle, ne ressemblait-elle pas elle-même à une star ? Parole d'Évangile. Sa mère était une beauté elle aussi, Tom le savait – comme chez Wilson, encore une histoire de mère faite beauté – parce qu'elle conservait une petite photo d'elle dans son portefeuille. Tom avait éprouvé un étrange et douloureux sentiment de reconnaissance lorsque June la lui avait montrée, qu'elle lui avait accordé de découvrir cette photo abîmée alors qu'ils étaient blottis sous une petite arcade à Dún Laoghaire. Ils se connaissaient depuis quelques mois – des mois vertigineux.

Quelle chance avait Tom. La photo était parsemée de petites bulles parce qu'elle provenait d'un passeport. Un objet sacré. En réalité, elle ressemblait à June. Une beauté à la peau sombre. Elle lui avait montré la photo, il l'avait serrée dans ses bras, et elle avait imbibé le coton de sa chemise de ses pleurs. Ils étaient sûrement déjà mariés, à l'époque. Elle se laissait rarement aller à de telles émotions. Ça avait paralysé, choqué et terriblement inquiété Tom d'adopter la bonne attitude sur l'instant. Car ça pouvait être important. Alors il avait détaché la tête de June de son épaule, où restaient les deux traces rondes de ses larmes, et saisi son visage chaud entre ses mains. Même au plus obscur de l'hiver, elle paraissait bronzée. Il l'avait embrassée sur le nez, et elle avait ri. « Elle était vraiment jolie, non ? » avait-elle dit avec la voix confiante d'une petite fille de six ans. L'âge qu'elle-même avait quand... « Magnifique », avait-il répondu tel un séminariste qui lit les textes sacrés pour la première fois. Son fume-cigarette avait jailli, et elle avait planté une Major dedans. Où était donc passé ce fume-cigarette ? June fumait comme un fumoir à poisson. Ses baisers avaient toujours ce goût amer de tabac que Tom adorait. Et cette façon qu'elle avait de lui remplir la bouche avec sa langue, ça le rendait fou. S'ils s'embrassaient au cinéma, ce qu'ils adoraient faire, sa satanée queue devenait douloureuse dans son pantalon. Bon Dieu. C'est parce qu'elle avait dans la tête tout un univers de bonnes choses, en plus des mauvaises. Tous ses bavardages, ses mots, ses citations comme ça en passant, ses chansons – Cat Stevens, oh mon Dieu, *Oh baby, baby, it's a wild world...* Son soutien-gorge tout doux sous la chemise de grand-père – et les culottes qu'elle choisissait avec soin chez Penneys, avec des cœurs dessus. Tom avait sans cesse les genoux en coton. Ses cheveux dorés, qu'elle disait « ternes ». Pas du tout... Il se traîna jusqu'à la porte, se souvenant juste à temps de la corde toujours autour de son cou, et s'en dégagea avec une habileté qu'il ignorait posséder. Il s'en libéra en la faisant tournoyer et la lâcha dans le porte-parapluie – un long obus en laiton datant de l'une des grandes guerres – qui ne contenait aucun parapluie. La porte s'ouvrit en grinçant, et devant lui se tenait le chef, Fleming. En uniforme d'apparat. Tom en resta pantois. Fleming était très élégant, avec ses ganses et ses insignes en argent. Qu'est-ce qu'il fabriquait là ? Fleming était assez gros mais grand, deux cent quatre-vingts livres de flic tout bien pesé. Avec Fleming, on en avait pour son argent. La nuit était tombée. Dans son dos, la colline raide et compacte avait sombré en laissant derrière elle la vapeur qui provenait des fenêtres dissimulées par les grands murs. Tom était trop fatigué pour faire ne serait-ce qu'une rapide inspection de son apparence débraillée. Fleming était si propre sur lui, sa chemise si blanche, que Tom soupçonnait un acte de sorcellerie. Mais quelle heure était-il, bordel ? Tom ne venait-il pas d'apercevoir par la vitre du jardin le petit garçon en train de jouer en plein jour ?

— *Arra*, Tom, dit Fleming avec ce grasseyement des Midlands si agréable à l'oreille. Content de te revoir. Je te dérange pas ?

— Chef, tu peux pas déranger un gars à la retraite, répondit Tom avec une chaleur sincère dans la voix.

— Je suis au Dalkey Island Hotel. Avec des dizaines de gars que tu connais. Le banquet annuel. On vient de nous servir l'entrée. Cocktail de crevettes. Infâme. Alors je me suis dit que je pourrais passer te voir. Que ça pourrait me sauver la vie. Ensuite, il y a du suprême de poulet.

— Mon Dieu, c'est chic, dit Tom avec un rire un peu forcé.

Pourquoi Wilson et O'Casey n'avaient-ils pas évoqué le banquet annuel si près de sa tanière ?

Tom avait toujours beaucoup apprécié Fleming. Il savait qu'il aurait dû le faire entrer, mais il s'inquiétait de l'état de son logement.

Pendant bien des années, Fleming et lui étaient restés au

même échelon. Puis Fleming avait été promu, alors qu'il était pourtant son cadet de dix ans.

— Je suis désolé de ne pas être venu te voir plus tôt, Tom, dit le chef, comme s'il réagissait à ses réflexions. Mais j'ai vécu un enfer... une année de chaos. Ce que le citoyen irlandais fait, je te le dis, même le diable en aurait honte.

C'était une plaisanterie, que Tom sut apprécier à sa juste valeur. Il se sentit tout à coup plus confiant, il retrouva un peu de ce qu'il avait été, cette part de lui toujours désireuse d'« emballer l'affaire ». Une invasion de sentiments intéressants.

— Bon, dit-il, tout à coup ragaillardi, laisse-moi enfiler un manteau, et on va faire un tour sur la colline ? J'ai quelque chose à te demander.

Fleming ne dit rien, il se contenta de hocher la tête.

— Va chercher ton manteau, gars, je t'attends, répondit-il à Tom qui ouvrait et fermait la bouche comme un poisson. Prends ton temps. De toute façon, je n'aime pas le poulet.

Tom rentra chez lui. Un poulet mort de sa belle mort accompagné de pommes de terre à la peau aussi épaisse qu'un annuaire téléphonique. Il ne fut pas long à récupérer son manteau humide par terre. Il rejoignit Fleming, qui l'attendait avec un sourire patient et un rire facile, ils franchirent le portail du château et prirent à gauche vers la colline, là où, quelques heures auparavant, Tom pleurait. Ils étaient habitués au pas de l'autre et, comme un couple, marchaient au même rythme. On disait souvent de Fleming, qui n'avait pas de femme, que c'était un solitaire, mais en réalité, Tom le savait, Fleming avait toute une armée de connaissances et d'amis à Dublin, ainsi qu'à Navan, où sa famille possédait une usine de tapis. On ne pouvait rien reprocher à un type comme Fleming. On ne pouvait pas non plus deviner ce qu'il pensait, ce qui était un avantage pour un capitaine, et d'ailleurs pour tout policier, quel que soit son grade.

— Comment ça va, Jack ? demanda Tom, se risquant à l'appeler par son prénom.

— Très bien, Tom, très bien. En janvier, Bríd a fait un petit cancer, mais elle s'en est bien remise.

Qui était Bríd ? Tom n'en avait aucune idée. Il ne se risqua pas à poser la question et à briser ainsi la fluidité de leur conversation.

Ce n'était pas très agréable dehors, sur ce trottoir en ciment humide, avec les bourrasques de vent marin. On aurait dit que les grandes maisons s'arc-boutaient douloureusement. Ce n'était pas une nuit idéale pour les clochards. Mais en Irlande, aucune nuit n'était idéale pour les clochards. Ce qu'il voulait demander à Fleming, Tom s'en sentait à présent incapable. Peut-être à cause du vent.

— Alors, la retraite ? Ça doit être agréable de lever le pied.

— C'est sacrément bon, dit Tom, et ils éclatèrent de rire. Wilson et O'Casey ont débarqué à l'improviste, hier soir. Sapristi, je ne sais pas ce qui m'a pris. Je suppose qu'ils t'ont tout raconté.

— Ils m'ont dit que tu avais été drôlement sympa, que tu leur avais fait des toasts au fromage, ce qui était bien trop bon pour ces lascars, si tu veux mon avis. Et une nuit à Dalkey. Ce matin, on aurait dit qu'ils rentraient de vacances.

— Tant mieux, je suis content, dit Tom. Je n'étais pas sûr de... je n'étais pas sûr... ça faisait si longtemps que je n'avais pas vu quelqu'un du boulot, tu vois. C'était bizarre. Mais ce sont de bons gars.

— Oui, vraiment.

Ils avaient tourné les talons et revenaient sur leurs pas. Ils apercevaient le chassé-croisé des phares à l'hôtel plus bas, quand bien même il se trouvait au-delà de la goutte sombre du port de pêche. Il y avait une joyeuse excitation là-bas, des hommes bien décidés à trop boire, des épouses bien décidées à les en empêcher, nourrissant l'espoir qu'ils ne soient pas ivres au point de ne plus pouvoir danser. Épouser un homme en uniforme, c'était envisageable, mais danser avec son homme en uniforme ? Tom eut un petit sourire en coin. Tout à coup, l'univers ne lui semblait plus aussi vide et décevant. De vieilles choses lui revenaient, de petites et vieilles choses, des certitudes de longue date que la retraite avait mises de côté. Il n'avait aucune idée que tout ça lui manquait, vraiment aucune. Il devait se parler plus souvent, se dit-il. Le problème, c'est qu'il était toujours en train d'attendre Winnie, d'attendre Joseph. Lui aurait-on déjà retiré la vie ? D'une certaine manière, il était déjà mort, non ? Évidemment qu'il l'était. Mais s'il avait retenu une leçon, c'était bien celle du bonheur dans son fauteuil en rotin. Pourtant, même si ce fauteuil n'était qu'à quelques mètres, à cet instant, il aurait pu se trouver à mille années-lumière.

Fleming eut envie de se réchauffer avec une cigarette et sortit un paquet de Major en prenant soin de le protéger des intempéries. Un peigne tomba en même temps, ainsi que quelques tickets de courses de chevaux, qu'il ramassa rapidement. « Des vieux paris », dit-il, faisant comprendre par sa voix et son geste que ces équidés l'avaient trahi. Puis il essaya d'attraper une cigarette sans la mouiller.

Il en proposa une à Tom en silence, qui refusa en silence.

— Tu fumes toujours des cigarillos ? demanda Fleming.

— Oui.

— On regretterait presque leur odeur, au poste.

— J'en suis certain.

— Les cigarillos de Kettle. Ils étaient célèbres. Les criminels t'appelaient « le type au cigarillo ».

— Eh bien, il n'y a plus que les mouettes pour en profiter maintenant.

— Et qu'est-ce que tu penses de la retraite ? Wilson dit que tu avais l'air en forme.

— Ça a ses avantages.

— Ouais. J'en suis certain.

— C'est encore loin pour toi, il te reste plusieurs années à tirer, dit Tom.

Ils avaient atteint le portail de chez Tom. Fleming prit trois dernières grandes bouffées. Les Major étaient petites, la cigarette serait bientôt finie, mais Fleming, qui ne l'avait encore fumée qu'à moitié, recracha un long jet dans l'obscurité humide. La lumière du réverbère au bout de la rue allait jusqu'à eux, si bien que le temps d'une seconde, Fleming fut comme porteur au bout des lèvres d'un immense cône de fumée qui se dissipa rapidement. Il jeta le reste de sa cigarette en l'air, et on aurait dit qu'il voulait qu'elle rejoigne les volutes. Il fumait comme une femme de la haute dans un film, se dit Tom. Une femme à la vie dissolue. Les Marx Brothers, la femme à la grosse poitrine. *La soupe au canard*. Tom sourit à l'évocation de ce souvenir.

Jack Fleming se préparait – On y vient, se dit Tom. Il était tout à coup redevenu sérieux comme un policier, quoique amical, sincèrement amical. Il se tourna vers Tom, et son grand corps sembla tassé dans un espace restreint, comme s'il voulait se faire tout petit. Tom savait qu'il avait jeté l'hameçon et priait pour sentir le brusque poids d'un saumon au bout. Il savait tout ça, et il n'en voulait pas à Fleming. Et même mieux, il attendait ça. C'était une meilleure perspective qu'un crochet inexistant dans un mur. La corde gisait dans l'obus comme le serpent d'un fakir.

Le nom lui revint. Margaret Dumont !

— Tom, dans ta grande bonté, tu pourrais peut-être, pourrais-tu passer me voir au bureau ? On a une putain d'affaire à démêler, et je sais que tu peux me filer un coup de main, j'en suis sûr. Le divisionnaire est d'accord, on a un peu de sous en réserve pour ce genre de truc, tu as le droit de venir en civil, t'as même pas besoin de cirer tes chaussures, bon sang. Mais j'ai besoin de toi, bordel de merde. Wilson et O'Casey ont besoin de toi, grands dieux, ils savent pas du tout où ils mettent les pieds.

Tom était gêné, mais par quoi, il ne parvenait pas à mettre le doigt dessus. Lui-même ? Ses doutes, sa récente, ridicule et infructueuse tentative de suicide ? Bien sûr, ce n'était pas simple de s'extraire de la vie. Ça l'avait vraiment perturbé. Il ressentait maintenant une honte curieuse. Mais il conserva son air impassible et fit son vieux sourire de Tom Kettle, ou ce qu'il imaginait être ce sourire, et son petit dodelinement de tête à la Ramesh.

— *Arra*, Tom, tu me rendrais un grand service, je te le promets, bon sang.

Ils se dévisagèrent. Tom pensa à toutes ces cuisses de poulet sur les assiettes – un carnage au poulailler –, loin dans le vieil hôtel, aux discussions animées, aux mauvaises blagues et même aux bonnes, au désespoir des épouses et au côté bon enfant de la soirée, à la folie de tout ça : les agissements inexplicables des humains, un mystère, y compris pour leur créateur, Tom n'en doutait pas. Il pensa à June et à cette dizaine de fois où, dans sa plus belle robe, elle l'avait accompagné pour ce genre d'occasion, franchissant la voûte d'un vieil hôtel, les couples deux par deux, les célibataires faisant des bruits optimistes dans leurs costumes de pingouin.

— Penses-y, *a chara*, dit Fleming. Vraiment. Pas de problème si tu n'as pas envie. Tu sais où me trouver. Bonne soirée. Bon Dieu, Tom Kettle, ça a été un vrai plaisir de te revoir. Vraiment.

Il serra la main droite de Tom. Et il partit.

Tom était tellement ému qu'il doutait que son « Moi aussi, moi aussi » murmuré soit parvenu aux oreilles de son ancien chef.

Il le regarda s'éloigner d'un œil sombre. Ce géant. Puis il rentra chez lui d'un pas sombre, retira son manteau avec des gestes posés et le lança sur sa chaise habituelle. Il tint un instant ses deux mains en l'air pour les examiner avec soin, car ces derniers temps, il avait cru y déceler un léger tremblement. Rien. Alors, avec des mains capables de désamorcer sans souci une bombe datant de la guerre, il enduisit de Colgate ce qui lui restait de dents et se passa un peigne dans les cheveux avant de se mettre au lit, comme il l'avait fait toute sa vie. Le frère lui avait dit que s'il se brossait les dents deux fois par jour, il les aurait toujours à cinquante ans. La seule chose vraie que cet homme ait jamais énoncée. Le lendemain, Tom devrait se racheter une brosse à dents. Dans sa chambre, à la lueur sinistre de la lune tempétueuse, il retira ses vêtements et les plia un à un, comme il avait appris à le faire à Phoenix Park en tant que jeune recrue, et, l'esprit sombre, il se glissa sous les couvertures, croisant ses vieilles mains sur sa poitrine comme si un croque-mort consciencieux venait de l'embaumer, puis, le cœur paisible, chercha un repos bien mérité.

On ne pense pas à la vie tant qu'on n'a pas essayé de la quitter. Ni à la mort, tant qu'on n'est pas en train de mourir.

Bien sûr, son histoire le poursuivit dans le sommeil, son cerveau continua à lui raconter une histoire détachée de son moi en éveil. Cent milliards de neutrinos traversaient son corps à chaque seconde. Pour un neutrino, Tom Kettle était un espace aussi vaste que la distance entre les galaxies, à tel point qu'il n'existait pas vraiment, en tout cas, qu'il était impossible d'y heurter quelque chose. Au sommet des rideaux, sur la petite fenêtre qui donnait sur le rhododendron, trois papillons rouge et noir attendaient à son insu la fin de l'hiver. La chaleur qui aurait pu les sortir de leur torpeur n'était jamais arrivée, car Tom ne croyait pas aux vertus du chauffage dans une chambre. Il croyait aux chaussettes en laine et à la vieille bouillotte en terre qui l'accompagnait au lit depuis la mort de June – dans ce lit, mais en un autre lieu, leur ancienne maison de Deansgrange, non loin du fameux cimetière. Au-dessus de la tête de lit, les toiles d'araignées faisaient comme une fumée immobile, et en son centre, la grosse dame araignée se nourrissait d'acariens et autres cloportes. Tom dormait dans une ménagerie composée de nombreux pensionnaires. En haut de l'armoire rustique, trônaient tous les dossiers qu'il ne s'était pas autorisé à jeter en prenant sa retraite, même s'il était à quatre-vingt-dix-neuf pour cent sûr qu'il ne les consulterait plus jamais, ainsi que le petit étui élégant de la médaille Scott qu'on lui avait attribuée pour bravoure, même si celui-ci ne contenait plus la médaille. Tom avait parié sur la benne dans laquelle Mr Tomelty jetterait tout ça après sa mort sans même y jeter un coup d'œil, alors que c'était relié à tant d'histoires, tant de blessures, tant de crimes – ses notes personnelles soigneusement compilées sur les meurtres et les vols qui l'amenaient à ces brusques intuitions que Fleming chérissait tant. Qui l'émerveillaient. On écrit quelque chose pour voir, pour voir pour la première fois. On couche tout sur le papier et on s'efforce d'y voir clair. Ces centaines de pages reposaient désormais au sommet de l'armoire rustique. Elles aussi traversées par des neutrinos, des milliards d'entre eux, neutres, indifférents, filant vers le sol, la terre, à travers la terre à une vitesse proche de celle de la lumière. Ils traversaient son esprit chancelant, ses canaux et ses lueurs, la radio désormais sans parasites qu'incarnait Tom Kettle, ses doigts miraculeusement apaisés par la visite de Fleming. Ils traversaient son âme vulnérable, elle-même si vaste qu'elle n'existait pas non plus, du moins pour un neutrino. Le fait que Tom Kettle n'existe pas vraiment pour un neutrino témoignait-il de son absence d'importance ? Peut-être que Dieu le voyait, lui ? Et les papillons, la mère araignée, les acariens qui luttaient pour leur survie et les générations à venir dans le vieux tapis ? C'était vrai, c'était vrai, en matière d'affaires humaines, tout n'était que précipitation et adieux. Mais il y avait quelque part là-dedans une preuve que Tom Kettle était aimé, même s'il ne la voyait pas en traversant le monde. Il n'avait aucune idée de combien June l'avait aimé, ni Winnie, ni Joe. Peut-être que son moi en sommeil en savait davantage, par l'intuition, débarrassé de la pensée en éveil. Peut-être que l'amour que Fleming, reparti vers le Dalkey Island Hotel, lui portait, peut-être Tom le comprenait-il mieux dans son sommeil. Peut-être que dans son sommeil, il savait en fin de compte pourquoi ses mains avaient cessé de trembler. Au bout de neuf mois de solitude, le simple remède de l'amour humain s'était diffusé dans son sang, avait envahi le réservoir de sa douleur et de sa culpabilité.

Sa vessie lui volait du sommeil. Tom se réveilla à trois reprises au cours de la nuit et effectua à pas traînants le bref pèlerinage jusqu'aux chiottes. Tout paraissait si différent aux petites heures du matin. Les cartons de livres, les vieilles photos dans leurs cadres, ces scènes disparues, ces gens disparus, sombres et brillants dans la soupe du clair de lune. Tom n'aimait pas allumer, il sentait que les objets le lui auraient reproché au passage. Dehors, quelque chose avait changé, les nuages épais s'étaient dissipés, le vent était tombé, l'immense lueur bleutée portait la cicatrice du clair de lune et de la traînée gazeuse d'un nuage. Une lueur bleu acier. L'île avec son banc de roches noires et austères. La mer qui se soulevait sans un bruit comme le ventre maigre d'un homme endormi. Ces réveils impromptus paraissaient toujours étranges à Tom, de même que son intrusion dans l'intimité des choses inanimées – cette intimité à laquelle elles aspiraient tant. La chaise et la table, le tapis et les babioles voulaient rester seuls, comme Greta Garbo. Alors Tom préférait tâtonner jusqu'aux toilettes, quitte à se cogner le coude et la hanche. Il comprenait les caprices de sa prostate, son bon docteur les lui avait expliqués. Un doigt inséré dans son derrière, la glande enflée dûment examinée. Tout en pratiquant l'examen, le Dr Brownlee parlait avec enthousiasme de ses chevaux et de son jardin. Il n'y avait aucun doute dans l'esprit de Tom qu'il devait se trouver un autre médecin à Dalkey, le Dr Brownlee étant désormais loin, à Deansgrange, comme tout le reste. Avec son ancienne vie. Lever à six heures pour rejoindre la ville. June qui se réveillait épuisée par les petits avant même d'avoir attaqué une nouvelle journée. Dans ses yeux, ces petits reflets d'or comme les paillettes sur le lit d'une rivière de Wicklow. Ses cheveux dorés. Pas du tout ternes, à moins que terne, ça puisse aussi vouloir dire doré comme les plumes d'un hibou. Tom avait renoncé à cet or dans sa vieille tête, comme si cette vieille tête était la toison de Jason. Être épuisé dans la jeunesse, ce n'était pas du tout comme être épuisé dans la vieillesse. C'était réparable. Avec des vacances à Bettystown, ou des grasses matinées le dimanche, quand il pouvait tenir le fort. Organiser ses troupes, comme elle disait. Ses petits sauvages. Ces petites créatures douces et fortes. Qui fuyaient par les deux bouts. Exubérants comme de petits danseurs qui se contentent d'effectuer les parties les plus énergiques, encore et encore. Bouillonnants de vie. Fous d'amour pour lui. S'accrochant à ses jambes quand il devait partir au travail, essayant de capturer leur père, de le garder avec eux toute la journée. Quand on est père, on a sans cesse le cœur qui bat plus vite, et pas à cause d'une maladie. Tom ignorait s'il était malade ou bien portant désormais, mais parfois, il ressentait une fatigue pour laquelle il n'y avait pas de remède. Le temps l'avait usé. Pourtant, pour l'instant, il était encore capable de pisser, même si c'était trop fréquemment. L'urine bouillonna dans la cuvette sans qu'il la voie. Plongeant en Charybde. La rétention ne venait pas de l'urètre, c'était une certitude. Chaque fois que Tom se recouchait, il prenait soin de ne pas heurter les sentiments de ces objets qui l'entouraient et n'avaient pourtant pas de sentiments. Il leur en avait attribué, il les avait dotés de la grâce des sentiments, c'était le moins qu'il puisse faire pour eux. Ils avaient été ses compagnons pendant tous ces mois à Dalkey, ils avaient fait en sorte de le satisfaire, de le combler, de le dédommager de ses pertes. Peut-être que le dernier jet d'urine se produisit après qu'il eut remis son zizi dans son pyjama. Peut-être que ce n'était pas très distingué, mais qui était là pour s'en préoccuper ? Il irait dissoudre ces délits à la laverie comme un enfant qui apporte ses petits péchés au confessionnal.

Vers cinq heures et demie, jugeant qu'il ne parviendrait plus à se rendormir, il se décida à quitter son pieu. Il savait ce qu'il avait à faire, oh oui, il le savait. Il pouvait attendre quelques jours, histoire de ne pas paraître empressé, à moins que le terme exact ne soit obéissant. Il ne devait rien à personne, il avait au moins mérité ça. Sa pension de retraite était son arme, elle le protégeait du travail. Mais Tom avait perçu de la justice dans les paroles de Fleming, et il respectait Fleming. Une telle confiance, ça faisait le lit de la gentillesse et de l'amitié. Évidemment que Tom n'allait pas laisser la proue qu'incarnait Fleming se faire secouer dans le vent. Il prépara un thé si fort qu'il avait la couleur de l'enfer dans la tasse. Un thé de policier, ça vous coulait le cœur dans du goudron. Dieu du Ciel, le matin était clément, il aurait presque ressemblé au printemps, et de toute façon, n'était-ce pas déjà le printemps, le 1er février étant passé depuis longtemps ? Le premier jour du printemps prêtait à controverse, tout comme les protestants et les catholiques sur la mère de Dieu, car c'était une question de croyance. Le printemps païen, c'était le 1er février. Le printemps de June. « Au moins, c'est le printemps », disait-elle dans la nuit noire comme un four d'un matin de février. Tom posa ses fesses dans le fauteuil en rotin, et maintenant qu'il était à peu près certain de ce qu'il allait faire, de son prochain mouvement, il fut enclin à ne plus bouger. Pas même pour faire grincer le fauteuil, alors qu'il adorait ce grincement. Bon sang, il avait trois biscuits au chocolat pour le petit déjeuner, ce n'était pas si mal. La mer, l'île, les rochers et le phare le saluèrent. Il ressentit une joie resplendissante – se souciait-il même qu'elle prenne fin, comme ça se produit avec toutes les joies ? Il avait tant aimé June. Quand elle vivait encore, il pouvait s'écouler de longs moments sans que Tom y pense puis tout à coup, sans raison apparente, il la remarquait, il remarquait un geste, et il était frappé. Pendant près d'une heure, tandis que la lumière du matin envahissait la pièce et lui baignait le visage, il ne pensa à rien ni à personne. Il chérit le souvenir de sa femme comme si elle était encore en vie. Comme si personne n'avait été broyé, n'avait eu à traverser à la hâte les couloirs de l'existence, que la puissance de son amour était si forte qu'elle en était capable, capable de la garder, légère et éternelle, dans l'étreinte d'un jour ordinaire.

La lumière du soleil plantait ses millions d'épingles dans la mer mouchetée et scintillante, luisante de tout son éclat, comme dans l'instant qui précède une déflagration. Seul, seul, Tom sourit et sourit. Il ferma les yeux. Les rouvrit. La mer était toujours là.

Le vieux Dr Brownlee l'avait mis en garde contre les cigarillos. Tom n'avait pas tout dit – toute la vérité, rien que la vérité – à Fleming. Même vos proches n'ont pas besoin de savoir toute la vérité. Loin de là. Ces derniers mois, Tom avait été très raisonnable. La boîte carrée était coincée entre le coussin et le cadre du fauteuil. Elle y avait élu domicile, alors pourquoi pas ? C'était pratique. Il souleva son joli couvercle. Qui émit son petit cri. Du Hamlet, au moins. Et Tom sortit un cigarillo. Un petit cigare fin couleur de tourbe. Il gratta une allumette et l'alluma. Une fumée riche et excitante jaillit, la chaleur dans ses poumons, dans sa bouche. Ce goût amer de tabac qu'il adorait.

Chapitre quatre

L'étrange météo apaisa à la fois Tom et la mer. Il se décida à nettoyer son logement, comme s'il partait pour un long voyage et voulait tout laisser propre, bien que, autant qu'il sache, il n'aille nulle part. Mais quelque chose l'y poussait. Ne supportant pas la demi-mesure, à savoir un simple coup de chiffon, la méthode de l'occupant permanent, il descendit s'équiper au village. Chez Prendergast, sa main frôla une bouteille d'eau de Javel, mais il se retint. Il prit une boîte de cire, ainsi qu'une peau de chamois pour faire bonne mesure. Il se dit que les ménagères présentes dans le magasin l'admiraient peut-être. Était-ce possible ? Elles étaient trois, trois dames ordinaires dans leurs manteaux ordinaires. Qui l'observaient sous leur permanente rigide. Bien sûr, elles avaient l'expertise des chirurgiens, voire des astronautes, ou l'équivalent, en matière de ménage. Ce qui procura à Tom un curieux sentiment de jubilation, à tel point qu'il faillit se mettre à danser entre les rayons. Les chiffons bleus, le liquide vaisselle Fairy, si doux pour les mains, fallait-il croire. Maintenant échauffé, il ne put s'empêcher d'acquérir une brosse à récurer avec un sanglier pyrogravé sur le manche et un pain de savon désinfectant. Il allait donner un grand coup de frais à son logement. Mr Prendergast, un petit bonhomme goutteux avec de grosses mains rouges à force d'être lavées, parut gêné par les achats de Tom, comme si ce dernier s'était aventuré au-delà des frontières de genre, et tout en emballant ses courses dans du papier brun ciré et non ciré, plus un papier de soie pour la miche de pain que Tom avait ajoutée, et la brosse à dents rose, il garda le silence, comme s'il luttait pour ne pas montrer sa contrariété. C'est du moins ce que Tom se dit en essayant d'analyser ce petit individu. « Tu dois manger plus de fruits, papa », jaillit la voix de Winnie, car il n'en avait pas acheté. Mr Prendergast portait une chemise à rayures de couleur vive sous son tablier. Réchappée de Carnaby Street. Le tablier portait la trace des choses humides qu'il devait manipuler, et n'était pas sans rappeler, d'une certaine manière, une scène de crime. Tom avait été flic assez longtemps pour avoir assisté à l'avènement de la police scientifique. Autrefois, on avait davantage de chances d'obtenir des informations en frappant la tête d'un homme contre un mur, ou en le noyant sous un torrent de questions, les plus terribles étant les meilleures. La peur déliait les langues. Mais les preuves scientifiques étaient impartiales, impersonnelles – presque élégantes. Elles révélaient un détail sur lequel on pouvait interroger le suspect en ayant déjà la réponse. On gardait cet atout dans sa manche comme une bonne réplique qui cloue le bec lors d'une dispute. Les scellés conservés depuis si longtemps, vingt ans parfois, pouvaient être ressortis, les fluides corporels réexaminés. Sur le tablier de Mr Prendergast, il y avait des traces de jambon – un gros jambon maintenu par des picots qui trônait sur la machine à découper –, de tomate, une traînée d'œuf, de mystérieuses taches vertes, la terre d'une laitue, qu'il avait dû faire rouler sur son ventre, des carottes non lavées avec leurs perruques vertes, et les marques du vendredi – du rouge, du gris, voire du jaune –, le jour du poisson. Ce pauvre haddock atteint de jaunisse. Tom détailla le petit Mr Prendergast et se questionna à son égard. Serait-ce son épouse au fond, cette femme grise et corpulente en train de vider un sac de cosses de pois sur une balance, les légumes verts se déversant comme un banc de petits poissons – étaient-ils heureux ensemble après toutes ces années ? Était-ce à lui qu'appartenait la Ford Escort blanche garée devant, aussi propre que la tétine d'un bébé ? Le soir à Dalkey, après de longues heures de travail, une fois le rideau de fer baissé et les lumières éteintes, prenait-il le temps, dans la pénombre de la boutique, d'allumer une clope et de réfléchir à sa vie ? Avait-il des crimes secrets sur la conscience ? Avait-il estropié, frappé, blessé un autre individu ? Était-il criblé de dettes, aurait-il omis de payer ses impôts ? Comment Tom pouvait-il le savoir ? Les « nouveaux » garçons et filles de la division scientifique, ces petits génies, auraient pu tout savoir grâce à ce tablier. Mr Prendergast tapa chaque article sur sa magnifique caisse enregistreuse en acier et laiton, chaque touche comme un héron fondant sur des petits poissons, et le total apparut, qu'il ne sembla pas capable d'énoncer tout haut, lui non plus. Tom se contenta donc lui aussi de gestes, hocha la tête et, particulièrement satisfait, tendit son argent au commerçant en glissant ses emplettes sous son bras comme s'il s'agissait d'un animal blessé. Les trois femmes semblaient maintenant choquées par sa présence, comme si Tom dérangeait la stricte ordonnance de leur journée. Elles étaient en équilibre sur l'avant du pied telles des marathoniennes sur la ligne de départ aux jeux Olympiques. Elles sont parties ! Mais avec une telle lenteur.

— Merci, et bonne journée à vous, annonça Mr Prendergast avec une légèreté et une chaleur surprenantes.

— Eh bien, fit Tom.

On pouvait déduire beaucoup de la voix d'un individu, à condition de réussir à le faire parler. Observer, ça ne racontait qu'une partie de l'histoire. Et si la mer avait pu parler ? Ce chenal entre la terre et l'île ? Les oiseaux dans le ciel ? Tom emporta son petit fardeau de produits ménagers et le reste dans le sac en plastique aux couleurs griffées qu'il avait glissé dans sa poche en partant. La grande rue du village décrivait derrière lui une courbe comme si elle suivait un ancien chemin pour les vaches. Il croisa des habitants en tout genre sur le vieux trottoir. Il avait encore du mal à se considérer comme l'un d'eux. Il ressentait toujours ce vieil instinct, cette distance professionnelle. L'étrange détachement qu'il adoptait, surtout sur les scènes de crimes violents. Face à des enfants morts, voire des bêtes. Des jeunes filles à terre, terrassées par des coups de poing ou de chaussure. Autrefois, quand une épouse était battue au sang, il ne fallait pas franchir le seuil de la porte. Eh oui. On pouvait s'assurer qu'une personne respire encore, pas plus. Un enfant pouvait se trouver en état de détresse absolue, il fallait aussi mettre ça de côté. Ces règles vous étaient transmises par le brigadier au commissariat et par les rudes inspecteurs. Avec les femmes, même le plus humble des hommes était un roi. Les filles qui fuguaient des blanchisseries, les enfants qui fuguaient des orphelinats, il fallait les y reconduire. Aucune loi ne stipulait ça, car ça dépassait le cadre légal. C'était ce que réclamait la société. Une forme dévoyée du maintien de l'ordre auquel Tom n'avait jamais fait que se plier. Sauf une fois.

Il s'arrêta devant la maison de la presse, et une très jeune femme avec une poussette faillit le percuter. Elle portait un collant épais, comme toutes les filles. Jaune. Les petits bourrelets de graisse restés après l'accouchement n'altéraient en rien sa beauté. Excusez-moi, excusez-moi. Lors des deux grossesses de June, Tom avait dû modérer ses érections. Il avait réglé ça en privé afin de relâcher la pression. Il eut un petit rire pour se moquer de lui-même. Tout ça lui paraissait un souci heureux, désormais. Un privilège. Désirer sa femme, alors qu'elle, elle s'efforçait de ne pas rendre son petit déjeuner, passait une bonne partie de son temps à hoqueter et à gémir aux chiottes, car ses nausées du matin duraient toute la journée, implorait le petit Jésus, faisait en sorte que Winnie et Joe débarquent au moment prévu et pas plus tôt, et, le moment venu, ça n'avait pas seulement été des murmures mais des braillements, des hurlements hurlés à pleins poumons, aussi vastes que les collines. Tom n'avait pas pris sa fichue casquette, et le soleil de février commençait à lui taper sur le crâne. Il fouilla dans son manteau, au cas où il l'aurait rangée dans une poche inhabituelle. Ça lui arrivait. De se mettre lui-même sur une fausse piste. De laisser les choses au mauvais endroit, de poser un objet quelque part sans faire attention. Un jour, il se poserait lui-même quelque part, et il oublierait où. C'était probable. Il aurait aimé avoir un mouchoir, mais à la place, il s'essuya le front avec le dos de la main droite. Le plus grand changement à la soixantaine, avait-il remarqué, ce n'était pas seulement qu'on se levait la nuit pour pisser, mais les dizaines d'indices de petites défaillances à venir. Il ne reconnaissait plus son pas. Alors qu'il faisait auparavant de grandes enjambées, sa démarche était maintenant réduite, il avait taillé dans sa foulée, qui avait rétréci comme le pull-over d'un homme affamé. Les vieilles bâtisses victoriennes se dressaient comme autrefois, mais elles avaient tendance à pencher un peu au faîte, à hauteur des frises, ces petites fantaisies architecturales, ces minuscules temples grecs, avec leurs dates sur le carrelage décoratif. Une date, en Irlande, marquait toujours un événement pénible. 1911. Était-ce la grève de Wexford ou la visite du roi d'Angleterre ? Les deux, à ce détail près qu'en Irlande, ce n'était jamais les deux. Jouxtant la maison de la presse – qui avait en devanture *Dandy*, *Beano*, *Woman's Way*, *Ireland's Own* – et ses couleurs flamboyantes rendues un peu floues par la jointure des panneaux de verre – il y avait l'un de ces restaurants intimidants que quelqu'un de la classe sociale de Tom ne fréquenterait jamais. Mr Tomelty apparut entre les portes entourées de plaques en métal en forme de rubans et essuya ses lunettes sur la doublure de son manteau de chez Crombie, puis les percha sur son grand nez et observa la rue tranquille sous une main en visière. Tous les autres acteurs semblaient avoir disparu dans des coulisses invisibles, si bien que Mr Tomelty n'eut d'autre choix que de remarquer l'occupant de son annexe vêtu de façon débraillée. Ce n'était pas le désir de Tom Kettle de rencontrer Mr Tomelty, ne serait-ce que parce qu'il n'avait pas l'impression de le connaître vraiment, ni de jamais pouvoir le connaître. Mais Tom remarqua que le manteau vert sapin portait encore les traces de la brosse que Mr Tomelty avait dû utiliser, un peu comme un cheval qu'on vient de tondre. En tout cas, il ne portait pas cette fois ses guenilles de jardinier : sa tenue révélait l'homme riche qu'il était. Il avait l'air tellement plus mince, plus jeune, dans cette tenue élégante. Tom pouvait-il prétendre être une connaissance de Mr Tomelty, était-ce dans les limites de la décence ? Il lui sembla que non seulement ça l'était, mais que Mr Tomelty montrait même un certain empressement à le saluer.

— Oh, Kettle, dit-il. Mr Kettle, exactement l'homme que je cherchais.

Tom lui jeta un regard perplexe et sourit, cherchant à établir un lien léger et bienveillant. Il ne savait pas quoi faire d'autre.

— Vous n'avez pas idée, dit Mr Tomelty, du confort que cela représente pour ma bonne épouse et moi – Tom n'avait jamais vu l'épouse en question – d'héberger un membre de la Garda Síochána.

Tom hocha la tête et laissa passer quelques secondes pour que ses paroles ne soient pas mal interprétées :

— Retraité, précisa-t-il.

— Tout juste, dit Mr Tomelty. Tout juste.

— Neuf mois maintenant, neuf mois, dit Tom avec élégance et décontraction.

Il avait avancé de quelques pas et fut obligé de modifier sa trajectoire, car Mr Tomelty s'était écarté sur le trottoir. Au loin, Tom apercevait le vieil hôtel et les ruines de deux châteaux – de vrais châteaux, pas comme le repaire de Mr Tomelty. Il ordonna à son corps de rester le plus détendu possible. Quelque part en lui, il sentit qu'il faisait un effort surhumain.

— Voilà, dit Mr Tomelty. Nos nouveaux locataires de l'appartement de la Tourelle... – Mr Tomelty ne prononçait pas toutes les syllabes, si bien que Tom entendit plutôt « part'ment de la tour' » – ... cette personne est une actrice.

— Ah bon ? dit Tom.

— Mais hier soir, est arrivé un monsieur plus âgé, sans que j'en sois informé. Elle est très jeune, je suppose que c'est son protecteur, alors, monsieur Kettle, nous sommes tous deux des hommes bien sous tous rapports, mais... Puis-je vous demander de fermer les yeux ? Je sais qu'une personne de votre probité pourrait être amenée à... je ne sais pas, se sentir gênée, et à juste titre. Mais...

Tom Kettle sentit la chaleur diminuer en lui, son malaise le quitter. Il avait cru deviner ce que Mr Tomelty allait lui demander, et craint que ce ne soit bien pire qu'un peu de sucre. Il avait eu peur que Mr Tomelty n'exige qu'il enquête sur le type. En tant qu'ancien policier. Doué de capacités de déduction. C'est ce qu'il avait tout de suite pensé, et ce qui l'avait mis mal à l'aise, car il aurait alors dû répondre que Mr Tomelty devrait mener son enquête lui-même. Mais il n'avait rien dit de tel.

— J'ai l'impression, dit Mr Tomelty – preuve de la haute opinion qu'il avait de lui-même, sans doute dans le but de montrer à quel point il avait l'esprit large –, qu'à notre époque, qui est une époque de transition, il faut faire preuve d'une plus grande tolérance. Mrs Tomelty me sert de guide dans ce genre d'affaire. Si ce monsieur plus âgé est... ce que nous soupçonnons, eh bien... Ne dire que ça, c'est déjà ouvrir la porte au scandale, mais il faut, je crois et j'espère que cela ne vous offusquera pas, laisser cette jeune femme vivre avec ses petits arrangements. Vivre et laisser vivre, j'imagine. C'est la nouvelle Irlande. Dans notre jeunesse, Mr Kettle, il n'y aurait eu aucune pitié pour ce genre de personne. Aucune. Elle aurait été... dénoncée en chaire par ces catholiques...

À la façon dont il n'acheva pas sa phrase et pataugeait dans la fange des exigences de la société irlandaise, Tom comprit que ce bon Mr Tomelty était protestant.

Il se rendit alors compte qu'il appréciait Mr Tomelty et son ouverture d'esprit apparente. Il éclata de rire. Il était certain que personne à Dalkey ne se souciait de ce genre de choses. Cela n'avait plus cours que dans les paroisses reculées du pays, sur lesquelles les prêtres régnaient encore comme des rois. Une vieille Ford Cortina, relique d'une époque lointaine, remonta la rue. Des étourneaux changèrent de direction, comme si son rire les avait fait dévier, pour aller se poser sur le toit de la maison de la presse. Tom hocha la tête.

— Mr Tomelty, ça ne me concerne en rien, dit-il, sentant dans sa bouche un peu de la diction de ce monsieur.

En reprenant sa route, il pensa à la jeune actrice et à son « protecteur » dans l'appartement de la Tourelle. Il tenta de les imaginer lors de ces retrouvailles particulières qu'il avait souvent connues après plusieurs jours loin de June, car parti traquer des criminels à travers le pays, comme cela arrivait parfois. Ils pouvaient être appelés en renfort sur des urgences locales. Des kidnappings ou des braquages de bureaux de poste retirés. Des crimes de niveau mondial dans de tout petits endroits. Cette étreinte bienheureuse, presque gênée, comme si quelques jours de séparation avaient fait de l'autre un étranger, et qu'il n'y avait comme solution que de tomber à nouveau amoureux ou de fuir. L'étrange vertige de tout ça. Tom était sûr que l'âge ne l'atténuait pas. Il s'avança entre les belles maisons, leurs grands murs, leur légitimité et leur ancienneté parfaites en pensant à ce que cela aurait signifié de vieillir avec June. N'était-ce pas l'un des avantages de l'amour ? Se rendre ensemble clopin-clopant à l'hôpital pour consulter un médecin, peut-être, mais aussi se délecter des jours qui vous restent à vivre ensemble. Parler des enfants avec la vénération et la fierté des vieux propriétaires. Tom ne pouvait que l'imaginer. Le seul choix était de vivre ou de ne pas vivre. Une âme comme la sienne restée sur terre sans l'être aimé, quelle sorte de créature était-ce ? June aurait su à quoi Tom avait ressemblé dans sa jeunesse, ou presque sa jeunesse, dans les années soixante. Elle disait toujours, comme pour asséner une vérité définitive, qu'il était « très bel homme », bien qu'il sache pertinemment que ce n'était pas le cas. Mais il aurait volontiers continué à vivre en compagnie d'une femme qui pensait ça, au-delà du débat sur la question de sa grande taille, de son corps musclé, de son ventre et de son visage déglingué de boxeur.

Ça le mettait presque en colère désormais, même s'il savait que ce n'était pas logique – il avait sans doute l'air abominablement furieux et contrarié, même s'il n'y avait dans la rue personne pour le voir –, qu'elle lui apparaisse encore comme au jour de sa disparition. Ni jeune ni vieille, tout simplement humaine et belle. Pourquoi se sentait-il en colère ? Contre qui, contre quoi ? Il se devait d'honorer son souvenir. Honorer son souvenir. Mais il était vieux, il était vieux, et il n'avait jamais désiré personne d'autre. Il était vieux, elle était morte et elle ne deviendrait jamais vieille. Il avait les poings tellement serrés que ses ongles, qu'il devait absolument couper, lui entaillaient presque les paumes, bon sang. C'est toujours à June qu'il pensait, toujours elle qui flottait dans sa tête. Le creux de ses reins avec ce triangle lumineux là où la colonne vertébrale rejoignait les fesses... Comme si cette partie faisait tenir le tout. Ses seins qui pointaient vers lui lorsqu'il était sur le dos, qui pointaient vers lui pour le désigner comme son amant. Son sourire qui faisait scintiller ses yeux verts, les faisait étinceler, toute cette gentillesse, mais aussi cette légère et folle rudesse, ça débouchait sur des vertiges interdits, et puis, cette petite violence quand elle jouissait. Elle vous aurait presque giflé ! Qu'est-ce qui l'avait emportée ? Qu'est-ce qui l'avait emportée ? Rien de moins que la plus perfide des lâchetés, la plus méprisable des bassesses. Oh, à quel point Tom la désirait, à quel point il la désirait.

À cet instant, une voiture ancienne s'immobilisa le long du trottoir, son moteur rugissant comme un fauve. Tom l'avait déjà vue garée tout au bout du château – la Daimler de Mr Tomelty, bien sûr. Six litres, une bête assoiffée. En galion majestueux qu'elle était, jamais ça n'aurait pu passer pour une voiture de flic.

Mr Tomelty ouvrit sa portière et fit presque mine de sortir, un geste un peu maladroit, juste ce qu'il fallait pour être compris. Tom s'étonna de son propre sourire un peu timide. Il ignorait quel âge pouvait avoir Mr Tomelty. Soixante-dix ans ? Quatre-vingts ans ? C'était impossible à dire. À force de bons repas, il s'était épargné la moindre ride.

— Je vous dépose ? proposa Mr Tomelty de façon légèrement emphatique.

Quelques centaines de mètres à peine les séparaient du portail de Queenstown Castle. À pied, Tom en aurait eu pour quatre minutes. Et puis, il avait envie de contempler la rampe du port, avec ses petites cabanes en cascade un peu disparate où les pêcheurs rangeaient leurs filets et leur matériel. Ce n'était rien, mais il avait appris à aimer ce rien. Il avait envie de voir l'eau transparente dans le port, de saluer les goélands, les poissons rescapés des hameçons des mauvais garçons, et tout le reste. Ça l'apaiserait, tout comme la météo l'avait apaisé ce matin-là. Il n'avait pas envie de passer à côté d'un apaisement, Tom Kettle, pas du tout. Mais il y avait quelque chose dans le geste de Mr Tomelty qui lui plaisait. Ce quelque chose des soldats en temps de guerre, de la camaraderie, la camaraderie facile. C'était ce que Tom préférait chez les hommes, quand ils avaient ces qualités. Les autres, en gros, l'indifféraient. Il prit place sur le siège passager, et son naturel franc le poussa à admirer les revêtements en cuir et le tableau de bord luxueux qui entourait les nombreux cadrans. Il rit à nouveau en enfonçant son postérieur dans le siège moelleux.

— Savez-vous, commença-t-il, savez-vous...

Mais il n'eut pas le temps de poser sa question, et il oublia aussitôt ce qu'il voulait dire, parce que, dans un élan de jeunesse, Mr Tomelty enfonçait l'accélérateur et faisait rugir le moteur, le faisait rugir de façon splendide. Mr Tomelty riait, lui aussi.

Les jours avaient beau rallonger, il faisait encore nuit à cinq heures et demie, or il était cinq heures et demie. Entre le moment où Tom était monté en voiture et celui où ils se garèrent, le soleil avait une fois de plus renoncé à tout, la mer noirci, les îles davantage encore, désormais plus noires que noires, et le ciel paraissait vide, sous le choc, comme s'il doutait que la lune se lève bientôt et que des cohortes d'étoiles se pressent comme la foule lors du hadj. Mr Tomelty enjoignit à Tom de le suivre dans ses quartiers en franchissant la grande porte du château, rien de moins, qui donnait sur une petite entrée délabrée. Laquelle était dépourvue de toute saveur baronniale. Et là, descendant l'escalier raide d'un pas assuré, surgit un inconnu, une petite silhouette aux cheveux blancs soigneusement rabattus en arrière vêtue d'une veste en tweed et d'un élégant pantalon écossais. Tom savait reconnaître un monsieur quand il en voyait un. En tout cas, cette personne n'était pas attifée comme un type qui a passé la plus grande partie de sa vie en prison. L'homme ne regardait ni à droite ni à gauche, ni vers le haut ni vers le bas, il était plongé dans sa rêverie, et même lorsqu'il passa devant Tom Kettle, il ne fit aucun salut ni signe. Comme si Tom n'était pas là, qu'il faisait office de fantôme victorien dans ce manoir victorien. Il se dit que le type l'avait sans doute pris pour un employé ou un représentant ne méritant pas la moindre considération. Mais comment Tom pouvait-il en être sûr ? Peut-être que cet homme connaissait une détresse dont Tom ignorait tout, qu'il était préoccupé, pressé d'aller au-devant d'une mauvaise nouvelle. Quoi qu'il en soit, la porte d'entrée s'ouvrit et se referma. Tom se hâta de suivre Mr Tomelty, son sac en plastique heurtant sa jambe, soudain inquiet à l'idée de le perdre, ou de se perdre lui-même. En panique.

Mais Mr Tomelty patientait en souriant. Dans l'instant entre la pénombre de l'entrée et le salon éclairé, sa chevelure clairsemée fut comme mise en relief, se transformant en ce halo des saints sur un tableau médiéval. Les saints, ça n'existait pas, Tom le savait, il n'y avait que des hommes bons et mauvais, parfois les deux réunis en un même individu. Mr Tomelty désigna de la tête l'homme qui venait de passer.

— Le lascar en question, dit-il. Lui-même.

Mais sentant pointer là un tout nouveau défi, Tom ne répondit pas et se contenta de suivre Mr Tomelty d'un pas obéissant.

Tom fut surpris de voir qu'à la différence de l'entrée, le salon était une belle et grande pièce dotée de trois hautes fenêtres encadrées par de beaux rideaux encore ouverts, ce qui laissait voir un scintillement sombre sur les vitres. L'encre noire de la nuit masquait la vue, mais ce n'était pas grave, Tom la connaissait, il avait la même depuis le perchoir de son fauteuil en rotin. Il pensa un instant qu'il était *remarquable* que tous deux puissent jouir de cette vue, chacun dans leur coin comme des étrangers, au moins. Il y avait des photos de famille partout, presque en surabondance, à croire qu'ils s'étaient reproduits de façon dissolue, avec presque trop de prodigalité, ces Tomelty. Et il y avait des livres dans les bibliothèques, debout ou couchés, comme l'intérieur des tout premiers ordinateurs, et ces lampes de bureau qui projetaient de la lumière sur leurs chaussures.

Une petite dame s'avança pour empêcher Tom d'avancer davantage et lui attrapa la main droite. Ce geste le surprit. Elle portait une robe couleur des ombres. À nouveau, il songea à un fantôme. Ses deux mains qui serraient la sienne donnaient l'impression d'avoir été réchauffées près d'un feu, même si Tom ne voyait aucun feu. La température de la pièce était rendue supportable par un long radiateur Dimplex qui gargouillait faiblement en contrepoint du sourire silencieux de la dame.

Tom dit :

— Comment allez-vous ? en se retenant péniblement de ne pas ajouter « très chère », comme un idiot.

— Vous accepterez bien un verre, inspecteur ? proposa-t-elle, le troublant à nouveau, et ne lui offrant que du silence en guise d'explication.

À la retraite, à la retraite !

— Avec plaisir, très chère, dit-il, avec plaisir.

— Vous n'êtes pas en service, répondit-elle, pleine d'humour, en secouant ses minces épaules.

Son collier de grenats – des rubis, en réalité – tendu sur son cou ridé faisait comme une file d'insectes prête à se disperser.

— Je ne suis pas en service, et ne le serai plus jamais, dit-il, retrouvant au moins un peu de sens de l'humour.

Elle lui demanda ce qu'il voulait boire, et il lui réclama un cordial, une limonade ou un jus de fruits, quelque chose comme ça, et oui, elle en avait. Elle partit les chercher. Mr Tomelty tenait déjà un verre rempli d'un breuvage inconnu en souriant, puis se mit à rire sans raison apparente, inspirant à Tom la pensée que c'était vraiment un monde loufoque que celui où les gens se révélaient n'être pas du tout ce qu'il croyait, comme s'ils réfutaient toutes ses intuitions d'ancien flic.

À croire qu'il lisait dans son esprit, Mr Tomelty demanda :

— Et que pensez-vous de la retraite, alors ?

On lui tendit un grand verre rempli de limonade – rose, s'aperçut-il – que Tom but presque d'un seul coup, craignant de s'étouffer, alors qu'il n'avait pourtant aucun problème de déglutition. Il n'était pas sûr que les dieux laissent se produire une telle rencontre sans contrariété. Sa main gauche agrippait toujours ses courses.

— Vous savez que je..., dit-il avant même d'avoir formulé le reste de la phrase dans sa tête. Je pense que je peux dire...

Mais encore une fois, aucune pensée complète ne lui vint.

— Êtes-vous vous-mêmes...

Pourquoi était-il incapable de terminer la moindre phrase ? Il rougit dans la pénombre salvatrice.

— Un hôtelier doit accepter les réservations tant qu'elles se présentent, répondit Mr Tomelty avec toute la puissance d'une phrase maintes fois prononcée, comme si sa vie était une pièce de théâtre, qui contenait, telle quelle, cette réplique, et qu'il la déclamait bien, avec une éloquence tranquille.

— J'imagine.

Tom ne connaissait rien à la gestion des hôtels.

— Allons nous mettre à l'aise dans les fauteuils, dit Mrs Tomelty. Je suis tellement heureuse de faire votre connaissance. Nous avions besoin d'une présence forte sans même le savoir. Surtout maintenant qu'il y a des enfants à la maison. Cette charmante petite fille et son frère.

Elle regardait son mari comme si elle redoutait qu'il se sente exclu de la conversation. Tom n'avait jamais vu la petite fille. Mrs Tomelty parlait-elle des occupants de la Tourelle ? Mr Tomelty luisait comme une lampe torche qu'on vient d'allumer.

— Les nuits sombres paraissent plus claires depuis votre installation dans l'annexe. Plus on vieillit, plus on a le bras qui se décharne.

« Plus on vieillit, plus on a le bras qui se décharne. » Tom se dit sans y réfléchir qu'elle venait de Roscommon, peut-être de Leitrim. À la rigueur de Sligo. Ils prirent place, comme elle l'avait suggéré. Tom était content d'être en compagnie de ces gens sympathiques. Il était content d'être une présence forte avec des bras costauds. La lune apparut au-dessus de l'île tandis qu'ils parlaient, et chaque fois que Tom regardait par les fenêtres sombres, l'orbe semblait surgir derrière une vitre différente. On aurait dit que de la musique jouait quelque part, alors qu'il n'y avait aucune musique. En lui proposant un verre, Mrs Tomelty s'était en quelque sorte invitée toute seule. Ils étaient d'humeur à ne parler de rien, mais à parler de rien aussi bien que possible, ce qu'ils firent.

Très vite, les Tomelty apprirent qu'il était veuf, et que ses enfants étaient décédés. Très vite, Tom sut que Mrs Tomelty était l'autorité irlandaise en matière de rosiers thé, un sujet apparemment vaste. Tom avait peut-être innocemment cru qu'il n'existait qu'une seule espèce de rosier thé, ou rien cru du tout. Il avait lui-même un peu étudié la flore sauvage en rapport avec les cadavres, des endroits où les cadavres étaient retrouvés, à la recherche de ce que l'on pouvait identifier sur un pull ou des cheveux, mais il n'en souffla pas un mot. Mrs Tomelty lui montra un livre qu'elle avait écrit, publié par la Royal Dublin Society, son titre en élégantes lettres d'or : *Rosiers thé*. Eliza Tomelty. On aurait dit une bible familiale reliée de cuir. Mr Tomelty se tenait à distance de tout ce que disait sa femme, comme s'il s'était promis de ne jamais lui couper la parole ni de l'empêcher de parler, par crainte ou par amour, Tom n'aurait su le dire. Peut-être que sur une scène de théâtre, ça revenait au même. Il les admirait. Elle portait une robe sombre à imprimé en nylon. Ne percevait-il pas de petits éclairs sur ses cuisses lorsqu'elle croisait et recroisait les jambes, à cause de l'électricité statique que produisaient ses bas ? Ce ne fut qu'à cet instant, si tard dans la journée – en ce jour de printemps doux plein de renouveau –, que Tom remarqua que Mr Tomelty portait un nœud papillon du même vert que les groseilles à maquereau. Difficile de faire le lien avec l'homme en vieux habits de jardin qui lui avait demandé, quelques mois plus tôt, s'il pouvait lui emprunter un peu de sucre. Tom fut à nouveau frappé par l'étrangeté de ces gens, leur mystère, mais aussi le sentiment de les connaître. Il avait eu l'impression de les connaître aussitôt, ce qui pour lui suggérait une certaine homogénéité dans l'humanité. Une familiarité générale. Comme s'il n'y avait en réalité que dix sortes d'âme différentes. Il s'en était souvent fait la remarque, en tant que flic. Pourtant, si on l'y avait contraint, il aurait aussi dû admettre que ces gens étaient totalement des individus. Il pouvait tout aussi bien les connaître aussitôt que ne pas les connaître, et peut-être ne jamais pouvoir les connaître.

Dans un recoin de la pièce, se dressait une licorne dont la corne était faite d'argent, ou peut-être d'or blanc, son délicat sabot avant droit levé, qui regardait innocemment dans le vide avec des yeux paisibles. Mr Tomelty et sa dame n'y firent aucune allusion. Elle était là, comme un fait.

Chapitre cinq

Si Tom n'aurait pu exactement se qualifier d'insomniaque – il ne cessait de s'endormir et de se réveiller en sursaut –, le fait est qu'il dormait mal. Il irait voir Fleming le lendemain. Ou le jour suivant, après avoir briqué l'appartement. Il s'était préparé des saucisses de Francfort, avec de la purée, son plat préféré, lesquelles gisaient à présent dans son ventre comme un début de grossesse. Son pyjama était vieux, mais tous les pyjamas avaient toujours l'air vieux. Son ventre encore plus vieux était couvert de grains de beauté et de ces taches rondes et sombres comme des pièces de monnaie que ce bon médecin de Deansgrange, l'infatigable Dr Brownlee, avait décrétées bénignes. Disgracieuses, certes, mais qui était là pour les voir ? Personne. Le fardeau de la vieillesse devait être supporté seul, pourtant c'était comme s'il y avait là une autre personne, car souvent Tom ne reconnaissait pas les parties de son corps qu'il voyait dans le miroir. À qui appartenaient ces jambes toutes maigres ? Pourquoi sa tête était-elle en avant de son cou ? Était-ce vraiment gentil de la part des dieux de faire subir ça à la peau de son visage, comme si on avait laissé un enfant sans surveillance avec un feutre marron ? À côté de son vieux lit, sur cette table de nuit dont June tirait une grande fierté « même si personne ne la voit à part nous », avait-elle dit dans leur ancienne maison le jour où ils avaient emménagé et déroulé les tapis, ce jour mémorable, trônait le livre qu'il *ne lisait pas*, qu'il ne lisait tout simplement pas, bien que l'ouvrage ait attiré son attention dans l'un des cartons. Il s'agissait d'une histoire récente de l'Irlande, mais Tom n'avait pas de force pour ça, ni pour le signal qu'elle contenait.

Qui était-il, de toute façon, il l'ignorait. Kettle, était-ce vraiment son nom ? Était-ce vraiment *un* nom ? Un ustensile de cuisine – une bouilloire. Joseph était très au fait des bouilloires amérindiennes, même s'ils n'en utilisaient pas au Nouveau-Mexique. C'est le genre de choses que Tom aimait savoir, des informations a priori sans intérêt. Il n'en avait jamais assez, des choses sans intérêt. Avant d'obtenir sa carte verte en 1991, Joseph s'était renseigné sur les tribus, car le seul emploi qu'on lui proposait était un poste de médecin suppléant dans un pueblo près d'Albuquerque. Joe était tellement heureux de quitter l'Irlande, tellement heureux, après tout ce qui s'était passé, et même si ce bonheur lui faisait comme un coup de poignard, Tom comprenait. L'aventure. Le renouveau. Faire claquer les rênes du cheval de trait et retourner la terre. « Attention aux serpents à sonnette », avait-il dit à son fils sur le départ à l'aéroport de Dublin. « Promis, papa », avait répondu Joseph. Ils souriaient et riaient tous les deux. Les larmes au bord des yeux, juste au bord.

En vérité, il ne s'écoula guère de temps dans la nouvelle maison de Deansgrange avant les premiers petits changements. La nuit, June était comme un corps enseveli que Tom entendait à peine respirer. Elle vivait de façon si légère qu'elle ne laissait presque pas de marques. Tom cherchait des signes d'elle. Des traces de June. Plus tard, au bout de quelques années, quand il rentrait du travail, il faisait le tour de la maison à leur recherche, les petits et elle. Quand il l'appelait, elle ne répondait pas toujours, car parfois elle n'était pas là. Les derniers temps, quand il l'appelait et qu'elle était là, elle ne répondait jamais. Même en vie, elle était parfois comme une personne qu'on se souvient d'avoir aimée. Le mascara trônait sans son bouchon dans la salle de bain. Après l'avoir rangé, si Tom s'aventurait dans leur chambre, il pouvait trouver un jean en tas par terre, comme si elle s'était évaporée. Winnie sortait de la grande école à cinq heures, et Joseph de la petite à quatre. June s'embarquait dans des trajets épiques en bus avec eux sans que Tom sache où. Parfois, il n'avait aucun moyen de la joindre, même quand elle était à la maison. On aurait dit un téléphone débranché. Billy Drury, un policier de Roscommon qu'il appréciait tant, et à qui il pouvait se confier, disait qu'elle avait le blues, le blues de la ménagère. Mais Tom ne pensait pas qu'elle ait le blues de la ménagère. C'était autre chose. De surcroît, il aimait bien faire le ménage, alors le soir il passait l'aspirateur, vroum vroum, ou mettait un coup de propre dans la salle de bain. Elle donnait leur bain aux petits, ce qu'ils adoraient, puis les séchait comme un cyclone dans la grande serviette blanche, les étouffait dans une tempête de talc et leur lisait des histoires au lit, leurs visages heureux et ensommeillés encore blancs de talc. Beatrix Potter, Pierre Lapin, Madame Piquedru. Tom tendait l'oreille, car il aimait bien ces histoires. Sally Pouli-poulette, avez-vous trouvé mon mouchoir en tissu ?

Ou était-ce surtout lui qui lisait les histoires ?

Pourtant, au début, elle était solide comme un roc, non ? Un roc des falaises irlandaises. Pour lui, elle incarnait un miracle. Il n'était plus tout jeune, trente ans passés, et il avait depuis longtemps abandonné l'espoir d'un amour profond comme celui-ci. Or leur amour était vraiment profond. Elle travaillait au café Wimpy de Dún Laoghaire. Billy Drury et lui avaient passé trois longues semaines sur place à enquêter au sujet d'un meurtre. Un corps de fille retrouvé dans un cimetière, or Billy et Tom étaient très doués pour traquer les criminels. Une histoire sordide, une belle jeune femme abandonnée dans un sac à grains comme des détritus dans un coin retiré du cimetière. De l'aconit, des giroflées et des feuilles de rumex géantes tentant de faire comme une garde d'honneur. Les mains n'avaient été récupérées que des années plus tard dans les montagnes de Dublin, mises au jour par un labrador en promenade. Mais ils n'avaient jamais pu découvrir l'identité de la fille. Elle était morte dans l'anonymat le plus total. Ils s'étaient dit qu'elle venait peut-être de débarquer à Holyhead par bateau postal – dans leurs moments de désespoir, ils se demandaient même si elle n'était pas tombée du ciel. Un ange aux mains sectionnées. Dans les années soixante, ce n'était parfois pas simple de mettre un nom sur un mort. Alors vers onze heures du matin, après une longue enquête de voisinage sur Patrick Street et ce curieux serpent de York Road qui commençait avec des maisons ouvrières et leurs petites cours humides et se finissait par de resplendissantes demeures aux jardins suspendus, Billy et lui allaient poser leur cul fatigué au Wimpy pour un café clair dans des tasses opaques et blanches comme des coquillages, étirant leurs jambes douloureuses sous les tables en formica. Billy aimait bien les juke-box, et c'est comme ça qu'ils s'étaient mis à discuter, June et Tom, pour se moquer du goût douteux de Billy pour la musique country et western.

— Johnny Cash, ça, c'est bien, déclarait June dans son uniforme bleu avec un tablier blanc comme celui d'une infirmière.

Il éclatait de rire, et Billy, un gars accommodant, oui, vraiment un garçon adorable, éclatait de rire à son tour en disant qu'ils ne racontaient que des conneries, mais tout bas, parce qu'il ne voulait pas offenser les lycéens qui envahissaient les bancs en plastique. Joe Dolan and the Drifters. Puis Billy reprenait ses notes, ses éternelles notes, il était le meilleur et le plus méticuleux des rédacteurs de rapports à Harcourt Street. Ensuite, il y avait eu ce fameux jour, à jamais fameux dans son cœur, en tout cas, où Tom alla se promener avec June à Monkstown, une sorte de rendez-vous amoureux. Ils s'avancèrent loin sur la jetée, là où l'herbe estivale poussait sans entrave en une longue prairie et où le soleil chauffait si fort les bancs en bois que la peinture bleue cloquait. Ils s'étaient assis dans l'air marin chargé d'odeurs de poisson car à quelques mètres, de l'autre côté de l'eau huileuse, se dressait la jetée courtaude des chalutiers, les héroïques pêcheurs de Dún Laoghaire avec leurs cuissardes en caoutchouc aussi plissées que la peau d'un éléphant et leurs caisses de glace comme venues d'un autre monde. Ils s'assirent sur un banc et firent sauter les cloques de peinture avec leurs doigts, les jambes nues de June recouvertes d'un duvet presque invisible, sa peau amande comme une étrange prairie, elle aussi, sa robe en coton sur sa silhouette fine, son visage follement parfait, selon Tom, comment une personne belle à lui couper le souffle était-elle là avec lui, lui, un simple flic d'extraction douteuse dans sa trentième année.

Le contact de sa main qui, de toute évidence, n'était pas en feu, mais le brûla tout pareil, lui brûla la main.

Pendant longtemps, elle ne lui dit presque rien sur elle, et lui non plus, parce que, que dire ? Ils comprirent vite que c'était tous les deux pour la même raison. Le même genre d'*affaire*, tel était bien le mot. Pour Tom leurs vies étaient comme des scènes de crime, d'une certaine manière. Et pourtant, il était là, lui, un inspecteur de police, rien de moins, et elle, une charmante serveuse, sous le soleil de Dún Laoghaire, ce soleil qui chauffait encore plus dans les terres, même tout près, à Monkstown. Un samedi paresseux, le jour de repos de June, ils s'installèrent dans un pub de Blackrock et prêtèrent une oreille peu attentive au match de football à la radio en buvant du cidre – ils se sentaient comme le couple royal de ce monde – puis ils remontèrent la grande rue en passant devant la bibliothèque Carnegie, le garage Volkswagen si chic, et prirent la route qui longeait ce qui avait dû être autrefois une côte sauvage faite de falaises et de rochers où les navires venaient certainement s'échouer, et que seuls étaient venus civiliser la ligne de chemin de fer et son boucan, les énormes manoirs en bordure du chemin, le vent marin rongeant peu à peu leurs façades. Ils se promenèrent main dans la main sur l'immense front de mer de Monkstown, les petits corps des gens en bas grelottant sur leurs serviettes ou bravant la terrible mer d'Irlande, puis descendirent par l'étroit sentier un peu après la grande grille en fer forgé de l'hôtel, derrière le club de tennis dans son capuchon de forêt, franchirent le pont métallique où leurs chaussures firent clac-clac-clac, et atteignirent la lande à Seapoint couverte de la végétation luxuriante d'août, haute et lourde de graines, puis trouvèrent un creux discret, comme des milliers d'amoureux avant eux, en priant pour qu'il n'y ait pas dans les parages de jeunes garçons qui leur jettent des pierres, et ils s'embrassèrent, eux-mêmes comme de jeunes enfants fous, sombrant de plus en plus dans le puits sans fond de l'amour, et ils firent l'amour comme des démons gémissants. S'ils ne conçurent pas Winnie ce jour-là, alors Tom pouvait se faire moine.

Les dieux lui pardonneraient-ils de verser maintenant des larmes dans son lit en cette lointaine Dalkey tandis qu'il se remémorait tout ça ? Tels étaient les cadeaux que la vie lui avait faits, et Tom n'avait aucune raison de se lamenter, aucune raison de se plaindre. Tout ça ne pouvait être vécu qu'une fois, alors nul besoin de séances de répétition ou de chœur pour ce morceau, il avait été cet homme et elle cette femme en cette bonne vieille Seapoint, tellement noyés dans une mer d'herbe qu'ils auraient tout aussi bien pu être cette herbe, ou les libellules qui passaient en trombe, ou l'odeur même de l'herbe qu'ils aplatissaient, et ce bonheur quand ils jouirent, et ils crièrent, ils crièrent, mais à quoi ? Aux trahisons du passé et à ce futur que Tom ne voyait alors que comme une compensation.

Qui était June ? Un mystère presque aussi grand que cette fille morte. Avait-elle été assassinée, elle aussi, dans une mise à mort lente comme celle qu'on administre à tout petits coups de couteau ? Le lingchi. June n'avait aucune trace de cicatrice, malgré toutes ses blessures. Bien sûr, c'étaient des blessures d'un autre ordre. Bien sûr. Des blessures que Tom avait lui aussi, qu'il comprenait. Était-ce une bonne chose, qu'ils soient tous les deux blessés de la même manière – puisque, après tout, c'est ainsi qu'ils se connaissaient ? Se reconnaissaient. Ils n'avaient besoin ni de noms ni de familles, ni de grands-parents, mères, pères, voire, en fait, leur absence leur avait offert de l'amour, du moins pour un temps. Cela suffirait-il pour toutes les années à venir ? June avait trois ans au décès de sa mère. Cette mère aussi belle qu'elle, d'après la petite photo. Où était passée cette photo ? Tom espérait ne pas l'avoir perdue. Comment s'appelait sa mère ? June n'avait aucun moyen de le savoir. Ces foutues bonnes sœurs ne lui avaient jamais rien dit. June avait failli le découvrir. Âgée de onze ans à peine, elle s'était glissée dans le bureau de l'orphelinat à la recherche de son dossier. Les autres fillettes disaient qu'elles avaient toutes un dossier là-bas. Un immense endroit sordide, avait dit June. Elle avait trouvé le sien, son nom sur une chemise dans un long bureau, disait-elle, elle l'avait saisi, et la petite photo était tombée. Le dossier ne contenait que ça. À cet instant, une bonne sœur était entrée, il y avait eu du remue-ménage, des cris, une punition. Mais June avait mis la petite photo dans sa culotte et l'avait faite sienne. Elle n'avait vu aucun nom, aucun fait, aucune date, absolument rien, en revanche, sa mère lui était tombée dans la main, ce que les bonnes sœurs ignoraient. Elle pensait qu'il s'agissait de sa mère, même s'il n'y avait rien d'écrit au dos, et Tom pouvait se porter garant de leur ressemblance.

Et pour couronner le tout, cette fichue Mrs Carr, la seule personne s'apparentant à une quelconque famille à leur mariage, puisqu'elle avait fait office de mère adoptive pour June pendant deux ans. Ce qu'elle considérait comme une autorisation pour la hanter. Et ce que June tolérait mystérieusement, sans accepter que Tom chasse Mrs Carr, qu'il chasse cette sorcière. Parce que June était gentille, et qu'elle sentait les gens, elle comprenait quelque chose de Mrs Carr que Tom ne pouvait pas voir. Étaient présents Billy Drury, McCutcheon, le golfeur magique et sa dame, plus quelques autres, le copain nigérian d'armée de Tom arrivé par le bateau postal, ce bon vieux Peter, qu'était-il devenu ? Mrs Carr sifflait la discorde tel un cobra. Avec ses robes noires et ses jambes comme des poteaux assez gros pour soutenir une clôture. Et ses cheveux qu'elle torturait de façon à les faire tenir en une permanente lépreuse. Elle avait œuvré longtemps et consciencieusement pour creuser un fossé entre June et lui, sans jamais y parvenir. Elle n'avait été bannie que lorsqu'elle avait suggéré à June que Tom ne ressemblait pas à ses petits, était-elle sûre qu'ils soient bien de lui ? Adieu, adieu, la porte qui claque. Bon débarras.

C'était le petit matin maintenant, une expression qui sonnait si juste.

June ne savait pas qui elle était, mais elle savait d'où elle venait. Quand elle en parlait, elle s'asseyait d'une certaine manière, le corps très en avant sur sa chaise, les épaules redressées, et elle prenait une voix différente. Elle était capable de parler pendant deux heures et que ça donne l'impression de n'être qu'un résumé.

Elle s'était tue pendant si longtemps, elle n'avait jamais parlé de ces choses. Ils se connaissaient depuis un mois, Tom s'épuisait à prendre le bus ou le train pour la rejoindre depuis son garni minable à Glasnevin ou son bureau de Harcourt Street. Il tentait d'aller la retrouver chaque jour. Doux Jésus, si seulement cette vieille gare avait encore été ouverte, mais non, alors il devait traverser Dublin au galop, franchissant St Stephen's Green, dévalant Grafton Street, longeant Trinity et se ruant dans Abbey Street puis Talbot pour surgir comme un fou dans la gare de Connolly et attraper le 17 h 30 en direction de Bray.

Il était plus jeune à l'époque, et en meilleure forme, mais c'était l'été, alors il était obligé de changer de chemise dans les minuscules chiottes aussi bruyantes qu'un solo de batterie en essuyant au passage la sueur sur sa poitrine et ses bras. Au bout d'un mois, il aurait pu se qualifier pour intégrer l'équipe irlandaise aux jeux Olympiques. Un mois tout entier, et une fortune en billets de train. On aurait pu croire que les couples se racontent leur vie dès le premier soir, mais pas June. Elle aimait lui rapporter ce qui s'était passé ce jour-là au café, peut-être avec un peu trop de détails, mais ça ne dérangeait pas Tom. Il aimait son état après le travail, fatiguée quoique pas non plus épuisée, les pieds endoloris. Elle aurait enfilé un jean et pris une veste. Sa jolie veste en jean, le summum du hippie. Et ce jean qu'elle avait porté dans son bain, comme conseillé sur l'étiquette, pour qu'il moule bien les jambes. Elle ne le faisait jamais venir dans sa piaule, bien sûr, elle résidait dans une sorte de pension religieuse pour la protection des jeunes catholiques – cette foutue Mrs Carr habitait à Stillorgan, loin du café Wimpy. Non que Tom connût Mrs Carr à l'époque. Alors il ne savait rien. June aimait bavarder, mais ne disait jamais rien. Tom pensa que c'était comme ça, qu'elle était comme ça. D'une certaine façon, il était soulagé qu'elle ne lui pose aucune question sérieuse, car il était depuis toujours le gardien de ses propres silences.

Tom se remémorait la scène, le flamboiement flou du coucher de soleil qui faisait paraître Howth Head tout proche, bien qu'à dix kilomètres de là, à l'autre bout de la baie. Ils étaient passés devant les bâtiments d'Irish Lights où étaient stockées ces bouleversantes bouées de haute mer et les lumières flottantes. En prévision des tempêtes et des ténèbres de l'hiver, supposait-il. Il était descendu du train débordant d'un bonheur simple. Il avait rejoint sa petite amie sous l'antique horloge de l'hôtel de ville, près de la fontaine délabrée de la reine Victoria. Ne se souciant pas qu'on les voie s'embrasser, ils s'étaient embrassés sur le quai. Puis ils étaient partis vers la mer en se faufilant parmi les petits hangars privés, entre la jetée des bateaux postaux et la grande, avant Seapoint. Mais sans plus aucune intention de vouloir maintenant rallier Seapoint, même si Tom en avait eu envie, parce qu'ils se retrouvèrent bientôt sous le vacarme d'une féroce pluie d'été. Ils s'étaient donc réfugiés sous une arche de pierre dont ils ignoraient la raison d'être, peut-être l'entrée d'un endroit qui n'existait plus.

June avait dit qu'elle avait froid, alors ils s'étaient perchés sur le bord en granit en se blotissant l'un contre l'autre. Tom tenait dans ses bras ce qu'il avait de meilleur au monde. Cette fille, cette personne humaine. Elle avait beau prétendre avoir froid, une telle chaleur émanait de ses vêtements. Toute cette douceur provoqua dans le cerveau de Tom quelque chose qui libéra une quantité optimale de plaisir. Un robinet ouvert à fond. C'était là toute la vérité. Et pourquoi pas ? Il connaissait le malheur, et ça, c'était du bonheur. June lui paraissait si précieuse, si entière, si parfaite. Où étaient ses défauts ? Il n'en voyait aucun. Il posa la tête sur ses cheveux et respira si profondément qu'il ignorait s'il était mort ou vif, et ne s'en souciait pas. Quelques minutes avant qu'elle se mette à parler, il savait qu'elle allait lui confier autre chose que le récit de sa journée. Une créature humaine sent ce genre de choses. La pluie, l'arche, l'heure, tout conspirait à conduire June à ce moment. Tom n'avait aucune idée de ce qu'elle allait dire, aucune idée que ses paroles seraient à la fois son salut et sa ruine. Mais il savait qu'elle allait parler. Ce n'était pas tant au sujet de sa mère, même si c'était aussi ce jour-là qu'elle l'avait évoquée, mais ce qu'elle avait dit après.

— Je ne sais pas qui je suis. Il n'y a personne en moi que tu puisses épouser, commença-t-elle.

Tom ne pensait pas avoir déjà abordé le sujet du mariage à l'époque. Mais June avait parlé avec une telle tristesse, une telle exactitude et un tel courage qu'il ne le fit surtout pas remarquer.

En revanche, il avait aussitôt pensé, mon Dieu, si elle accepte de se marier, je l'épouse. Cela avait-il seulement déjà traversé sa stupide tête ? Certainement. Il ne s'en souvenait plus. Elle était là, dans toute la gloire de son jean, ce jean comme une seconde peau, mais une peau dont elle pouvait muer, avec son bustier élastique plissé qui laissait ses épaules libres. Elle avait un petit sac à main avec un cœur dessus – comme sa culotte. Presque un porte-monnaie. C'est là qu'elle sortit la photo sacrée et lui raconta comment elle l'avait récupérée, comment elle l'avait dérobée à l'oubli. Ces fichues bonnes sœurs.

Puis, par son courage, elle obligea Tom à raconter à son tour son histoire, sa propre histoire de malheur. Tant de mères mortes !

Il bafouillait tant il était excité. Il avait en tête son salaire misérable, tout inspecteur qu'il soit. Ce n'était pas la question. Ils se débrouilleraient. Mais aussi, qui diable inviteraient-ils à leur mariage ? Ce n'était pas non plus la question. Dans tout ce qui était du domaine de la normalité, rien n'avait d'importance. Parce que Tom savait que June n'avait pas terminé. Qu'elle avait autre chose à dire, il le voyait comme un corbeau perché sur son épaule. Ils venaient presque par hasard de prendre une immense décision concernant leur vie, par le biais de choses bénignes réunies, mais June n'avait pas terminé. Elle avait toujours les épaules droites. Elle n'avait pas terminé, parce que ça ne serait jamais terminé.

« Le corbeau dit : "Jamais plus." » Tom était de retour dans le présent, à une année-lumière de ce jour éblouissant, et de tout ce qui avait suivi, les choses difficiles, les choses heureuses et encore plus heureuses. Le brouillard habituel se dissipa un instant dans son esprit. Le petit matin était en train de le distiller comme du whisky brut. Tom se demanda ce que Dieu accepterait de son histoire. Et ce foutu saint Pierre à sa porte. Qu'est-ce qui était important dans tout ça, dans sa vie, sa vie, comme toute autre vie ? Il se représenta tout à coup tous les inspecteurs encore en vie, et tous les inspecteurs ayant jamais existé – étaient-ils des centaines de milliers ? Tous parqués dans l'enclos des inspecteurs ? À devoir s'affronter comme dans une course de chevaux ? Tous ces inspecteurs – avec les crimes, les viols, les meurtres, les escroqueries, les vols, les fraudes, le torrent même, la cascade, la grande vague de crimes de toute l'histoire de l'humanité. Le vacarme, ce vacarme. Ils avaient tous tellement œuvré. C'était comme la cascade de Powerscourt qui coulait et coulait toujours. Et tous ces hommes, de toutes les langues du monde, de toutes les races, de toutes les polices, qui tentaient de comprendre, de réfléchir, de tirer les choses au clair, d'avoir un coup de bol, de faire une percée, d'arracher une affaire avec les dents. Que valaient-ils, que pesaient-ils ? Et qu'y avait-il au cœur de tout ça ? Sa vie, sa petite vie ? Le brouillard quitta le rivage de lui-même, et la mer apparut telle une scène de théâtre, avec un soleil bienvenu et brûlant, et Tom se vit confier une vérité, en cet âge curieux qui était le sien, en cette déchéance palpable qui était la sienne : au cœur de tout ça, au cœur de tout ça, et à jamais, se trouvait June. Winnie, Joseph et June. Mais surtout June.

Chapitre six

Tom serait allé voir Fleming, bien sûr, ce jour-là ou le suivant, mais les enfants avant tout, or Winnie apparut par surprise le lendemain matin. Et quel matin. Lorsque Tom lui ouvrit – il allait devoir faire quelque chose contre le grincement de cette porte, ça en devenait presque gênant – le soleil de printemps batifolait déjà presque dans le jardin. Les fleurs des rhododendrons commençaient tout juste à brunir sur les bords mais brûlaient encore de toute leur couleur pourpre. Une seconde, Tom crut que des abeilles butinaient déjà leur nectar, il crut entendre leur bourdonnement, mais ce n'était sans doute que dans sa tête. Winnie se tenait devant lui dans un élégant collant épais gris foncé qui lui allait très bien car elle avait les jambes de June, ainsi que sa robe en laine gris souris, elle aussi, et ce merveilleux manteau moutarde qui avait tant fait rire Tom la première fois qu'il l'avait vu, parce que sur son dos, un designer avait peint le visage de Marilyn Monroe. Il ne voyait pas Marilyn pour l'instant, uniquement le beau visage familier de sa fille. Comme il aurait aimé avoir fait le ménage chez lui. Elle aurait pu « admirer tout ça ».

— Winnie, Winnie, dit-il, quel plaisir de te voir !

— Salut, papa ! lança-t-elle.

Il la fit entrer dans l'agitation qui entoure l'arrivée d'un dignitaire, attrapa ses gants rouges, puis son manteau – un rapide coup d'œil dans son dos, puis à elle, avec un rire appréciatif : « Marilyn ! » –, qu'il posa sur le fauteuil en rotin. L'arrière du château était encore plongé dans l'ombre, mais une ombre riche, interrogative, radieuse, contenait l'étrange promesse d'une journée ensoleillée. Deux jours de soleil de suite en Irlande, était-ce seulement possible ? Un miracle. En Malaisie, Tom avait connu des journées si chaudes que ça en devenait insupportable, ils bouillonnaient dans leurs uniformes et allaient jusqu'à regretter de vivre. Mais un jour de printemps irlandais, ça pouvait être clément, exquis, charmant. Lorsque la météo irlandaise était de la partie, il n'y avait aucun autre endroit au monde où l'on rêve de se trouver.

Winnie était un soleil à elle seule. Le salon se magnifiait en sa présence. Ses gants rouges posés sur son manteau jaune foncé, et elle les jambes tendues. Un merveilleux tableau. Sa splendide fille. Sans un mot, Tom évoqua la possibilité d'un thé et elle répondit à l'avenant. Entre père et fille, pas besoin de mots. Après toute la boue de cette vie dans laquelle ils avaient pataugé, comme si elle leur collait aux bottes, que Winnie puisse encore lui rendre visite avec cet air réjoui, c'était l'idée que Tom se faisait d'une juste compensation, ou d'une bénédiction. Il n'allait quand même pas mettre ça en doute, si ? La réalité de son corps, de ses bras, de ses jambes, de sa tête, de son buste. Cette créature issue de June et de lui. S'ils ne l'avaient pas conçue en ce jour heureux dans les hautes herbes à Seapoint – car si Tom faisait le décompte des mois jusqu'à leur mariage, c'était une folle idée – alors ça avait été plus tard, certes plus tard, mais avec tout autant de passion et d'inspiration. Faire une fille. Un miracle. Et quelle fille.

— Tu vis dans un bel endroit, dit-elle. Tu as vraiment eu du flair pour dégoter ça, papa.

— Je n'ai pas levé le petit doigt, répondit-il. Tu as regardé le journal du soir, et tu as vu l'annonce.

— J'ai regardé le journal du soir, et j'ai vu l'annonce. Oui, oui.

Tom faisait chauffer de l'eau dans la bouilloire de l'étroite cuisine. Les bouilloires, ces objets têtus. Winnie l'avait achetée chez Pete's Electrical sur Parnell Street, un cadeau pour sa pendaison de crémaillère, neuf longs mois plus tôt. « Une bouilloire pour mon père bouillonnant », avait-elle déclaré. Elle avait sans doute raison.

« *Press-a-Herald, Press-a-Herald !* » fredonnait-elle tout bas – le cri des vendeurs de journaux sur O'Connell Street bien avant sa naissance. Des types sales et hirsutes, leurs journaux sur un bras, qu'ils pliaient et présentaient d'un seul mouvement au passant, l'argent récupéré comme dans un ballet, une scène que Tom lui avait souvent décrite. Avant d'être nommé inspecteur, il couvrait un secteur qui allait de la rive nord de la Liffey jusqu'à Mountjoy Square. Il avait aimé cet étrange devoir civique – protéger, mais aussi, bien sûr, parfois réprimander, tracasser et interpeller d'autres Dublinois. Ces inoffensives « vieilles personnes » poussées en chaise roulante, les joueurs de flûte et de violon qui quémandaient quelques piécettes dans la rue. Ce crime musical de vagabondage. La marée lasse des employés de bureau qui, le soir, déferlait dans la rue telle une crue miniature, s'écoulant jusqu'aux arrêts de bus et aux stations de taxis pour regagner ensuite une dizaine, une cinquantaine de destinations. Les bonimenteurs, les pickpockets et les ivrognes, les femmes distinguées et les garçons aux chaussures voyantes, les marchands ambulants, les prêtres en promenade, les bonnes sœurs aux cornettes de toutes sortes, ces dames de la classe moyenne venues faire leurs courses chez Arnotts, ces dames de la classe ouvrière venues faire leurs courses chez Clerys, les jolies vendeuses qui quittaient le travail en troupes bruyantes, bras dessus, bras dessous, donnant l'impression de flotter dans les airs, hors d'atteinte dans leur beauté, leur exubérance et leur triomphe, les rudes provinciaux peut-être descendus à l'hôtel Wynn, les garçons des ruelles derrière les grands bâtiments toujours à la recherche d'un bon coup. « Qu'est-ce t'as ? » était leur réplique sous forme de menace, si on avait le malheur ne serait-ce que de leur jeter un coup d'œil. Ces chiens de Culann illettrés. Les garçons en uniforme des écoles chics, la CUS ou le Belvedere, qui se rendaient au Carlton ou au Savoy avec l'espoir de se glisser en cachette dans la salle où on jouait *Viva Las Vegas* avec Elvis Presley, interdit aux moins de dix-huit ans, les bébés malpropres avec de la morve verte au nez, laquelle formait comme un delta sur leur pull-over, dans de grands landaus noirs ou des poussettes tachées de graisse. Son peuple. Winnie aimait que son père lui raconte tout ça, sa ville quand il était jeune, un jeune flic, plus jeune qu'elle désormais. Peut-être qu'elle aimait encore l'entendre lui raconter ça, pourtant elle connaissait tout par cœur, alors les mots étaient inutiles, elle percevait tout dans son oreille interne.

Tom offrit à sa fille en train de se prélasser – elle affirmait aimer elle aussi ce fauteuil en rotin – sa tasse de thé avec deux sucres « et juste un tout petit peu de lait, maintenant, papa, tu sais », puis appela Harcourt Street. Bien qu'il ne les ait pas avertis de sa venue, il se dit qu'il ferait bien de prévenir de sa non-venue, et de la reporter au lendemain, si Dieu le voulait. La dame à la voix doucereuse au bout du fil, qui le connaissait si bien, le reconnut aussitôt, ce qui fut très gratifiant : « Oui, Mr Kettle, bien sûr, alors à demain ? »

— On devrait aller sur l'île en été, papa, tu ne crois pas ?

— Oui.

— On devrait vraiment le faire, papa. Notez-le, inspecteur.

— Je n'y manquerai pas.

— Je te le rappellerai en mai.

— En mai ou en juin. Juin, le mois de June... C'est noté. On louera un petit bateau à Killiney Strand, pas de problème, et on ramera jusqu'à l'île. Bien sûr qu'on le fera.

— On pourrait emporter un pique-nique, ajouta-t-elle, oui. Je ferai cuire des œufs à l'écossaise, et aussi des saucisses. Je pourrais même faire des crêpes au chocolat, papa, celles que tu préfères.

— On a toujours le panier à pique-nique de maman.

— Ah oui ?

Tom n'en était plus si sûr tout à coup.

— Peut-être, dit-il en jetant de vagues coups d'œil autour de lui.

Cela faisait plusieurs années qu'il n'avait pas vu cet objet. Trop longtemps pour que ça soit accessible à sa mémoire. Peut-être était-il quand même quelque part. Tom l'avait-il seulement déménagé ? Ou l'avait-il jeté avec mille autres objets qui lui rappelaient trop de choses pénibles, des choses trop douloureuses pour être conservées ? Les beaux vêtements de June, ses trois manteaux, ses sous-vêtements vaporeux, tout un tas, ses chaussettes, sa dizaine de paires de chaussures. Tom ne pouvait pas les emporter avec lui, et il ne pouvait pas les abandonner. Il avait fini par se résigner à tout emballer et... Les chaussures qu'il lui avait offertes avec ses tout derniers sous à l'époque où ils étaient si fauchés. Chez Brown Thomas. Une folie. Comme un défi à leur désargentement. Il avait rempli la benne de façon peut-être inconsidérée, il aurait pu vendre certaines choses, sans doute, des « petits trucs », mais comment ? Il était presque sûr qu'il avait aussi jeté toutes leurs photos par erreur, bon Dieu, parce qu'il ne les avait jamais revues. Le lendemain matin, quand il était sorti inspecter ce dont il s'était débarrassé, en bon abruti qu'il était, la benne était vide. Les gens du voyage étaient passés, lui avait appris son voisin, et avaient tout mis dans leur camionnette. Il aurait pu s'épargner la dépense des quarante livres de benne.

— Tu descends en ville tout à l'heure ? demanda-t-il.

Elle ne répondit pas.

— Winnie, où habites-tu ? s'écria-t-il soudain, car il était incapable de s'en souvenir.

Un sentiment étrange. Un père aurait dû savoir où vivait sa fille. Il le savait, mais où était-ce, déjà ? Ça lui était sorti de la tête. Il devenait de plus en plus fou, pas de doute. Il redemanda :

— Où habites-tu ? d'un air de détresse, avec une migraine naissante.

— À Deansgrange, papa, à Deansgrange.

— Mais on a quitté Deansgrange, dit-il avec une note de panique et de misère dans la voix.

— J'y suis toujours, papa.

— Pas au cimetière quand même ! protesta-t-il avec un petit cri.

— Si, papa, au cimetière.

Après le départ de Winnie, qui se produisit peu de temps après, en tout cas, ce fut l'impression de Tom, l'après-midi touchait à sa fin. Une journée avait passé sans qu'il comprenne comment, en revanche, il savait pourquoi : *parce qu'il était si heureux.* Il lava la tasse de Winnie dans l'évier en faisant tourner l'eau encore et encore pour éliminer toute trace de thé. Tom connaissait la sournoiserie du thé. Il fallait tourner avec soin. Comme il aimait Winnie. Un service à elle seule, cette fille. Il sentit sa tête dodeliner à la manière de Ramesh. Un service fait fille, comme celui d'Arklow que June et lui avaient reçu en cadeau de mariage de la part de Mrs Carr, les tasses et les assiettes cassées par les enfants et eux-mêmes au fil des années sur ce foutu carrelage de la cuisine. Le pot à lait devait encore être quelque part. Et la soupière ? Peut-être. Winnie, Winnie. Cette façon dont elle avait pris place dans son salon, sur son cher fauteuil, comme le sujet d'une peinture. Tom ne pouvait imaginer le monde sans elle. Il aimait son Joe, il aimait vraiment son Joe. Mais il n'arrivait pas à concevoir le monde sans Winnie. Cette confiance qu'elle arborait. Tom gloussa en essuyant sa tasse longtemps après qu'elle fut sèche, tant il aimait ce geste. Il secoua la tête. La capacité de sa fille à aller de l'avant. À gagner plus d'argent que lui-même n'en avait jamais reçu. En tant que stagiaire, puis jeune salariée aux Four Courts auprès de Mr Norris, avocat. D'abord coursière, puis petite main qui préparait le thé et prenait des notes. Mais un jour, elle finirait par prêter serment. Oh oui. Et par mettre la perruque blanche. Et là, attention. Elle débarrasserait la Constitution de toute cette haine absurde envers les femmes. La place des femmes au foyer. Ça l'avait rendue folle. McQuaid et de Valera, le prêtre et le président. Telle une Ajax faite avocate, elle récurerait tout ça. Elle en avait fait un défi. En l'honneur de sa mère et de toutes les autres. Au diable le ménage. À bas les torchons de vaisselle. Il nous faut des femmes déchaînées, enragées, exaltées, excitées, agitées, emportées. De vraies femmes. Pas ces putains de bonnes femmes imaginées par l'homme. C'est ce qu'elle disait à l'époque, et sans doute le disait-elle encore à Deansgrange. Nul doute qu'elle le dirait encore, où qu'elle se trouve. À Deansgrange. Elle n'était pas à Deansgrange. Rien que cette idée. Faire tourner la tasse pour effacer les taches, faire tourner pour effacer les taches. Ha ha ha.

McQuaid. Ce nom si noir qui venait de ressurgir. Tom devait se remémorer McQuaid avant d'aller voir Fleming. Tout le monde savait que ce bordel avait commencé avec ce putain de McQuaid. L'archevêque des saloperies dévastatrices.

Peut-être pas tout le monde. Billy Drury et lui, en tout cas. Ce pauvre Billy manquait à Tom autant que tous les autres – deux jeunes lascars avaient eu raison de lui en cinq secondes lors d'un stupide braquage à Clonsilla. Alors qu'il n'était même pas en service. Il les avait vus ressortir d'une petite banque sur le chemin du travail dans sa Ford Anglia. Une petite guimbarde vert clair. Matinaux, les voleurs. Des pros. Avec un vrai pistolet, pas un pistolet à bouchon, comme ils disaient, non, un vrai, avec de vraies balles. Billy avait jailli de sa voiture comme le brave imbécile qu'il était. Comment s'imaginait-il les interpeller uniquement avec ses deux mains et sa grosse voix ? Il avait une belle et grosse voix qu'il savait moduler, et tous ceux qui l'entendaient pousser dans les aigus sur « Danny Boy » sentaient qu'ils avaient assisté à quelque chose de particulier. Billy n'était pas marié, et il n'avait jamais eu de petite amie. Il avait toute la vie devant lui. Il habitait toujours dans un meublé en colocation, comme les jeunes recrues. C'était un garçon qui ne faisait pas de chichis, son père était un petit fermier dans le Connemara où la seule chose qui poussait, c'étaient des cailloux, mais Billy incarnait aussi un seigneur. Il adorait la police – il était de ces rares gars qui y entrent pour faire le bien, y restent pour faire le bien, et qui font le bien. Quel dommage que ce soit lui qui ait été tué. Le père était venu d'Aughris Beg. Tom avait déjà vu du chagrin à l'époque, des tonnes de chagrin, mais ce petit homme au visage sombre et usé... Son fils... La face cachée de la police, celle qu'on ne vous montre pas quand vous signez. Billy avait reçu une balle en pleine poitrine, bang. Fini, Billy Drury. Mais ça, c'était des années plus tard. Au moment où l'affaire avec les prêtres avait débordé comme du lait sur le feu, leur ébouillantant les mains et leur brûlant le visage, Billy avait réussi à se dépatouiller de McQuaid. Ils n'avaient jamais rencontré ce vieux salaud. Pourtant, ce qu'il disait était écrit partout, figurait partout, et il passait partout, comme un rat dans une vieille grange. Ils étaient jeunes, Billy et lui : pas encore trente ans, deux bleus, d'une certaine façon. Quand on vieillit, on voit les choses d'une autre manière, elles prennent un autre sens. On comprend mieux le cadeau qu'est la vie – quelque chose de précieux qu'on vous offre, puis que de méchants dieux vous reprennent. On comprend qu'un homme comme Billy, c'est une chose rare. Quand on est jeune, on croit qu'il y a d'autres Billy, alors qu'il n'en existe qu'un seul. Un si bon garçon d'honneur, dans tous les sens du terme. Vive les mariés ! Pour Billy, June était une merveille, une beauté, une reine. « Tom est mon pote depuis des années, et je sais à quel point cette femme compte pour lui. » C'est ce qu'il avait dit dans son discours au Tomelty Arms de Dún Laoghaire. Doux Jésus, comment Tom avait-il pu oublier ça ! Il devrait le raconter aux Tomelty la prochaine fois qu'il les verrait, que son repas de mariage avait eu lieu dans leur foutu hôtel ! Mais à quoi il pensait pour avoir oublié ça ? C'était bizarre. Il n'avait jamais fait le lien, c'était fou. Quoique, le poulet calciné était peut-être à ne pas rappeler aux Tomelty. Mrs Carr, outrée, s'en était prise au serveur. « Vous aviez le droit de le faire cuire, au lieu de le brûler », avait-elle dit en tremblant de tout son corps. Ce qui était assez juste. June avait ri, tout le monde avait ri. Ils s'étaient offert des frites au Ritz Café et les avaient mangées dans le bus qui les conduisait au port de Rosslare. Bien sûr que non, il n'en parlerait pas aux Tomelty, que Dieu les en préserve. L'eau avait coulé sous les ponts. Le ferry pour la France, deux jeunes mariés dans cette cabine double qu'ils avaient le droit de partager, et la tempête qui s'était levée près de la botte de l'Angleterre pour bientôt fouetter le hublot. Tous les deux enlacés comme des pythons, sa tête enflammée par June, l'essence de June. June Kettle. Cette sauvagerie. La jeunesse.

C'est à l'hôtel à Cherbourg qu'elle lui avait tout raconté. Ils s'étaient promenés pendant des heures au bord de la mer sous le soleil de Normandie en s'extasiant à propos de tout. Cette étrange jetée totalement indépendante de la terre, c'était plus fort qu'elle, June ne comprenait pas. Sinon, c'était comme Rosslare, avec des plages interminables et des bateaux. Tom craignait de mourir tellement il était heureux. Les choses ne devaient-elles pas mal tourner dans la vie ? C'est ce que les autres lui avaient dit, ou c'est ce qu'ils insinuaient en le félicitant d'un air lugubre à Harcourt Street. La fin de la liberté. Mais pas du tout, au contraire, le commencement. Cette femme magnifique qui l'avait choisi, lui. C'était ça, le problème. Le vrai problème, c'est que June l'aimait, et qu'il l'aimait. Était-ce ça, l'amour ? Comment diable pouvait-il le savoir ? C'étaient là toutes leurs possessions et leurs richesses. Même au moment des révélations douloureuses. Tom croyait qu'ils avaient mis tout ça sous le tapis, et que maintenant, ils pouvaient aller de l'avant. Les viols, les salopards de prêtres, les bonnes sœurs, les souffrances, la douleur, la cruauté, tout ce bordel.

— Je viens de t'épouser, avait-elle commencé, et je ne t'ai même pas dit la vérité.

Ils étaient dans l'élégante loggia de l'hôtel, installés sur une rangée de fauteuils un peu crasseux, entourés d'habitués, des couples de personnes âgées qui semblaient avoir tenu le coup jusque-là. C'était encourageant. Le silence régnait parmi les jolis carreaux de forme géométrique, le vent du soir était stoppé par la paroi en verre, et le serveur parisien hautain avait l'air de considérer que la Normandie, tout comme eux, ne méritait pas la moindre courtoisie, mais ils s'en fichaient, tant qu'il leur apportait des sambucas, ça leur suffisait. Tom n'était pas assez à son aise pour avoir quitté sa belle tenue, sa veste en tweed de chez Kevin & Howlin et sa cravate en laine, un cadeau de Billy. Pas très rock and roll. Mais June, en jean et T-shirt, aurait pu être de toutes les révolutions, une vraie fille des années soixante, pensa-t-il. Sa guerre à elle, c'était le Vietnam, bien qu'elle n'ait jamais mis les pieds aux États-Unis. *Five, six, seven, open up the pearly gates.* Country Joe and the Fish. *Whoopee, we're all gonna die.* On aurait pu la mettre dans n'importe quel rassemblement contre la guerre. N'importe lequel. Les épaules bien droites. À boire ses sambucas comme du Coca-Cola. Y compris avec la flamme. Ces petits verres embrasés, la fumée qui dérivait vers les couples silencieux, puis, lentement, le soleil qui plongea, un orbe d'or fondu, tout le monde haletant et applaudissant. Oh là là. Sacré cœur. Tout était parti de là. Elle avait demandé à Tom ce que voulait dire *sacré cœur*, et il avait répondu que, selon lui, c'était l'équivalent de cœur sacré. « Oui, c'est bien ce que je pensais », dit-elle. Elle était chez les sœurs du Sacré-Cœur. Ses bonnes sœurs à elle. Comme si elle en possédait tout un troupeau. Un champ rempli de bonnes sœurs. C'étaient elles, disait-elle, les sœurs du Sacré-Cœur. Sa mère était morte, alors elles l'avaient recueillie. Mais allez savoir. Peut-être que sa mère n'était pas morte, en réalité, peut-être que les bonnes sœurs l'avaient simplement prétendu. La progéniture du diable. June avait-elle un père ? Beaucoup de filles avaient un père, même s'il ne venait jamais. Elle avait évoqué les filles qui connaissaient leur père. Elle ne savait rien du sien. Par la suite, elle avait vu des enfants envoyés par les tribunaux, et elle avait pensé qu'il avait dû en être de même pour elle. La première fois qu'elle lui en avait parlé, elle avait dit à Tom qu'elle avait six ans, mais en réalité, non, elle était encore bébé. C'est ce que la gentille bonne sœur lui avait confié, celle dont June croyait qu'elle allait l'aider. Mais elle n'était pas gentille à ce point. « Oh, Tom, dit-elle, Tom, je me sentais si seule. Tu imagines ? » Un dortoir avec une centaine de fillettes. Et des bébés, des bébés qui pleuraient. Des bébés élevés par les filles, en réalité. Les bonnes sœurs se souciaient davantage de faire reluire les immenses planchers, les petites filles par rangées de cinquante sur leurs genoux noueux, armées de grands chiffons. Les mains perdues dedans comme des pierres dans la neige. Et ces vieilles bonnes sœurs qui les escortaient et les rassemblaient à coups de bâton ou de ceinture. Mais ce n'était pas le pire, pas plus la solitude, comment pouvait-on se sentir seul au milieu de tant d'autres personnes, et pourtant. Personne pour vous passer une main sur le visage ou vous prendre sur ses genoux – « Tom, on gâtera nos enfants, on les gâtera putain, il n'y aura aucune limite à notre amour pour eux » –, jamais de câlins, jamais de baisers. Sauf de ce putain de prêtre.

— Quel prêtre ? demanda Tom avec le plus de calme et de douceur possible.

June savait qu'elle pouvait tout lui dire. Elle savait déjà, au sujet de Tom, il lui avait tout déballé, ça faisait longtemps. Parce que lui, il avait débordé comme un petit verre de sambuca. Ou le coquetier sous la cascade dans *Madame Piquedru*, qu'il avait lu trois mille fois à Winnie et Joe à l'âge des histoires au moment du coucher. Pour ça, June et lui avaient tenu parole, ils avaient offert plein d'amour à leurs enfants, pas de doute. Mais à tout le reste, Tom n'était pas préparé. Après le coucher du soleil, quand d'étranges ténèbres avaient commencé à s'abattre sur Cherbourg, une armée noire en provenance de l'ouest qui avait tapissé le paysage de peinture noire et englouti les murailles du port, la mer, les buissons à la limite du sable et des habitations, tout englouti, quelqu'un avait allumé une lumière plus bas dans une maison aspergée par les embruns, comme une bougie votive, un point lumineux perdu dans cette nouvelle obscurité.

— Quel prêtre ? répéta-t-il.

— Il s'appelait père Thaddeus. Les bonnes sœurs l'appelaient père Thaddy. Il venait dire la messe chaque matin. Il fallait être debout à cinq heures, débarbouillées, on laissait les portes de la nurserie ouvertes pour que les paroles saintes atteignent même les bébés. Et ça devait être un jour important, une fois qu'on était assez grande et bien élevée, tu vois le genre, de s'asseoir avec les autres à la messe. Le père Thaddy. Il était encore jeune, toutes les filles le trouvaient si beau. En tout cas, plus beau que Mr Gill, le jardinier, qui avait la peau rêche comme un buisson de ronces.

— Ô Christ miséricordieux, lâcha involontairement Tom sans trop savoir pourquoi.

— Et il y avait aussi un autre homme, Mr Gingham, un *protestant*, le pauvre, tu te rends compte, les bonnes sœurs étaient vraiment *charitables*, qui faisait office d'homme à tout faire. Le père Thaddy était affectueux, plus affectueux que les bonnes sœurs, même les plus gentilles, il vous mettait sur ses genoux et il vous faisait plein de compliments, il disait que j'avais de jolies boucles, et n'étais-je pas une jolie petite fille... Ça se passait dans le salon, le petit salon extérieur des bonnes sœurs, c'était un immense privilège que d'y aller, c'était là que le monde extérieur commençait, tu vois, même si j'ignorais tout du monde extérieur parce que j'étais arrivée là bébé, que je n'étais pas sortie avant mes six ans, et que j'avais six ans, Tom, et j'étais dans ce putain de salon où personne n'entrait, quand j'y pense, lorsque je m'y trouvais avec ce putain de père Thaddy, qui « faisait des gâteries à ses filles », c'est comme ça que disaient les bonnes sœurs, pour l'amour de Dieu, oh *mon Dieu* – une dame parmi les couples avec un chapeau à bords flottants leur jeta un coup d'œil en se penchant pendant une milliseconde –, il était si gentil, si agréable, si doux, si différent, et moi qui le dévorais des yeux, qu'est-ce qui était en train de se passer, tout ça, c'était bon, si bon, Tom, et Tom...

Il se demanda tout à coup où était passé l'orbe du soleil. Bien sûr, il le savait, oui, la Terre tournait, elle était en orbite, et les ténèbres se refermaient sur eux parce que c'était l'heure des ténèbres, de la vastitude gigantesque, immense, incommensurable de la Terre, cette enfant obéissante d'un soleil profondément incommensurable, inconcevablement extraordinaire, et... Alors que, dans les vieilles histoires, le soleil était une tout autre histoire. Quelque chose que l'océan mouchait comme une bougie en le plongeant dans l'eau et qu'il fallait ensuite rallumer à l'est – les eaux dégoulinant en cascade sur ses épaules –, en grattant une allumette, l'allumette miséricordieuse de la vie. Voyez, June avait les épaules comme un boxeur, elle déportait tout son poids sur son pied gauche alors même qu'elle était assise, malgré tout prête à frapper pour se défendre.

— Tom, tu me répudieras si je te le dis ?

— Te quoi ? demanda-t-il sans comprendre un instant ce mot vieillot. Te répudier. Jamais !

Et Dieu merci, c'était resté vrai, Dieu merci, ma June, mon amour. Alors elle avait raconté son histoire de sa plus petite voix, qui malgré tout contenait un brin de force, cette force que June avait acquise au cours de sa vie. Peut-être même la force de leur amour présent.

— Tu n'es pas obligée de parler, dit-il. Ce n'est pas nécessaire, *a ghrá*.

Il craignait de ne pouvoir le supporter. Sa femme, encore petite fille, dans le salon des bonnes sœurs, il y avait longtemps, sur les genoux d'un prêtre. Ses propres souvenirs du frère, cette odeur d'urine, les coups de fouet impitoyables et de bâton sur le dos, sur les jambes, chaque nuit pendant un millénaire, un univers sans fin, mais il s'en tirait bien par rapport à d'autres, ce gars de Limerick qui, selon lui, avait été tué, il avait fugué et été ramené par les flics – les flics –, condamné à passer l'hiver dans la cour, tout l'hiver, des semaines et des semaines, et qui sait ce qu'il était devenu, il avait disparu, un matin, il n'était plus là, personne n'avait plus jamais parlé de lui, ce pauvre Marty, se lamentaient-ils, mais ce qui lui était arrivé, ils l'ignoraient. Tom ne faisait que mouiller son foutu lit, il mouillait son foutu lit, et on le battait pour ça, mais il y avait aussi eu Brady, un gamin de deux ans son aîné, le chouchou du frère, qui avait essayé de lui faire la peau avec un couteau, il l'avait poignardé une dizaine de fois dans la cuisse, autant de petites traces, pendant que ses copains maintenaient

Tom au sol en riant, regardez ce petit crétin, Tom avait tout ça en tête pendant que June parlait, et elle le savait.

Elle hocha la tête, désormais tellement silencieuse qu'il eut l'impression que ses oreilles se débouchaient d'un coup, comme si la pression de l'air dans la véranda avait changé.

— Je ferais bien de te le raconter maintenant, parce que ces gentils Français n'en comprendront pas un seul mot. Les pauvres *petites*. Ces *pauvres* petites *créatures*...

Et soudain, elle rit. Un gloussement sincère. Il y eut une certaine agitation parmi les couples autour d'eux. Parce que les gloussements, c'était une bonne chose.

— Qui sont *tellement adorables*... Mon Dieu, j'*adore* cet hôtel.

Elle faillit pouffer de nouveau.

— Mon Dieu, Tom, dit-elle, c'est un miracle qu'on soit encore en vie, tous les deux.

— Un miracle, dit-il, et sa main glissa jusqu'à la sienne sur l'accoudoir du fauteuil en rotin. Quand elle s'en dégagea doucement, ce ne fut pas pour le contrarier. Mais elle ne pouvait rien dire quand elle était liée à lui. Il l'avait compris, déjà à l'époque.

— Tu peux te débarrasser de moi maintenant, si tu veux, dit-elle, toujours avec un gloussement.

Tom était largué, mais au moins, il savait dans quelle embarcation il naviguait. Il n'était pas en train de se noyer. Et elle non plus, pas à ce moment-là.

— Cet homme m'a violée, Tom. Souviens-toi que je n'avais que six ans.

Elle s'exprimait si bas qu'il ne saisissait presque pas ses mots. Elle craignait que certains couples présents comprennent un peu l'anglais, même si le serveur n'en parlait pas un mot.

— Peut-être que tu devrais te débarrasser de moi. Les bonnes sœurs ont dit que c'était ma faute. Et ça a continué jusqu'à mes douze ans. Tu te rends compte ? Parce qu'à douze ans, on devient une grande fille, Tom. Ça se passait presque tous les jours. Il disait qu'il venait chercher ses baisers. « Je viens pour mes baisers, June », il disait. Ses baisers, ses putains de baisers. Son pilon en moi faisait comme un tisonnier brûlant, tu imagines combien ça fait mal quand on est une petite fille ? Je devais mesurer un mètre de haut, et lui, il était aussi grand qu'une girafe. Avec son ventre poilu et son haleine de bière. Et son grand pilon qui me transperçait comme une tige d'acier. À six ans. Tom, Tom, je suis désolée. Je veux que tu sois au courant de ça. Je veux que tu saches ça, sans l'ombre d'un doute. Pour que tu ne te trompes pas sur qui je suis. Pour que tu ne me prennes pas pour ce que je ne suis pas. Au cas où tu penserais que je suis quelqu'un d'autre, Tom. Si les bonnes sœurs savaient quelque chose, elles n'ont jamais rien dit. Et si elles ne savaient pas, c'est qu'elles étaient aveugles, sourdes et muettes. Parce qu'il a fait ça à une dizaine de fillettes au fil des ans, combien exactement, je ne saurais pas le dire. Les bonnes sœurs étaient toujours si gentilles avec lui, père Thaddy ceci, père Thaddy cela, elles le *vénéraient*, parfois, elles lui préparaient trois gâteaux, ses gâteaux de remerciement, elles disaient, et il m'offrait une tranche de ce gâteau à la crème que j'adorais, je le mangeais comme un petit animal, un renardeau, et un jour, il m'a déchirée, tu imagines, il m'a déchiré le derrière, le docteur a dû venir, et il a dit, bien haut pour que la bonne sœur entende, « hum hum, oui, oui, elle fait de la *colite*, la pauvre petite, c'est très douloureux, je vais lui donner une pommade, et si ça ne s'arrange pas, on pourra lui faire un point de suture à l'hôpital, parce que ce petit anus est déchiré, ma sœur » – oui, sœur Brenda était présente pendant qu'il auscultait mon intimité, Tom, et elle faisait « tss-tss », et ses mains voletaient comme un papillon, « mon Dieu, comment diable cela a-t-il pu arriver, docteur ? ». « Oh, a-t-il répondu, vous savez, ces fillettes sont délicates, ça se déchire assez facilement, elle s'est peut-être assise sur une brindille, personne ne sait ce qui provoque la colite, pas même les grands médecins de Boston, ils ont pourtant fait une étude à ce sujet. » « Ainsi soit-il, docteur, ainsi soit-il », a dit sœur Brenda avec ses mains qui papillonnaient, son grand visage lunaire et l'odeur de savon désinfectant de son habit. Maintenant, Tom, maintenant, aime-moi, si tu peux.

Mais Tom n'avait pas commencé à l'aimer à cet instant, c'était déjà le cas, et ça ne s'arrêterait plus jamais. Aucun mot, aucune vision d'horreur, aucune insinuation de violence et de douleur ne pouvait faire cesser son amour. Il se représenta la scène grâce à ses yeux affreusement accoutumés. Il savait à quel point on est petit quand on a six ans, et même douze. Il imagina June en grande fille avec ce prêtre suant et assassin. Un assassin. Toutes ces âmes éteintes, plongées comme une bougie dans une mer de luxure. Un océan de luxure recouvrant une lueur qui ne longerait plus jamais le sein brillant de la terre pour éclore de nouveau telle une marguerite, une marguerite au cœur jaune vif, ce soleil d'un nouveau matin. Éteintes et oubliées. Tom avait vu, chez les garçons que les frères violaient, cette lumière éteinte dans leurs yeux. Des garçons soumis à l'épée de leur désir. Pour toujours. Il l'avait vue. Il avait assisté à ça, alors qu'il n'avait même pas les mots pour ça, si bien qu'il ne pouvait décrire à personne ce qu'il avait vu. Ces petites lueurs qui s'éteignaient dans leurs yeux. À jamais. Comment sa June était-elle parvenue à préserver son âme ? Pour se retrouver ici, parmi ces couples ayant résisté à l'épreuve du temps, dans une véranda assombrie où le serveur bougon venait d'allumer les lampes une par une, le visage de June caressé par une lumière nouvelle, comme une jeune fille au lever du soleil, ses cheveux non pas dans le vent, bien sûr, mais dans autre chose, ces cheveux soi-disant ternes, mais en réalité dorés. Son joli nez et ses yeux paisibles. Sa peau rayonnante comme la lune. Pas une seule larme sur ses joues, comme si elle était au-delà des larmes. Les larmes d'une fillette. Le visage sec et frais de sa femme.

C'est là que Tom reprit ses esprits, debout dans sa cuisine, un torchon dans une main et, dans l'autre, la tasse de Winnie aussi sèche que de l'os.

Chapitre sept

Le lendemain, il tendit son fameux titre de transport au contrôleur de la gare de Dalkey, mais le type secoua la tête. Il avait une barbe de plusieurs jours et ses longs cheveux de rouquin étaient attachés en queue-de-cheval. On distinguait les prémices d'une calvitie à la limite de son front.

— C'est trop tôt, annonça le gars. Vous avez le droit de voyager gratuitement, mais seulement à partir de onze heures. Désolé, mec.

— J'imagine que je peux malgré tout acheter un billet.

— Bien sûr, vous pouvez acheter un billet.

Tom s'était habillé « avec soin » ce matin-là, il était donc plus apprêté que jamais. Le manteau était une sorte de miséricorde faite à son costume vétuste. Tom n'avait rien d'une gravure de mode, néanmoins, son apparence était correcte.

— De toute façon, je vais au travail, annonça Tom au type avec une nonchalance enjouée qu'il ne ressentait absolument pas en lui tendant quelques shillings.

— Ah ouais ? fit le type.

C'était le premier train, et la foule des travailleurs n'était pas encore arrivée. Bientôt, le type serait assailli par toutes les mains et les visages qui se présenteraient à lui. À la fin de sa journée, il rentrerait se faire un bain de pieds aux sels d'Epsom. Comme un flic qui a trop marché, au-delà de son secteur. Il avait un transistor dans sa poche de poitrine, un petit bidule japonais.

— Vous avez suivi le match ? demanda Tom.

— Liverpool, samedi ? lança le type – en fait, plus âgé qu'on l'aurait cru –, tout à coup intéressé.

— Ouais, ouais, Liverpool.

Winnie était une grande fan depuis ses six ans. Une petite fille sur sa chaise en plastique rose à Deansgrange qui suivait une équipe du nord de l'Angleterre. Alors Tom tentait de se tenir au courant pour elle. En secret, il suivait United, mais n'en avait jamais soufflé mot à Winnie.

— Oh, Seigneur, miséricorde, Leeds a pris une raclée, dit l'agent avec une férocité ravie.

Il découvrit ses dents. Sa queue-de-cheval s'agita comme une petite créature brun-roux.

Tom n'était dans le wagon que depuis cinq minutes quand la pluie se mit à tomber. Il avait une capuche en plastique de flic de New York pour protéger sa casquette, qu'il aimait parfois porter seule. Joseph la lui avait achetée lors d'une escale à Kennedy Airport en route vers le Nouveau-Mexique. Lorsque Tom la mettait à sécher, on aurait dit une méduse. Il tapota la poche de son manteau pour vérifier qu'elle s'y trouvait bien. La dernière chose dont il avait envie, c'était d'arriver à Harcourt Street trempé comme un rat. Allez savoir pourquoi, l'uniforme des policiers irlandais d'autrefois était en feutre, alors si on devait faire du porte-à-porte avec ses questionnaires humides, on avait tôt fait d'être lesté de plusieurs kilos de pluie. À partir de là, on faisait floc-floc. Et ces chaussures noires achetées dans Marlborough Street qui promettaient sur la boîte d'être imperméables. Chaque paire accompagnée d'une petite boîte de graisse. Autant porter du papier buvard. Mais bien sûr, c'était comme tout le reste. Rien n'était comme ça aurait dû être. Y compris la vérité. La Gardaí. Le pays.

La vieille voie ferrée cherchait à rejoindre la côte dès que possible. La plupart des belles portions se trouvaient après chez lui, les mystérieuses criques de Wexford, la baie de Killiney. Où on louait des barques à ces superbes bateliers. Entre Greystones et Bray, Isambard Kingdom Brunel avait fait exploser la paroi rocheuse pour ensuite s'apercevoir que c'était trop près de la mer. Alors il avait dû changer de tactique et reculer la voie de cinquante mètres. Il y avait longtemps, dans les années soixante-dix, un corps avait été déposé discrètement dans l'un des tunnels à l'abandon. Un lieu vaste, qui ressemblait à une cathédrale, sans doute peuplé de lièvres, de cormorans et de mouettes, les marques des trous pour la dynamite encore visibles dans la roche, aussi fraîches que si ça datait d'hier, le vent marin transformant l'endroit en instrument à vent hurlant. Le corps d'un jeune homme en « tenue de sortie ». On n'avait jamais retrouvé l'assassin, si c'était un assassinat, quand bien même la victime était un garçon du coin qui faisait cuire les frites dans la baraque du port de Greystones. Certains avaient raconté qu'il s'était suicidé parce qu'une fille l'avait plaqué. Mais le corps était intact. Aucune trace de substance ou de poison, pas de corde ni de rasoir. Ce garçon gisait dans le mystère, et ce mystère lui avait survécu. Tom se voyait encore, avec Billy Drury et toute l'équipe, les techniciens en tenue, dans une morne contemplation face à ce corps. Un beau jeune homme assassiné. À marée haute, ils l'avaient chargé sur un chalutier, où on aurait dit un dauphin mort sur le pont glacial. C'était terrible de ne pas réussir à résoudre un meurtre. C'était comme une maison qui s'écroule sur un maçon. Bien sûr, il n'y avait pas de recours possible à l'ADN à l'époque.

Tom remua sur son siège. Les gens devaient croire qu'il avait des hémorroïdes, les gars avec des écouteurs dans les oreilles, les jeunes femmes en train de contempler la baie. Tom se sentait mal à l'aise parmi eux. Il était trop vieux pour voyager, que ce soit à titre gratuit ou pas. La pluie avait cessé, et un crachin de fils d'or apparut soudain sur les pans de ciel, certes peu nombreux. L'immensité de la baie était d'un grand réconfort. Elle lui donnait l'impression qu'il n'atteindrait jamais sa destination. Il se représenta la jetée de Monkstown et Seapoint, plus loin. Blackrock. Booterstown. Irishtown qui s'étirait vers l'est, à l'endroit où la voie virait vers cette bonne vieille ville. Chacun de ces endroits était comme une pince à linge où était suspendu l'un de ses souvenirs.

La ligne du train de Dalkey louvoyait. Elle s'était maintenant éloignée de la mer pour serpenter entre les maisons de ces hommes riches à Glenageary, Glasthule, Dún Laoghaire, presque sous terre, les terrassiers ayant il y a bien longtemps creusé une profonde tranchée, comme si elle avait honte d'elle-même. Mais après Dún Laoghaire, elle rejaillit près de la côte. Tom avait cette fois vraiment sous les yeux la jetée de Monkstown, ce bras à trois coudes. Il fut transpercé par le souvenir de June, de leur innocente promenade. Et pendant qu'il revoyait leur refuge dans les herbes de Seapoint, le train vibra et trembla. Tom inclina la tête face à un tel assaut, les berges avec leurs jardins à l'abandon sur l'ancienne falaise, le sable plus mou ou plus dense à mesure que la marée se confrontait à la terre. Soudain, sa tête fut pleine de cette vieille baie, et de lumière. Il voulait hurler aux passagers « Regardez, regardez, la baie, la baie », la pluie battante avait cessé et toute cette lumière, cette lumière, lavée, argentée, dans laquelle s'agitaient les petites pinces à linge de ses souvenirs, plus rien ne tenant en place, et tout à coup, ils se retrouvaient deux mille ans plus tôt, à l'époque des Romains, des Vikings et de Dieu sait qui, à bord de trières et de navires à la proue ornée de grands dragons, et toutes ces petites anecdotes des marins sur les chalutiers, les pêcheurs de cet endroit charmant, et Howth comme un ventre de femme enceinte, le phare Kish comme un bijou dans le nombril d'une déesse... Tom se tenait très raide sur son siège vert sale. Comme June qui redressait les épaules pour raconter des atrocités, il avait levé ses mains dans un geste étrange sans vraiment s'en rendre compte, un bébé qui cherche à attraper la lumière. Il avait l'impression qu'il aurait pu être l'auteur du vieux tableau de la baie avec ses milliers d'acres d'eau aux cent couleurs et signer *Tom Kettle*, *Tom Kettle*, *Tom Kettle*, comme si c'était son droit, en tant que Dublinois, ou presque. Si Tom avait recherché une citoyenneté, il aurait pu prendre celle de cette baie miraculeuse. En tant qu'enfant de nulle part, il aurait pu revendiquer des droits sur elle, cette immense étrangeté à la fois vide et pleine. Il n'était qu'un vieux policier au cœur gauchi, mais s'il avait su comment s'y prendre, il aurait aspiré toute cette vue en lui, chaque grain de sel, de sable et de mer, il aurait tout englouti comme cette vieille baleine dans son musée préféré, ou le monstre d'une vieille histoire. Ce bleu et cet autre bleu, ces verts et ces hectares de brume blanchâtre, l'or et l'argent mystérieux après la pluie. Tom sentait qu'il allait au-devant des ennuis, il le sentait avec son instinct de flic, sans en connaître encore la forme, mais d'une certaine manière, la baie l'avait libéré, elle l'avait autorisé pendant une minute providentielle à une folle liberté où son âme et son cœur étaient secoués et renouvelés dans le même instant, dans le même souffle. Si seulement Tom restait à bord de ce train, si seulement la baie couvrait la distance entre la Terre et Andromède, si elle pouvait lui rendre ce service, alors merci, merci, il ne mourrait jamais.

Il descendit à la gare sur Westland Row.

Dublin, la ville des morts. Lincoln Place Gate, South Leinster Street. Il remonta Westland Row, ses souvenirs partout en embuscade. Mai 1974. Dieu miséricordieux. Ils avaient entendu les trois explosions depuis Harcourt Street. Fleming avait alors la trentaine, mais ils étaient encore au même grade. Ils filèrent tous deux comme des lièvres à travers St Stephen's Green vers la source du bruit. Slalomant entre les parterres de roses, les poussettes, les beaux bébés, les chaises longues à deux pence, laissez passer les hommes en bleu. Ou en costume gris, c'était pareil. Les sirènes, les camions de pompiers et les silhouettes silencieuses de ceux qui regardaient en direction du bruit sans avoir la moindre idée de ce que c'était. Dévalant Kildare Street en sueur, leurs chaussures pesant un poids effrayant. Et au loin, quelque chose qui aurait fait frémir même un policier au cœur endurci, des masses qui jonchaient la rue comme des morceaux de viande, quelqu'un aurait-il posé une bombe dans une boucherie ? Puis, ralentissant le temps de comprendre la scène, hors d'haleine, tentant à tout prix de comprendre, à tout prix. Certainement des clients ou des gens qui rentraient chez eux, et s'étaient trouvés là au moment de l'explosion. Ils attendaient à leur arrêt de bus habituel ou effectuaient une dernière course avant la fermeture des magasins, vérifiant mentalement qu'ils avaient tout le nécessaire pour le dîner, Joe, Janet, Bill ou Brenda seraient-ils rentrés en premier, tous les secrets et les petites dettes à égalité avant l'explosion, puis cette explosion qui avait tout fait voler en éclats, tout ce qu'on connaissait, les fenêtres de la rue soufflées dans un torrent violent, les débris de la bombe et d'objets moins solides éparpillés dans la rue, les vitrines devenues des armes contre le corps tendre des citoyens, les déchirant, les déchiquetant, jusqu'à ce que Tom comprenne que ce qu'il avait cru être des morceaux de viande, au milieu de la fumée noire étaient en effet des morceaux de viande, certains coupés net, fumants, noircis, en réalité des portions de ces âmes qui un instant plus tôt étaient encore en vie, certains mêmes vivant encore, une tête et un torse avec la bouche qui remuait, des yeux ouverts sur des visages ensanglantés, certains entiers dans leur manteau déchiré par l'explosion, çà et là agenouillés face à des figures implorantes, prononçant des paroles que Tom n'entendait pas, des prières peut-être, des murmures, il lisait presque sur les lèvres, bien qu'il ne s'y soit jamais exercé jusqu'à cet instant, ce n'est pas grave, tenez bon si vous pouvez, les ambulances arrivent, ne vous en faites pas, mon cher, ne vous inquiétez pas, mon ami, les secours sont en route, restez tranquille, restez tranquille, tout va bien se passer, ne vous en faites pas, ne vous en faites pas, bien sûr, Seigneur, ah bien sûr, Seigneur. Les voyelles et les consonnes qui tentaient de former les bons mots, d'offrir des paroles simples, et ce furent ces silhouettes agenouillées qui firent presque le plus mal à Tom, Fleming ahuri à ses côtés, tous deux simples témoins dans cette longue rue géorgienne maculée de sang et de corps déchiquetés au milieu de la fumée, les cris des blessés graves qui parvenaient tout à coup aux oreilles de Tom comme s'il avait été un instant sourd, ces cris maintenant dans ses oreilles, ici les mots d'un agonisant, oh Marie mère de Dieu, protège-moi, mon Dieu, mon Dieu, dites à ma femme comment je suis mort, dites-lui que je l'aime, je l'aime, pouvez-vous lui dire ça, s'il vous plaît, et promis, promis, promis.

Il y a des choses terribles et des choses plus que terribles, se souvenait-il d'avoir pensé. Ils se remirent tous les deux en mouvement pour aider le jeune Gardaí qui s'affairait à bloquer les rues tout autour, Leinster Lane et le reste, à fermer à la circulation Clare Street et Nassau Street, à se poster à l'entrée pour faire passer les ambulances et les véhicules de secours. Ils ignoraient ce qui s'était passé, la raison pour laquelle ça se passait, qui était responsable, mais les radios crépitaient de l'annonce d'autres victimes effroyables dans Parnell et Talbot Street – Talbot, cet homme couvert de chaînes, le pénitent. Quelle terrible pénitence était donc imposée à ces âmes ordinaires qui rentraient chez elles par un soir de mai après leur journée en ville ? Une fille enceinte de jumeaux sur Parnell, lui dit June quand il arriva enfin chez lui aussi las qu'un chien de chasse ayant couru du lever au coucher du soleil sur un terrain accidenté. Au journal télévisé de vingt et une heures, ils virent South Leinster Street filmée depuis la barrière que Tom avait lui-même aidé à ériger. Il crut s'apercevoir un instant au fond devant la grille de la fac en train d'accomplir des gestes spontanés. Il n'existait pas de formation pour ça. June et lui maintenant très loin à Deansgrange, se félicitant d'avoir des enfants et d'être toujours en vie. Tom se mit à frémir sur sa chaise, comme dans un tremblement de terre, il transpirait, il gémissait si fort que les enfants se levèrent et vinrent se blottir entre eux, Joe dans son pyjama *Thomas et ses amis*, Winnie dans sa nuisette toute neuve en provenance de Londres. Il y avait des choses terribles et des choses plus que terribles. Tom tremblait tellement que June appela le Dr Brownlee, qui accourut depuis sa demeure à Monkstown. Il lui donna deux calmants en hochant sa tête chauve avec un regard soucieux et compatissant qui dépassait de loin celui du devoir. Bombes politiques, conséquences intimes. Le Dr Brownlee hocha une fois encore la tête.

— Vous venez de vivre une expérience terrible. Vous êtes en état de choc, comme après une bataille au cours d'une guerre.

— J'ai fait la Malaisie, dit Tom, et je n'ai jamais tremblé, là-bas.

— C'est différent, expliqua le docteur, cette fois, c'est plus près de chez vous.

— De chez moi, répéta Tom, comme si le fait de le dire donnait vie à un « chez-moi ». C'était tout ce qu'il avait besoin de dire : « Chez moi. »

Il sentit alors les pièces de leur petite maison former comme une étreinte autour de lui pour lui apporter du réconfort. Mais le lendemain matin, il tremblait toujours, et il trembla pendant une semaine. Alors qu'il n'avait fait que donner un coup de main en tant que policier accouru de façon spontanée. Quels tremblements de terre devaient endurer les autres. Ces gens agenouillés. Ceux qui hurlaient sur la route en asphalte. Les épouses, tantes, oncles, pères, mères, enfants – une épidémie de tremblements. Nous tremblons devant toi, Seigneur, qui as envoyé cette calamité sur nos têtes. Ma ville bien-aimée, pensa Tom, qui n'est pas ma ville. D'autant plus aimée. Je dois la protéger, je dois la protéger. Pendant des années, aucune voiture ne fut autorisée à stationner afin d'éviter que ce crime monstrueux se reproduise. Car c'étaient des voitures piégées. Des voitures garées dans les rues par des mains humaines, leurs chauffeurs partis en laissant les bombes tic-taquer. Oh, bénissez ces clients, ces passants, ces bébés dans le ventre de leur mère.

Tremblait-il maintenant, ne serait-ce qu'un peu, quelque vingt ans plus tard ? Il sentit ses anciennes responsabilités revenir. Il se hâta de gagner Harcourt Street. Il y avait de nombreux jardiniers dans St Stephen's Green, ils avaient retourné tous les parterres de fleurs en prévision de l'été et plantaient de petites fleurs selon un plan strict. Qu'ils sortaient avec dextérité de leur pot. Agenouillés. Comme des pénitents, ou bien les survivants d'un carnage. Des marguerites rouge grenat. Certains composaient des parterres de fleurs tandis que d'autres tuaient. Puis Tom pensa au Green Cinema, maintenant disparu, qui se dressait à l'angle opposé, avec ses casques sur les sièges pour que les malentendants puissent quand même suivre le film. Billy Drury s'était demandé combien de clients malentendants ils avaient. Peut-être que les enfants de l'école pour sourds et malentendants sur Canal Royal, près de la prison de Mountjoy, venaient là régulièrement. Entendre ou ne pas entendre. La vendeuse à l'entracte qui se plaçait sous l'écran blanc avec sa beauté et sa barbe à papa. Voir ou ne pas voir. Elle attendait sous le regard du public de l'après-midi en allumant sa petite lampe. Billy jetant à Tom un regard muet qui signifiait : « Une glace ? » Tom se disant : « J'épouserais cette fille si elle voulait de moi. C'est sûr. » Son chemisier amidonné le faisait bander dans son uniforme. Un bon vieux film de cow-boys à l'écran, et toujours une double séance. « Deux films de merde pour le prix d'un », disait Billy Drury. Mais ils adoraient les films de cow-boys. Oh, Jésus, qu'ils aimaient ça. *La prisonnière du désert.* Ils y avaient vu *L'homme tranquille*, qui n'était bien sûr pas un film de cow-boys, mais de John Ford quand même, la salle pleine à craquer résonnant de rires et de larmes. *Les canons de Navarone.* Des années plus tard, mais c'était toujours la même histoire. Puis Tom reprenait son service de nuit, avec toujours les mêmes problèmes dans York Street voisine, un terrain fertile pour les gangsters avec ses myriades de meublés humides. Mais Billy et lui, la jeunesse dans leurs veines, vivaient sur une tout autre planète. Coups de poing, bouteilles, couteaux, jamais d'arme à feu. Tout ça, c'était avant June : pas avant et après J.-C., mais avant et après June.

Et lui, maintenant un vieux con, qui gravissait ces marches familières. Ça avait été plus fort que lui. Peut-être qu'il pourrait encore se rendre utile.

La téléphoniste était à son poste avec sa spectaculaire chevelure argentée.

— Bonjour, Dymphna.

— Inspecteur, ça faisait longtemps qu'on ne vous avait pas vu.

— Ils m'ont foutu dehors avec un coup de pied au cul, mais me revoilà. Fleming est là ?

— Ils sont tous en salle de crise.

— Et le petit mari – Jim, c'est bien ça ? Comment il va ? Tout se passe bien, de son côté ?

— Oui, oui, tout se passe bien, répondit Dymphna, en bonne épouse de Wicklow.

Sa permanente était une survivance des années quatre-vingt-dix. Si la mémoire de Tom ne lui jouait pas des tours,

Dymphna avait gagné en 1980 le concours du sosie d'Olivia Newton-John organisé dans son quartier. C'était la coiffure qui avait emporté le morceau. Depuis, elle était devenue une femme corpulente typique de Grafton Street. Foulard en soie, même en uniforme. Il n'y avait pas de brigadier à l'accueil parce que Harcourt Street n'était pas un véritable commissariat. Pour autant, on n'y entrait pas comme dans un moulin. Dymphna était la reine du hall, et probablement formée au tir. Tom en était même sûr. Elle vous aurait abattu d'un seul coup de feu avant de se remettre de la laque dans les cheveux. Il se dirigea vers l'escalier large et imposant construit pour de vieux et illustres personnages.

— Amusez-vous bien, inspecteur, dit-elle.

— Inspecteur, c'est du passé pour moi, même si ça me fait plaisir de l'entendre.

— Pourquoi pas ? Vous êtes au centre de tout, non ?

— Sapristi, seulement le lundi entre neuf heures et neuf heures et demie.

— Vous êtes très drôle, monsieur Kettle, dit-elle.

— Le Dave Allen de Harcourt Street, lança-t-il en gravissant le grand et noble escalier.

— C'est vraiment bon de vous voir, rétorqua-t-elle en riant.

Il atteignit la salle de crise sans avoir croisé personne dans le couloir si familier. Il y avait là des tables encombrées et, si Tom ne se trompait pas, il voyait les rapports qu'il avait réussi à éviter de lire, apparemment au milieu de détritus. Il y avait aussi des photographies à moitié visibles devant lesquelles il s'arrêta. Fixées avec du scotch ou de la patafix. De vieux clichés et des portraits en provenance de cette contrée lointaine qu'étaient les années soixante. Dont une de Billy Drury et lui. Mais qui étaient ces foutus prêtres ? Il les connaissait. Il les connaissait. Le père Byrne et le père Matthews. Paroisse de Coolmine. Le bassin de la Tolka, ce passé douloureux. Tom les reconnut comme il avait reconnu son propre visage sur l'un des clichés, quoique plus jeune et plus mince. Ce que l'âge fait subir aux visages, ça devrait être interdit par la loi. Il s'agissait d'un portrait de groupe, sans doute pour le bulletin de la paroisse. *Nos accomplissements de l'année.* Tom s'approcha malgré lui à pas lents pour les examiner de plus près. Ce putain de père Joseph Byrne, c'était bien lui, et Tom ne l'ayant jamais revu depuis, il était resté tel quel dans sa mémoire. Ce regard doux, docile, neutre. Comme des milliers d'autres – pourtant, Tom le reconnut. Il ne fut pas surpris, mais pas heureux non plus. Et l'autre, l'autre type, oh, grands dieux, il le connaissait, lui aussi. La peau comme un rosbeef, cet air inoffensif. Le chéri des femmes au foyer. Qui aurait pu devenir évêque un jour, mais... En d'autres temps, il serait devenu évêque. Mais à cette époque-là, oui, cette époque, l'époque perdue des années soixante, il avait été tué. Tué. Dans les années soixante. Le Vietnam, c'était la guerre de June. Et eux, ces prêtres dépourvus de conscience, quelle était leur guerre ?

Tom remercia son instinct de l'avoir poussé à rejeter la proposition de Wilson et O'Casey. Mais là, c'était presque pire. Il entendait des voix au bout du couloir dans la petite pièce où ils préparaient le thé et le café. Ils omettaient toujours de laver et de ranger leurs tasses. Peut-être que les choses avaient changé depuis neuf mois que Tom était parti, ce dont il doutait. Ils avaient droit à des mémos à cause de ça. Nettoyez vos putains de tasses ! Fleming, ça le rendait dingue. C'était l'un de ses chevaux de bataille. Ces petits os à ronger qui vous permettent de tenir le coup toute la journée, de tenir le coup dans la vie. Tom les entendait parler fort et rire, et il crut aussi déceler une voix féminine. Il avait entendu dire qu'il avait été remplacé par une femme. La première à atteindre ce grade. Tant mieux pour elle. June aurait fait une bonne policière, elle avait le cerveau de Sherlock Holmes. Elle enquêtait sur tout, les bêtises de ses enfants, de son mari, les conversations sans intérêt, elle enregistrait tout sans même avoir besoin d'un carnet. Tom ne se sentait pas en forme, pas du tout en forme. Il fut envahi par une profonde panique, quelque part dans son ventre, ou plus bas, comme si son corps franchissait le plancher jusqu'aux endroits secrets du commissariat. Les caves, le sol ancien de la ville où des démons peuplaient sans doute des grottes pleines d'échos. Les démons des affaires humaines. Tom ne se sentait pas bien, il ne se sentait pas bien du tout.

Fleming, Wilson, O'Casey et, en effet, une inspectrice apparurent, se pressant sur le seuil en riant avec leurs tasses fumantes dans une valse compliquée de « Après toi », « Je n'en ferai rien ».

— Oh mon Dieu, tu es là, dit Fleming. J'ai presque cru que tu ne viendrais pas.

— Mais si, répondit Tom.

— Merci, Tom, merci. Seigneur, on va pouvoir avancer maintenant. Inspecteur Scally, Tom, Maureen, les présentations sont faites.

Elle saisit fermement sa main tendue entre les siennes. C'était agréable. Un beau brin de fille d'environ trente-cinq ans. Avec déjà une petite carrière, et plein d'années encore devant elle. Elle lui plut, son visage honnête, ses cheveux blonds, il ne pouvait s'empêcher d'aimer ça. Pas ternes du tout, pas du tout.

— Le chef n'arrête pas de parler de vous, dit-elle.

— Beaucoup trop, dit Wilson en riant.

— Comment vous allez, tous les deux ? lança Tom à Wilson et O'Casey.

Il essaya de se rappeler s'il connaissait leurs prénoms, en tout cas, ceux-ci ne lui revenaient pas.

— Bien mieux depuis notre séjour à Dalkey, dit Wilson. Doux Jésus, Maureen, les toasts au fromage étaient fabuleux.

— Tu n'arrêtes pas de dire ça, décréta-t-elle.

— En toute honnêteté, j'ai passé une bonne soirée, vraiment, lança Tom.

Il essayait de dire ça de façon légère pour qu'ils ne se sentent pas gênés. Apprécier quelque chose, était-ce gênant ? Sans doute.

— Tu vois, O'Casey, je te l'avais dit. Toi, tu pensais qu'on l'avait rendu fou, dit Wilson d'un ton emphatique.

— Pas du tout, dit Tom, et ce fut au tour de O'Casey de rire.

— Cette tempête, c'était comme dans *Nosferatu*, dit Wilson.

— Et qui jouait le vampire ? demanda l'inspectrice Scally.

— Il était dehors, accroché au mur du château, et le vent l'a promené dans tout Dalkey, probablement, dit Wilson, de peur que Tom ne pense qu'elle le prenait pour le vampire.

Avec sa silhouette tubulaire et trapue, Tom n'avait de toute façon rien d'un Klaus Kinski.

— Bon, madame et messieurs, tout le monde, dit Fleming en attrapant une chaise, au boulot.

Mais tout à coup, quoique peut-être progressivement, dans un flou qui se dissipait lentement – ou bien rapidement ? –, il n'y eut pas de chaise. Ni de Fleming. Tom se réveillait – tout du moins, il le supposa, mais était-ce un véritable réveil ? –, en tout cas, il avait l'impression de se réveiller. Sur un banc de St Stephen's Green, à deux pas des jardiniers affairés. Il avait dû s'y asseoir et s'assoupir. Il ne se souvenait de rien. Il avait chaud dans son costume sombre sous ce soleil de printemps qui semblait l'avoir suivi depuis Dalkey, et encore plus parce qu'il était au cœur de St Stephen's Green, de la ville elle-même. Bien sûr, une fois réveillé, Tom se rendit compte de l'étrangeté de ce rêve qui s'effaçait peu à peu. Son ancien commissariat, un bâtiment fonctionnel sur Harcourt Street, n'avait rien d'un manoir géorgien. Il aurait été surpris que la téléphoniste existe sous la forme qu'il avait imaginée. Un foulard coloré de chez Brown Thomas, c'était si peu plausible. Tout ce qui avait dominé son esprit avec la puissance de la réalité s'éloignait maintenant pour se faire de plus en plus vague et obscur. Le commissariat fourmillait sans cesse, il y avait peut-être deux cents inspecteurs dans le bâtiment ainsi qu'une cohorte bruyante d'employés administratifs. Le couloir désert de l'étage aurait dû être un signal d'alerte – mais de quoi ? Il n'y avait là aucune salle de crise, Tom ne verrait que Fleming, peut-être Wilson et O'Casey, les enquêteurs. Il était clairement en train de devenir fou. Mais il avait lu quelque part que les fous ne savent jamais qu'ils sont fous. Or, lui, il savait qu'il était fou. Était-ce donc une preuve de santé mentale ?

Pas de doute, il se sentait fou en quittant son banc. Comme s'il avait passé la nuit à boire, alors qu'il n'avait jamais été ivre de toute sa vie. Ses jambes tremblaient et ses yeux lui faisaient mal à cause du soleil. Combien de temps était-il resté là, à peut-être ronfler et grogner ? Les jardiniers faisaient une pause avec un thé en bavardant assis dans deux voiturettes électriques. La pause de onze heures. Tom voulut jeter un coup d'œil à sa montre, mais ne trouva pas ses lunettes. Une journée de travail devait être structurée. C'est ce que Fleming expliquait aux jeunes recrues. Prenez vos pauses, les gars, elles ne sont pas faites pour les chiens. Comment empêcher tout ça de recommencer ? Tom l'ignorait. Dans une tentative désespérée d'établir la réalité de tels moments, il se gifla. Ce qui fut assez douloureux. Très douloureux, même. Des jeunes gens en blazers rouges qui passaient par là le regardèrent. Des élèves de la CUS. Les vieux sont peut-être invisibles, mais pas les fous. Tom les observa avec un regard vide.

— Pourquoi vous n'êtes pas en classe, pourquoi vous n'êtes pas en classe ?

Le fou était devenu un fou qui criait. Mon Dieu, mais de quoi il avait l'air ?

Ce n'était pas gentil. De faire peur aux gamins. En se retournant, comme s'il se fuyait lui-même, il fila vers Harcourt Street, en tout cas, c'est ce qu'il espéra.

Chapitre huit

— Tu es bien bon de venir à nous, déclara Fleming, une version de ce qu'il avait déjà dit dans le rêve de Tom.

Tom se trouvait dans le bureau de Fleming avec Wilson et O'Casey. Ces derniers n'évoquèrent pas leur visite prolongée le soir de la tempête, d'aucune manière. Ils avaient une attitude officielle et posée, ni amicale ni hostile.

— Tout est là, dit Fleming en désignant le petit tas de papiers et de notes, ces dossiers qui avaient menacé Tom à Dalkey.

Tom était ravi d'être de retour dans ce bureau austère et dépouillé.

— Tu as eu l'occasion de consulter les rapports sur l'affaire ?

— Non, non, dit Tom d'un air coupable, pas du tout.

— Les gars n'étaient pas sûrs. Mais de toute façon, tu les connais déjà presque tous. On a un élément nouveau, alors que la plupart de ces trucs sont très vieux, écrits de la main de William Drury, paix à son âme. C'était un excellent rédacteur, bon Dieu, vraiment. Il n'y a que O'Casey ici présent qui puisse l'égaler. Ces deux-là ici présents sont enquêteurs, comme tu le sais, mais ils enquêtent sur quoi ? Qu'est-ce qu'ils peuvent trouver ? On a de bonnes raisons de pousser un peu nos investigations, mais je ne te le cacherai pas, Tom, le divisionnaire adjoint n'est pas très chaud. Nos efforts le dérangent. C'est un bon vieux catholique, et nous-mêmes sommes assez croyants.

Quand on était jeunes flics, tu imagines un peu, aurait-on seulement osé ouvrir notre gueule en présence d'un prêtre ? En aucun cas. Ils étaient les chefs de la communauté. Nos guides. Ils rendaient visite aux gars blessés dans l'exercice de leurs fonctions. Rattrapés par l'injustice de la vie.

— C'est vrai, vous savez, dit Tom en regardant Wilson et O'Casey.

— Oui, oui, dit Fleming. Mais les prêtres doivent assumer. Ils ont fait mijoter le ragoût du diable. Maintenant, ils doivent se mettre à table. Les révélations, l'affaire Smythe, tout ça. On peut plus passer ça sous silence, de nos jours. Mais le divisionnaire adjoint n'est quand même pas chaud. Alors je dois y aller avec des pincettes. C'est pour ça que je t'ai fait venir. Tu étais sur le terrain la première fois que Byrne est apparu sur nos radars. Qu'est-ce qui s'est passé ? Il habitait avec un certain père Matthews, à présent décédé, c'est bien ça ?

— Byrne était vicaire à Coolmine, et Matthews, plus âgé, prêtre de la paroisse. Quarante-cinq ans, peut-être. Byrne avait la trentaine. Ils habitaient ensemble au presbytère avec une gouvernante, j'ai oublié son nom, ça doit figurer dans le dossier. Byrne est apparu sur nos radars, je suis sûr que vous avez lu le rapport, suite à un tuyau de Scotland Yard, ce qui était très rare. En rapport avec quelque chose qu'il avait fait, des photos développées en Angleterre, si je me souviens bien ? Cet abruti les avait envoyées là-bas, des photos de petits garçons tout nus, alors Scotland Yard a contacté notre chef de la police à l'époque, comment il s'appelait déjà, mais tout est dans le rapport, j'en suis sûr, Billy Drury était doué pour ça, non ? Alors ça ne va pas être difficile à retrouver, ses comptes rendus étaient tellement clairs, on aurait dit une histoire qu'une mère raconte à son enfant pour qu'il s'endorme. Bref, on était encore jeunes, à peu près votre âge, les gars, dit-il avec un signe de tête à Wilson et O'Casey, assez jeunes pour pas du tout aimer ça, on a voulu agir, on en avait la ferme intention, on a voulu aller à Coolmine pour une petite discussion avec Byrne…

— Rien que vous deux ? demanda Wilson.

— Oui, bien sûr, Billy et moi, on voulait savoir ce que Byrne avait à dire. Mais le chef a… eh bien, il est allé voir notre supérieur, tu te souviens de ce vieux Garvey, c'est comme ça qu'on l'a su, on était prêts, sauf que le chef de la police a transmis tout ce qu'il avait, les photos aussi, à ce putain d'archevêque, il lui a dit : « Voici, monseigneur, faites ce que vous jugerez bon, notre implication s'arrête ici, à moins que vous ne souhaitiez poursuivre. » « Oh, merci, merci, mon fils, bien sûr, je vais m'en occuper, ne vous inquiétez pas. »

— Et qu'est-ce que vous en avez pensé, Drury et toi ? demanda Fleming.

— Tu sais très bien ce qu'on en a pensé, Jack, on en a discuté dans les années soixante-dix, si j'ai bonne mémoire.

— Oui, je m'en souviens. Mais ce que je me demande, c'est qu'est-ce que tu pensais sur le moment ?

— On était furieux, putain. Pour nous, au minimum, il fallait interroger le type. Mes petits étaient encore des bébés à l'époque. Je ne comprenais pas comment c'était possible. Qu'un prêtre veuille faire des photos comme ça, que le chef de la police s'en fiche, qu'il se contente de donner les photos à McQuaid.

— Vous voyez, McQuaid, McQuaid, dit O'Casey d'un ton posé, c'est lui, la clef de toute cette merde.

— Vous avez raison, dit Tom. Je ne l'ai jamais rencontré. Mais cette enflure n'a rien fait. Rien du tout. Le chef de la police. Selon moi, il a chassé tout ça de sa tête. On était furieux, mais qu'est-ce qu'on était, rien que deux jeunes inspecteurs. J'avais réussi l'examen à peine un mois plus tôt, June était aux anges. Un peu plus de sous, vous comprenez. June, c'était ma femme, ajouta-t-il à l'intention de Wilson et de O'Casey.

— Il aurait été bien avisé de donner suite, dit Fleming. Parce que ce gars, Byrne, ne s'est pas arrêté en si bon chemin. Il a creusé une piscine derrière chez lui. Un vrai aimant pour les gamins, comme vous pouvez l'imaginer. Maintenant, Tom, Drury et toi, c'est Wilson et O'Casey. Comment ils devraient aborder tout ça, à ton avis ?

— Trouvez des preuves, mais gardez-les pour vous, ne les soumettez pas à la hiérarchie avant d'avoir tout consigné. Quand vous interrogez des témoins ou des victimes, tout ce que vous récoltez, écrivez-le. Mettez tout noir sur blanc. Tel quel, et faites des enregistrements, si vous pouvez. Les photos, les âges, tous les détails. Dieu seul sait ce que ce type a trafiqué dans le bassin de la Tolka pendant toutes ces années. Et laissez-moi vous dire qu'il y en avait un autre, c'était Matthews. J'avais entendu parler de lui, le père Thaddeus Matthews, par quelqu'un. Ils étaient deux sur le coup, peut-être que Matthews a ouvert la voie à Byrne, en tout cas, ils se sont bien trouvés. Si vous pouvez enquêter là-dessus maintenant sans qu'on interfère, sans que tout soit à nouveau enterré, ça fera de moi un homme heureux. Bonne chance, les gars, putain. Vraiment.

La voix de Tom s'était un peu altérée. L'émotion s'en prenait à ses cordes vocales.

— Où il est basé, Byrne, maintenant ? Pas à Coolmine, je parie. L'Église passait son temps à les muter. Quand des parents déboulaient en furie à l'école ou un truc comme ça. Parce qu'il n'y avait pas que des photos. J'ai réussi à suivre sa trace pendant un temps.

— Tu as enquêté sur lui ? demanda Fleming.

— Oui. Sur mon temps libre. Il faisait des choses aux petits garçons dans le confessionnal. Vous imaginez ? Dans un confessionnal, putain. C'était vraiment un type dangereux. Et tu dis qu'il continue. Tu imagines, ça fait presque trente ans. Trente ans. Combien d'enfants victimes, à ton avis ? Vous croyez qu'ils s'en sont sortis comment, ces gosses, après ça ? Je vous le dis, je vous le dis, les gars, il n'y a rien qui détruise plus un gamin que ça, rien.

Le silence régnait alors qu'ils étaient tous les quatre assis dans le bureau miteux de Fleming. Chacun réfléchissait à sa façon, se dit Tom, mais ils étaient en plein brouillard. Un brouillard de pollution.

— Je me suis dit que ça pourrait être une clef pour Wilson et O'Casey d'avoir ton avis. Je pense que j'ai eu raison, Tom. Merci.

— Si la hiérarchie vous laisse faire, vous le choperez, dit Tom. Et quand vous en aurez eu un, vous serez meilleurs pour les suivants. Comme ces gars qui traquent les nazis. Vraiment.

— Wiesenthal, dit O'Casey, assez fier de sa culture.

— Bon, dit Fleming, cet autre prêtre, Matthews, qui est mort. De quoi tu te souviens à son sujet ?

— Matthews ?

— Oui, Matthews.

— Je n'ai plus vraiment entendu parler de lui après. Rien du tout. Sur aucun d'eux.

— On pensait rouvrir cette affaire-là aussi, Tommo, dit Fleming. Parce qu'en fait, tout est lié. Une drôle d'affaire classée. Mais il reste encore pas mal de scellés dans des sachets et des cartons à Store Street, apparemment. Ce n'est pas toujours le cas. Encore un coup du méticuleux et minutieux Billy Drury. Quelle perte, ce gars. On pourrait récupérer de l'ADN, maintenant, ce n'est peut-être pas trop tard. Il y a aussi des taches de sang, des choses de ce genre, à ce qu'on m'a dit. Alors il reste peut-être un espoir. Je t'ai posé la question parce que j'ai vu que tu étais chargé de l'enquête sur l'homicide. Dans les montagnes de Dublin, c'est bien ça ? Mais il faut croire que tu as tout oublié, je ne t'en veux pas, c'était il y a si longtemps.

En levant les yeux vers Fleming, Tom vit son visage s'ouvrir et se fermer comme une créature marine. Une sensation très étrange.

— J'étais chargé de l'enquête ?

— Oui, avec Billy Drury, d'après les rapports qu'on a ici. C'est pour ça que je voulais que tu les lises, pas seulement à cause de Byrne.

C'était sans doute la souffrance à l'idée de revivre un tel souvenir qui lui bloquait la gorge, en tout cas c'est ce que Tom en conclut, car il avait du mal à respirer. Le choc d'entendre quelque chose dont il ne se souvenait pas, mais qui lui revint à l'instant où on le lui dit. Une expérience extracorporelle des plus incroyables.

— J'avais oublié. Pendant toutes ces années, je ne m'en suis pas souvenu. Je pense vraiment que...

Tom se sentait prêt à défaillir. Il regarda partout, à la recherche d'une bouteille d'eau. Mais il le savait, dans ce bureau, il n'y avait que deux meubles de rangement, la table, les chaises et ces hommes. Il n'y avait pas le moindre liquide, à part celui qui coulait le long de sa colonne. Il se sentait très mal. Terriblement mal. Une ambulance ? Les secours ? Il y avait un secouriste quelque part dans le bâtiment. Qu'est-ce qui n'allait pas avec sa tête ? Il avait toujours été comme ça ? Il ne s'était jamais senti bien après la mort de June, mais elle était morte vingt ans après cette enquête oubliée. Puis ça avait été Winnie, oh Winnie, et Joe, comme un coup de grâce. Mais là, tout lui revenait d'un coup. Bien sûr qu'il avait enquêté là-dessus. Un homicide dans les montagnes sur le sentier de Lugnaquilla, un corps avec des blessures multiples dues à sa chute dans un ravin, mais aussi d'autres sortes de blessures, des blessures profondes faites au couteau, les pierres n'avaient pas pu faire ça, avait déclaré le légiste, alors Tom avait enquêté là-dessus, évidemment, oh June, June, pardonne-moi, pardonne-moi, pour ça, pour ça, et pour tout ce qui s'est passé après.

— De toute façon, on va tout reprendre depuis le début, dit Fleming.

Wilson et O'Casey étaient muets. On aurait dit des moines ayant fait vœu de silence.

— J'ai quelques éléments à rassembler. Je leur ai promis d'obtenir un échantillon de ton sang, Tom. Wilson était chargé de ça l'autre soir, mais ils n'ont pas voulu te réveiller le lendemain matin, ils devaient partir très tôt, alors ils ont emporté ta brosse à dents, j'espère que ça ne t'a pas trop dérangé.

Tom clignait des yeux comme un vieux hibou sur le point de rendre l'âme.

— Tu ne m'en veux pas ? demanda Fleming, des paroles teintées d'amitié.

— Non, pas du tout. J'en ai acheté une autre. Rose.

— Rose ? répéta Wilson. Très amusant.

— C'était tout ce qu'il y avait.

— Ça nous a été très utile, dit Fleming, qui s'était levé, et c'était comme si son corps flottait, car ses souliers étaient plongés dans l'ombre.

Tom salua les deux jeunes inspecteurs. C'était étrange de penser que quelques jours auparavant, il les avait presque pris pour des mormons dans le rayonnement du rhododendron. Tom éprouva presque de la nostalgie pour cette version plus innocente d'eux. Il avait ce genre de pensées fugaces. Fleming le raccompagna dans le couloir, où il croisa de nombreuses connaissances. « Comment va, *arra*, Tom, tu as l'air en forme, qu'est-ce que tu deviens ? » Devant le bâtiment lugubre, Fleming tendit la main à son ancien collègue.

— On reste en contact, dit Fleming. Je t'appelle.

— Si je peux faire quoi que ce soit, dis-le.

— *Arra*, d'accord.

Il allait se retourner pour partir quand une pensée frappa Tom, deux, même.

— Jack, qui est Bríd ? Tu l'as mentionnée l'autre jour. Je me demandais.

— Ma vieille chienne labrador ! s'écria Fleming. Mais peut-être que tu ne l'as jamais vue ?

— Ah si, si. Et dis-moi, l'inspectrice Scally, elle existe ?

— Tuée à Clondalkin. Au cours de l'année. Tu la connaissais ?

— Honnêtement, je ne saurais dire, dit Tom avec une tristesse mystérieuse. Le grand âge, le grand âge.

Ils restèrent là quelques instants. Avec une certaine gêne entre eux. Puis ils se remirent en mouvement et retrouvèrent un peu d'entrain. Et bientôt, ils riaient à nouveau comme les vieux amis qu'ils étaient. Qui avaient franchi ensemble bien des buissons de ronces et autres bourbiers.

De retour au château, Tom fit un sort au frichti dans la marmite suintante. La chaleur ramena le plat à la vie, il ouvrit une boîte de purée de pois et voilà, le dîner était prêt. Il se déplaçait dans l'annexe comme s'il n'y était pas vraiment. Il avait l'esprit ailleurs, mais les gestes familiers et le frichti ressuscité l'apaisèrent, et le fauteuil en rotin l'appela avec un peu de son ancien pouvoir d'attraction. Tom n'avait ni envie ni besoin de lumière, il se contentait d'être une ombre à peine perceptible. Il n'y avait de toute façon personne pour le voir. Il était terrorisé depuis sa visite au poste, mais il savait qu'au fond de lui, il y avait une fierté, une fierté pour quelque chose qui, dans le passé, lui avait paru effroyable et chaotique. Et lui apparaissait désormais comme un acte héroïque inscrit à même son cœur par une aiguille à tatouage. Comme ces lignes sur les drapeaux de prière tibétains dont il ne comprenait pas les mots ni les symboles, mais dont il sentait que ça disait des choses justes, entières, précises. Ou des pierres que le tailleur de pierre des cieux avait assemblées de façon qu'aucune lumière ne filtre à travers leurs jointures complexes. Un mur inca.

Il était si bizarrement excité qu'il dévora le frichti, comme un simple service rendu à son corps et à la vie qui continuait. Puis il alla à la fenêtre observer le jardin. La haie qui s'agitait dans la brise ressemblait tellement à un animal qu'on aurait presque pu l'entendre s'ébrouer et hennir, le vert sombre des ifs, ou n'étaient-ce que des cyprès, se détachant sur l'herbe de printemps. Il vit que Mr Tomelty, son nouvel ami, avait sorti sa tondeuse, un engin splendide capable de caresser l'herbe dans un sens puis dans l'autre au gré de ses allers-retours. La lumière des autres logements s'étalait sur la pelouse pour y former comme des tableaux contemporains. L'herbe avait été couchée dans un sens et dans l'autre avec soin et expertise. En souvenir du moment que Mr Tomelty y avait consacré tandis que Tom était ailleurs.

Il n'était encore que dix-huit heures, mais Tom fut quand même surpris de voir le petit garçon traverser les rectangles de lumière. Une fillette plus âgée, en tout cas plus grande, l'accompagnait, peut-être chargée de le surveiller. Ce devait être la sœur invisible. Les enfants riaient et bavardaient, ils s'interpellaient, voire criaient, en descendant les marches de granit vers l'ancienne digue, franchissant l'arche pour se retrouver sur la jetée en béton. Large et sombre, avec un tuyau d'évacuation, lui aussi en béton à cause des tempêtes. La fillette tournoya en écartant les bras, le garçon l'imita, ils dansaient et tourbillonnaient sur la jetée comme si le monde leur appartenait. Puis la fillette positionna le petit garçon au plus près de l'eau, qui se trouvait à environ un mètre en contrebas. Et décrivit d'un geste vigoureux un arc de cercle du bras, percutant le garçonnet au torse et le précipitant dans l'eau. Tom se figea, ahuri. Il n'appela personne en particulier, traversa son logement en courant et tira avec force sur la porte d'entrée, puis contourna le château, passant devant la belle voiture de Mr Tomelty, les poubelles en métal, franchit cette pelouse surnaturelle, dépassa le carré de haies et descendit les marches deux par deux avec une souplesse qu'il n'avait plus testée depuis des années. Il prit conscience de son agilité de bouquetin. Il atteignit l'arche et s'arrêta. Il était prêt à sauter à l'eau – devait-il enlever ses chaussures ? se demanda-t-il un instant, au cas où le courant l'entraîne vers les abysses avec le garçon ? Mais il n'y avait personne.

Il se précipita au bord de la jetée et scruta la mer. Rien. Malgré la pénombre, il distinguait vaguement les algues et les rochers dans l'eau. Entre la jetée et l'île, de l'autre côté du chenal et son courant, un rayonnement lugubre dansait sur le million de toutes petites vagues. Le vent gémissait faiblement et quelque part sur le rivage, du métal frappait contre du métal, mais, sinon, tout était silencieux et sinistre. Les mouettes et les cormorans s'étaient tus pour la nuit. Sans son manteau, Tom sentait sa poitrine se glacer, ainsi que le froid sur son crâne dégarni. Il scruta à nouveau le chenal, convaincu de finir par apercevoir le corps du petit garçon, et bien qu'il y ait là des centaines de corps, il ne vit que les creux et les bosses d'une eau plus sombre. Était-ce lui, là-bas ? Tom devait-il se jeter à l'eau ? Le courant pouvait se révéler mortel. À cet instant, il se sentit ridiculement responsable d'un enfant qu'il ne connaissait pas. Des images de Stevenson traversaient son esprit, Long John Silver, les galions, l'or, Pew l'aveugle débarquant dans un village semblable à Dalkey avec la tache noire dans la poche pour la donner à Billy Bones. Et de Joseph, son fils, son petit garçon, plus précieux que n'importe quel trésor enfoui. Qui avait l'habitude de rester debout, figé au centre d'une pièce, comme s'il allait s'envoler, ce petit bonhomme de six ans avec des bras prêts à le propulser, bien qu'en vérité il ne bougeât pas. Dans une attitude de possibilité permanente. Le dernier livre que Tom avait lu à Winnie, ça avait été *L'île au trésor*, mais ils s'étaient arrêtés au moment où le récit cesse de se concentrer sur Jim pour s'intéresser au docteur, ni Winnie ni lui n'ayant supporté ce changement. Tom avait donc interrompu sa lecture et refermé le livre. Ce qui avait coïncidé avec le fait que Winnie soit trop grande pour les histoires avant de dormir – en l'espace d'une nuit, semblait-il – alors ils n'avaient jamais terminé le roman, l'ouvrage ayant pris la poussière sur sa table de chevet pendant des années avant de disparaître allez savoir où. Le vent fantomatique apportait maintenant de nouveaux bruits fantomatiques, il fouettait encore et encore la surface de l'eau comme dans un rodéo d'étalons miniatures. Tom s'élança frénétiquement vers le château, entra par la porte principale et, au lieu de tourner à gauche vers la résidence des Tomelty, prit l'escalier dont il avait vu le vieil inconnu descendre les marches deux par deux.

Chapitre neuf

Tom aurait pu se retrouver face à des portes sans savoir laquelle était la bonne, mais fort heureusement, Mr Tomelty avait pris la précaution de signaler *La Tourelle* avec ces lettres métalliques qu'on se procure en magasin. Tom se savait trempé de sueur suite à sa galopade et haletant comme un chien harassé, pourtant il frappa en essayant d'atténuer ce qu'il considérait comme des « coups de flic ». Avec une rapidité surprenante, la porte s'ouvrit et une femme qui paraissait presque surnaturellement jeune apparut. Si elle était mère de deux enfants, alors elle incarnait une victoire sur la nature, tant elle était fine comme une brindille, et d'apparence si juvénile que Tom se demanda si ce n'était pas la personne qui s'occupait des enfants. Un emploi pour lequel elle n'aurait guère été qualifiée, au vu des circonstances. Derrière elle, il apercevait une fenêtre donnant sur l'avant du château. Il eut l'idée, totalement saugrenue, que ça devait être agréable de vivre en hauteur comme ça – en tout cas, ça offrait une meilleure vue sur le phare Muglins.

— Je suis vraiment désolé de vous déranger, annonça-t-il. Je m'appelle Thomas Kettle. J'habite dans l'annexe.

— Oh, dit-elle, vous êtes le policier.

— Retraité, précisa-t-il. J'étais en train de regarder par la fenêtre et j'ai vu deux enfants... Vous êtes la mère de... De facto de... ? ajouta-t-il rapidement, des mots bien savants, mais destinés à éviter de traumatiser une baby-sitter.

— En effet, oui, dit-elle. En effet.

— J'ai vu, je crois bien avoir vu, votre petit garçon tomber à l'eau, je me suis approché, mais il n'y avait aucune trace de lui.

— Oh, dit-elle, cela m'étonnerait fort. Je viens de le mettre au lit. Vous parlez de Jesse ? Je viens de le coucher à l'instant. Je peux aller vérifier, mais..., dit-elle d'un ton assez vague.

— Serait-ce possible ? Je m'excuse de...

Il indiqua le désordre de sa tenue. Elle eut un petit rire.

— Attendez, dit-elle, et elle rejoignit la pièce principale à grands pas.

L'entrée se trouvait dans une sorte de recoin de la bâtisse, Tom ne voyait donc guère plus loin. Il demeura sur place. Il perçut dans le brusque silence les notes produites par le violoncelle du voisin qui franchissaient les murs victoriens. Tom ne pensait pas que ça soit du Bach. Il ne savait pas ce qu'il jouait. Puis le beau visage encadré de cheveux noirs et le chemisier soigné réapparurent dans son champ de vision.

— Tout va bien, dit-elle, il dort déjà. Sitôt qu'il touche son oreiller, il plonge dans le sommeil.

— Et votre fillette ?

— Ce devait être les enfants des voisins, dit-elle en hochant la tête, plus exactement en la secouant.

— Ça ne pouvait en aucun cas être votre fillette ?

— Ma fille est morte, dit-elle d'une voix claire.

— Oh. Mais Mrs Tomelty a dit... Je suis navré. Jésus Marie Joseph. Pardonnez-moi, Mrs, Mrs...

— J'ai repris mon nom de jeune fille, annonça-t-elle. McNulty. Je ne saurais vous dire si l'on doit m'appeler Miss ou Mrs, désormais.

— Est-ce que votre...

C'était délicat, pensait-il. Il voulait dire « mari ». Mais l'époque avait changé, ce n'était donc pas nécessairement approprié. « Compagnon de vie », alors ? Tom réfléchissait à nouveau comme un inspecteur. Certes, il était inspecteur. Mais à la retraite.

— Pourriez-vous entrer un instant, Mr Kettle ?

— Entrer ? Moi ?

— Oui, dit-elle en riant à nouveau. Mr Tomelty m'a dit qui vous étiez. J'ai besoin de vous parler. Vraiment.

— Bien sûr. Pas de problème. Dieu du Ciel.

Il la suivit dans le logement. Et découvrit une pièce avec deux fenêtres donnant sur la mer, ce qui lui parut logique. Mais ce n'était pas vraiment la tourelle à cet endroit, pensa-t-il. S'il ne se trompait pas, celle-ci se trouvait au fond de la pièce. Ils étaient dans la partie du château située au-dessus de chez les Tomelty.

— Asseyez-vous, dit-elle en indiquant un fauteuil confortable et dodu.

À côté, sur une petite table, trônaient une pipe et un paquet de tabac. Tom ne pensait pas que ce soit à elle.

— Le monsieur qui vit ici, commença-t-il, se disant que c'était peut-être la meilleure tactique, est absent ?

— De qui parlez-vous ? De mon père ?

— Ah, c'est votre père, lâcha-t-il, comme s'il venait de résoudre le mystère.

— Mr Tomelty ne vous l'avait pas dit ?

— Il n'avait pas l'air de le savoir. Je suis désolé, c'est une vieille habitude que de poser trop de questions.

— Oh, Jésus Marie, peut-être que je ne lui ai pas dit ! Mon Dieu, il doit être... Je suis stupide. Papa est en ville. C'est précisément pour cette raison que je dois vous parler.

— Laquelle ?

— Parce que vous posez des questions. Parce que vous êtes policier.

C'était une femme jolie et vive qui paraissait dépourvue de la moindre part d'ombre. Sans la moindre aspérité. Elle se présentait comme un livre ouvert, que Tom parcourut avec zèle. Elle s'exprimait de façon directe et simple. Ne percevait-il pas dans sa voix quelques vestiges d'un discret accent de Sligo ? À la lumière de l'ampoule au plafond, il se rendit compte qu'elle devait avoir dans les trente, trente-cinq ans. Elle avait quelque chose de la reine Maeve sur les billets de banque. *Ma sombre Rosaleen, pas de soupirs, pas de larmes !* Un poème tellement irlandais. Il se demanda si elle était bonne actrice. Peut-être qu'avec un tel physique, ce n'était pas nécessaire.

— Vous êtes actrice ? demanda-t-il.

— Comédienne, répondit-elle sans trace d'animosité.

Il ne comprit pas tout de suite ce qu'elle voulait dire, mais sut qu'il venait de se faire corriger avec douceur. De façon qu'il s'améliore avec douceur. Elle lui faisait penser à Winnie et à son projet de le mettre au goût du jour. Elle lui plaisait bien, cette Mrs ou Miss McNulty. Comment résister ? Tom se sentit tout à coup heureux d'être là, malgré la terrible annonce de la mort de sa fillette. Il se sentait étrangement chez lui, comme s'il était le père rentrant tout juste de la ville, parti y faire allez savoir quoi.

Il s'accommodait suffisamment de la situation pour attendre en silence tandis qu'elle préparait du café dans le coin cuisine. Tom pouvait la voir, pourtant, elle se comportait comme si elle se trouvait dans une autre pièce. Il aurait de loin préféré un thé, mais elle ne lui en avait pas proposé. Elle se lança dans une confection complexe avec une grande cafetière en aluminium à étages, dévissant ceci et vissant cela, ajoutant le café à la cuillère, ce qui nécessita un certain temps. La nuit était en train de prendre de l'âge par les fenêtres, comme à son habitude. Ou peut-être était-ce le jour qui prenait de l'âge ? Non, le jour était mort. Tout était mort. Sa fille à elle. Sa fille à lui. Les choses étaient mortes. Le violoncelliste solitaire continuait à racler son instrument de façon lointaine dans la maison d'à côté. Comment s'appelait-il ? Delany ? Non. On aurait pu penser qu'en tant que policier, Tom aurait retenu son nom. Il ne lui avait parlé qu'une ou deux fois, et avait alors surtout cherché à savoir quelle était la marque de son arme. La seule chose à laquelle Tom avait été bon lors de son bref passage dans l'armée, c'était le tir. Il avait un œil de lynx, alors contrairement à beaucoup d'autres soldats, il avait tué sa part d'ennemis. Ce qu'il regrettait. Il se questionnait sur ces vies auxquelles il avait mis fin. Surtout des locaux, des rebelles malais. Tom avait été rendu à la vie civile avec les honneurs au bout d'un an. Il avait des insomnies et, quand il parvenait à dormir, il faisait des cauchemars. Le médecin militaire avait qualifié ça de « réaction aiguë au stress ». Même la terreur, les médecins devaient lui donner un nom, supposa-t-il. La Malaisie avait provoqué une série de répliques dans son corps – à son retour, il était une épave. Mais dès qu'il avait touché le sol irlandais, ô merveille, ô miséricorde, ses symptômes s'étaient peu à peu atténués, et Tom avait eu l'idée d'intégrer la police. Il ignorait si sa candidature serait retenue avec son histoire de misère. Les orphelins étaient mal vus. Il n'était pas orphelin, mais on le mettait dans le même sac. Et pourtant. Dans la police, on avait apprécié son aptitude à manier un fusil, et le recruteur tenait l'armée en grande estime. Tom le veinard. Il fallait qu'il mette vite fin au vagabondage de son esprit, il s'y sentait trop à son aise. Une table était jonchée de bibelots africains – de ceux que les soldats rapportaient à leur femme et à leurs enfants –, et son esprit s'envola pour l'Afrique. Le Congo. Des éléphants en ivoire, quelques petites divinités. Peut-être le père était-il un vieux briscard de ce continent. Thomas ne put s'empêcher de penser qu'il était déjà venu ici, dans cette pièce. Sans doute à cause de ces fenêtres si familières encrées par la nuit, de la mélodie du violoncelle, de la mer et du vent marin qui produisaient leur propre musique poignante.

— Nous avons de la chance de vivre ici, déclara-t-elle, comme si elle lisait dans ses pensées, et comme si ce « nous » les englobait, elle et lui.

Elle lui tendit une tasse de café non sollicitée. Les vieilles « mains en amiante » de Tom, comme disait Winnie, ne furent pas dérangées par sa chaleur.

— J'ai une histoire très difficile, dit-elle, je pense ne pas être en mesure de la raconter à qui que ce soit, sauf quelqu'un comme vous. Je n'en ai pas parlé à Mr Tomelty. Je suis arrivée à Noël. Mon père étant encore en Afrique, il n'a pas pu me rejoindre immédiatement. J'étais...

Et tout à coup, malgré le calme admirable dans sa voix, elle fut saisie par une crise de larmes. Elle pleura de longues minutes face à lui sans bouger, comme si une présence invisible le lui ordonnait. Lorsqu'elle reprit la parole, elle ne s'excusa pas de ses pleurs, contrairement à la plupart des gens, ce que Tom admira.

— En fuite. Je fuyais avec Jesse, il fallait que je quitte Londres à tout prix. Je ne peux pas vous raconter cela, dit-elle, mais elle le lui raconta quand même. Mon mari...

Tom sentait quand il ne fallait pas poser de question. Il se contenta de rester aussi immobile qu'elle, comme on se comporte auprès d'un cheval nerveux. Il attendit sans la presser. Dans ce moment suspendu. Il y avait beaucoup d'histoires terribles en ce monde, et Tom en connaissait une bonne part. Les histoires terribles, c'était son boulot. Un métier impossible. Les laitiers devaient uniquement s'assurer que leur camion fonctionne et livrer leurs bouteilles intactes. Même un médecin, sauf s'il travaillait pour la police, était à l'abri, par comparaison, du royaume de la souffrance. Les gens vivaient des horreurs, et ensuite, ils ne pouvaient pas en parler. Les véritables histoires de ce monde étaient recouvertes d'une chape de silence. Le mortier était fait de leur silence, et leurs murs parfois impénétrables. Toutefois, cette jeune femme voulait parler, ce qui en soi était rare. Tom ne pensait pas qu'elle ait besoin d'encouragements. Elle connaissait son texte.

— Puis-je être honnête avec vous ? demanda-t-elle comme si elle avait librement accès à son esprit. J'ai besoin de dire des choses qui n'ont été prouvées dans aucune cour de justice. Des choses qui ont même été niées et...

Elle se ressaisit.

— Avez-vous déjà été le dépositaire d'une histoire à laquelle personne ne croyait ?

— Oh oui, répondit-il.

— Vraiment ?

— Oui, affirma-t-il.

— Alors je peux vous parler.

Elle posa ses mains à plat sur ses cuisses et tapota un instant le sol avec ses talons. De beaux escarpins en cuir verni, dont même Tom savait qu'ils étaient à la dernière mode. Le reste du logement, selon lui, relevait davantage des années soixante que de cette décennie quatre-vingt-dix, sans doute parce que le mobilier appartenait à son père. La vaisselle de la petite cuisine était ornée de vieux motifs noir et blanc, ils avaient la même dans les premiers temps de leur mariage, June et lui. On aurait dit un service égaré dans une mauvaise époque. Ce qui était étrangement agréable.

— Mon Dieu, dit-elle. C'est si difficile à exprimer. Je ne l'ai même pas raconté à mon père. Et je viens à peine de faire votre connaissance. Alors pourquoi je vous dis tout cela ? Je le jure devant Dieu, j'ai l'impression de vous connaître, Mr Kettle. Nous ne nous sommes pourtant jamais rencontrés, n'est-ce pas ?

— Il me semble que je ne vous avais même encore jamais vue. En revanche, j'ai aperçu votre petit garçon qui jouait dans le jardin. Avec sa canne.

— Cette foutue canne, dit-elle. Une arnaque. Il a découpé le dos d'un paquet de corn flakes, il devait recevoir un appareil photo Brownie et, à la place, il a reçu cette foutue canne, un truc en plastique à un penny.

Tom eut un rire sympathique.

— Le monde moderne, dit-elle. Bon. Je m'adresse à vous parce que j'ai vraiment besoin de vos conseils. J'ai un besoin désespéré de conseils. J'ai très peur que mon mari se présente ici, et je dois savoir quoi faire. Mon père dit qu'il le tuera s'il pointe son nez, c'est un ancien militaire, il en serait donc capable. Mais...

— Il sait où vous vous trouvez ? demanda Tom, prenant bonne note de l'ancien militaire – l'armée irlandaise ou britannique ?

— Je ne pense pas, dit-elle avec un soupçon de doute dans son propos.

Elle lui raconta l'histoire de sa petite fille. Au cours de son récit, Tom tenta d'enregistrer les informations avec professionnalisme, mais cette histoire lui était étrangement familière, et d'une familiarité qui ne lui plaisait pas du tout. Miss McNulty n'avait pas remarqué tout de suite les problèmes sur le corps de sa fillette. Elle l'avait emmenée voir un médecin à Londres parce qu'elle avait le rectum en sang. La petite fille avait six ans, et la mère n'avait pas la moindre idée de ce qui se passait. Elle pensait à une colite, quelque chose comme ça. Le médecin, âgé d'une cinquantaine d'années, ne s'était guère inquiété, et pendant un bon moment, il n'y avait plus eu de saignements. Mais après quelques semaines passées à Cork, où elle avait dû se rendre pour son travail, la comédienne avait découvert que les symptômes étaient revenus. Elle en ignorait la cause, tout comme le médecin, croyait-elle, si ce n'est qu'il voulait adresser la fillette aux services de protection de l'enfance. Même à ce moment-là, elle n'avait pas compris. Son mari affirmait ne rien savoir non plus. Il s'était occupé des enfants en son absence, et elle l'admirait pour ça – deux enfants, ce sont deux tornades, Dieu le sait. Mais la raison évidente, qui n'avait rien d'évident pour elle, avait été identifiée par le médecin. Puis, avant que celui-ci ne donne suite, la fillette était tombée malade, de plus en plus malade, et elle avait fini par mourir sous les yeux de sa mère. Quelque chose s'était rompu en elle, pour lequel il n'y avait nul remède, et elle était morte. Morte. L'autopsie révéla qu'elle avait été abusée, c'était le mot, très probablement avec un gros objet dur. Sa petite fille. L'assistante sociale ou je ne sais qui avait questionné le mari, qui avait nié en bloc, et pourquoi diable tout le monde l'avait-il cru, Miss McNulty aurait bien aimé le savoir. Elle avait peur, si peur, Mr Kettle, car *elle, elle ne l'avait pas cru*, alors elle s'était enfuie, elle avait fait ses bagages à l'aube et s'était engouffrée dans un taxi en pleurant comme une banshee dans l'obscurité, disait-elle, avec Jesse, ce pauvre Jesse qui s'était aussitôt rendormi, il aurait dormi sur un cheval sauvage, et le conseil dont j'ai besoin, le conseil dont j'ai besoin, Mr Kettle, c'est comment le protéger de mon mari ?

Cette jeune femme remuait en Tom des souvenirs si profondément enfouis qu'il ignorait s'ils étaient les siens ou ceux de June. C'était comme si une cascade de lumière chutait depuis très haut sur sa nuque. De jeunes enfants attachés à leur pot toute la journée, certains d'entre eux finissant par basculer, dans ce curieux silence qui les accablait, puis, à l'heure du dîner, les plus grands qui les détachaient pour les mettre au lit, et ce dont Tom se souvenait, ou était-ce quelque chose que June lui avait raconté, parce qu'il ne s'en souvenait pas vraiment, ce dont Tom se souvenait, ou peut-être pas, c'était de ces petits rectums qui pendaient, des petits rectums tout rouges. Mais il n'était qu'un vieil homme malade. Qui devait pourtant faire preuve d'efficacité, tout à coup.

— Il vous a menacée ? questionna Tom.

— Je lui ai demandé de me dire la vérité, et je ne sais pas quelle est la vérité, il pourrait être innocent d'une manière que je ne peux concevoir, même si je ne le crois pas, c'est mon sentiment, mais pourquoi les services de l'enfance ne nous ont pas protégés, n'ont pas protégé ma petite fille, qui est morte ? Savez-vous à quel point c'est définitif, la mort ? Est-ce une question stupide ? J'ai perdu une enfant, elle a disparu à jamais, j'ai le cœur brisé, je ne serai plus jamais en paix, mais je veux à tout prix protéger Jesse, car tout peut cesser en l'espace d'une seconde, je ne m'explique pas pourquoi mon mari n'a pas au moins été interrogé par la police. Mr Kettle, que dois-je faire ? Je suis vraiment désolée de vous embêter avec ça, mon pauvre voisin, dire que vous n'avez même pas touché à votre café. C'est terrible. Au cimetière, il m'a annoncé que si je lui faisais encore des ennuis, il me réglerait mon compte. Au cimetière. Au moment même où on la mettait en terre.

— Parfois la police est longue à réagir. C'est... J'ai vu ça des milliers de fois. Ça va mieux, de nos jours, mais ce n'est pas encore parfait. Nous nous heurtons toujours au même problème, à savoir, si votre mari, imaginons qu'il vienne ici, et qu'il n'enfreigne pas la loi, si aucune loi n'est violée, alors on ne peut rien faire.

— Mais s'il me tue, la police pourra faire quelque chose ?

— Vous pensez qu'il veuille vous tuer ?

— Il ne doit pas être très content que je me sois enfuie en pleine nuit, je peux vous le dire. Et il ne serait pas content que je vous aie raconté tout ça. Il va être très, très, très en colère, et je suis terriblement inquiète.

— Mais il ne le saura jamais, dit Tom. Vous pourriez peut-être vous rendre au poste de police de Dalkey pour tenter d'obtenir une injonction d'éloignement. Votre avocat vous indiquera la procédure. En attendant, je vis dans l'annexe, je vois les gens entrer et sortir, et je vais garder un œil sur tout ce qui se passe. Si vous entendez quelque chose, avertissez-moi. Et votre père ? Il peut vous aider ?

— Il n'est pas très utile, mais je suppose qu'il va essayer.

— Vous serez peut-être rassurée d'apprendre que j'étais spécialiste des armes à feu à l'armée et que j'en possède toujours deux chez moi. Elles ont trente ans, certes, mais je les entretiens régulièrement. Elles peuvent tuer un homme à une portée de plus d'un kilomètre. Tout du moins, quand mes yeux étaient en meilleur état.

Elle rit. Un rire impromptu et sans signification.

Pourquoi est-ce que je parle de tuer ? pensa-t-il. Assez de morts comme ça.

— Je suis désolée de vous avoir accaparé avec ça, reprit-elle. Mais lorsque Mr Tomelty a dit que vous étiez policier, je ne sais pas... aux temps désespérés, des remèdes désespérés. Merci de m'avoir écoutée.

— Si vous êtes célèbre, cela pourrait vous être utile, d'une certaine manière, dit-il, craignant toutefois qu'elle n'ait l'impression qu'il se dédouanait.

— J'ignore si quelques petits films et pièces de théâtre datées à l'Abbey Theatre, ça compte. Peut-être.

Tandis qu'elle parlait, Tom vit le petit garçon debout sur le seuil sombre de la tourelle. Il portait une version miniature du pyjama de Tom, ce classique pyjama à rayures bleues. Il souriait et il agitait un bras endormi, comme pour le saluer. Peut-être qu'il le saluait vraiment.

Chapitre dix

Tom avait besoin d'une bonne nuit de sommeil.

Il n'avait rien mangé et il n'avait pas faim, alors il considéra qu'à la manière d'un vieil ours qui hiberne, sa couche de graisse lui permettrait de tenir le temps d'une nuit. Il rêvait de dormir, il rêvait de... de paix ? Mais il n'y avait pas de paix, et peut-être à juste titre. Ces neuf mois avaient vraiment été comme une grossesse, ils avaient accouché de nouvelles idées, d'un éclairage neuf sur des idées anciennes, et maintenant, c'était à Tom de les éduquer. Il devrait les torcher, mettre des pansements sur leurs écorchures et les envoyer à l'école. Il sentait que la reddition des comptes restait à venir, mais ignorait en quoi elle consisterait. Quel visage prendrait-elle, dans quel chariot surgirait-elle ? Il y avait de l'urgence et des difficultés partout, ça le terrifiait, sans aucun doute, mais l'urgence et la terreur s'accompagnaient toujours d'une épreuve. La surmonterait-il seulement ?

Ils lui avaient pris sa brosse à dents. Bien sûr, en tant que pièce à conviction, ça n'aurait pas été recevable. Comment prouver que Tom était le seul à l'utiliser ? Et Winnie, alors ? Mais Tom devait cesser d'évoquer Winnie. *Irrecevable*, c'était le terme redouté par tous les rédacteurs de rapports. Le terme que Billy Drury savait si bien éviter, et sans doute O'Casey aussi, à présent en train de rédiger son propre rapport. Quelque part, quelque part, il devait être en train de le rédiger. Il y mettrait tout, exactement, il le formulerait avec soin, sans rien modifier, oh non, trop risqué, il rassemblerait des preuves et des entretiens de façon qu'aucun avocat ne puisse les mettre en pièces comme un foutu chiot qui réduit votre pantoufle en miettes. Mais entre amis, entre collègues, uniquement pour *procéder par élimination*, lui prendre sa brosse à dents sans sa permission au cas où il resterait du vieil ADN dans les scellés parfaitement conservés grâce à Billy Drury, qui dataient pourtant des années soixante, ça passait. Tom le savait. Si on lui avait demandé de faire un saut à la police scientifique, dans ce petit bâtiment délabré qu'elle occupait, il aurait dû accepter, dire « oui, pas de problème ». Car ce n'était pas un problème. Pas un problème.

L'éternelle lutte dans le système solaire entre le jour et la nuit était en train de se produire au-dessus de sa tête, il faisait aussi noir que le noir peut l'être, la nuit avait triomphé, mais ça restait une heure ridiculement précoce pour se mettre au lit. Winnie se pliait aux règles bizarres de Mrs Carr et trottait vers le sien dès six heures, mais Joseph – June le surnommait Jo-Jo, ce qui était impossible pour Tom – se faisait toujours prier. Il était l'un de ces enfants infernaux qui finiraient par bien tourner. Non, pas infernal, ce n'était pas vrai, mais turbulent. Parfois. June avait réussi à sculpter la roche de son caractère jusqu'à en tirer quelque chose de correct. Quand il l'avait vu à sa naissance, Tom avait aussitôt pensé : Oh, des ennuis en perspective. Une petite voix dans sa tête lui disait ça. June dans la salle voisine, haletante et ensanglantée, l'infirmière emportant ce gros bébé à la nurserie pour le nourrir. Et Tom lui emboîtant le pas sans y avoir été invité, demandant à être le premier à glisser un biberon entre les lèvres de son petit garçon. Auriez-vous la gentillesse de ? Le visage revêche de l'infirmière, une vraie femme de la campagne, imposante, faite pour supporter les maris qui causaient des ennuis, désarmée par le ridicule de Thomas Kettle et de sa requête. « *Arra*, ben voyons, avait-elle dit, après tout, mais n'étouffez pas ce bébé, allez-y doucement. » Et Joseph – Joe, ça passait, mais pas Jo-Jo, impossible, ce n'était pas un prénom – s'était accroché à la tétine comme si sa vie en dépendait, ce qui était bien sûr le cas, comme pour tous les bébés depuis des temps immémoriaux. Ce qui avait paru très bon signe à Tom. Si son enfant se mettait dans de sales draps, Tom l'aimerait quand même. Et il y avait eu plein d'amour pour Joe, en fin de compte. Au bout d'un moment. Un jour, lors de vacances à Bundoran, sous les flèches, voire les balles perçantes de la pluie du Donegal, tout le monde avait fui la piscine, une fois de plus. Mais ils avaient laissé Joseph dehors avec une fillette, tous deux âgés de sept ans au plus. Et dix minutes plus tard, la mère de la petite fille débarquait dans leur chalet en hurlant à la mort, non sans raison, car Joseph avait poussé son enfant dans la piscine alors qu'elle ne savait pas nager, et si la mère, plus douée que Tom en matière de parentalité, n'avait pas presque tout de suite éprouvé du remords d'avoir laissé sa petite dehors, si elle n'avait pas rebroussé chemin pour assister à ce geste diabolique – elle criait, *votre gosse diabolique* –, Joseph aurait pu devenir un assassin à l'âge de sept ans. Ce qui aurait été un lourd fardeau, sans parler de la souffrance et de la peine causées par la noyade d'une petite fille. Tom avait conduit Joseph en silence dans l'une des chambres sordides – les draps en nylon y faisaient comme une tempête électrique dans le ciel de la Suisse – et, mû par une colère asphyxiante, lui avait administré une fessée, car il voulait à tout prix que Joseph n'oublie jamais, qu'il n'essaie plus jamais de noyer un enfant. C'était l'unique fois où il avait frappé son fils, ce qui lui avait coûté un quart de son âme. Car il s'était juré à lui-même, ainsi qu'à June, de ne jamais frapper un enfant comme ils avaient été frappés, elle, lui, dans leurs exils éloignés mais tant redoutés, avec ces bonnes sœurs, ces prêtres, ces frères qui les battaient à mort, ou était-ce à vie, eux, cette soi-disant progéniture du diable. « Mieux vaut être mort-né, hurlait le frère, que d'incarner l'immonde progéniture d'une prostituée. » C'étaient ses mots. Mais ce jour-là, Tom avait frappé Joseph.

Tom pensait à tout ça, et avant de s'en rendre compte, il comprit qu'il était en train de se réveiller, sans pour autant percevoir la frontière entre pensée et sommeil, aussi groggy que s'il avait vidé un baril de whisky, ce qu'il n'avait jamais fait, pas même un seul verre. Le jour n'était pas levé, alors Tom chercha sa vieille montre sur la table de nuit et regarda l'heure dans la lumière sans enthousiasme des toilettes. Il n'était que minuit. Il se sentit accablé par la lassitude. Aussi vide que la chaise à son chevet. Cette saloperie de minuit, l'heure des sorcières. Quelques secondes plus tard, il se remémora sa conversation avec Miss McNulty. Jésus Marie Joseph, la pauvre femme. Tous ces enfants morts. Une main froide se referma sur son cœur. Et le comprima froidement. Peut-être s'agissait-il de l'instant où Tom était livré à la mort. Il ressentait sans aucun doute une forte faiblesse, comme aurait pu le dire Mrs Carr. Tom était très curieux d'en savoir davantage à ce sujet, bien sûr, comme tout le monde, non ? Il se représenta saint Pierre et ses portes. Qui paraissaient si réelles, à condition de n'être entourées par rien d'autre. Et saint Pierre, ce type vénérable d'âge moyen qui, par miracle, parlait toutes les langues du monde, posait des questions, et dans la voix duquel on espérait ne déceler aucune aspérité. Vêtu de cette toge blanche comme sortie d'une réserve de costumes à Hollywood. Était-ce possible ? Bien sûr que non. Mais ces visions puériles – comment, dans son lit en fer au milieu de rangées et de rangées d'autres lits en fer, Tom pressait ses jointures si fort contre ses yeux pour chercher à voir, malgré tout, le paradis – persistaient. Puissantes, tenaces. C'était idiot, et pourtant vrai. Miséricorde, ça pouvait être un tournant crucial. Il ressentit une douleur diabolique au milieu du dos, il était prêt à vomir comme s'il avait ingéré de la belladone mortelle, qu'il aurait préparée en salade pour son souper, oh mon Dieu. Toute la région de son ventre paraissait sur le point de se déchirer. Tom se redressa pour soulager la douleur, il se redressa *comme l'éclair*, l'expression consacrée, en se demandant s'il devait appeler une ambulance, en avait-il même envie, mais mourir comme ça, dans la douleur la plus intense et la plus écœurante, ne paraissait pas du tout un sort enviable, alors il balança ses jambes flétries hors du matelas, tituba en quittant le lit collant, s'agrippa à l'élégant crochet victorien de la porte où sa robe de chambre pendait d'un air défait et laissa échapper un énorme et impitoyable – mais peut-être miséricordieux après tout, puisqu'il implorait la miséricorde – vent, non seulement par son anus en éruption mais aussi par la bouche, comme si ce que Miss McNulty lui avait dit était absolument à vomir. Au milieu de ce pet violent et inélégant, gisaient ses propres chagrins et ses pertes. Il sembla à Tom que c'était un effort pour les expulser, pour expulser ce qui ne pouvait l'être, et que Dieu lui vienne en aide. Que Dieu lui vienne en aide.

Mais aucun humain ne peut ressentir de l'ingratitude une fois la douleur passée, et Tom se sentit tout autant empli de reconnaissance. Il attendit prudemment quelques instants, au cas où une autre tempête d'ordre volcanique se prépare, mais non. Il aurait aimé être encore jeune, avec les deux petits dans leurs lits, June et lui dans le leur. Il aurait aimé que Joseph, qu'il accepterait d'appeler Jo-Jo, bien sûr, si c'était le souhait de June, si seulement il avait pu remonter le temps et redevenir ce Tom Kettle-là, il aurait aimé que Joseph surgisse comme il l'avait fait des milliers de fois pour dire qu'il avait peur : « Papa, j'ai peur du noir, il y a une sorcière sous mon lit », et le ramener de force dans sa chambre, le remettre au lit malgré ses protestations et ses coups, ses petits poings qui s'agitaient dans tous les sens, puis plaquer son propre grand corps maladroit sur les couvertures à côté de son fils, le petit garçon maintenant prisonnier des draps, allumer la lumière tremblotante près du lit et lire *Pierre Lapin* ou *Madame Piquedru*, Mr McGregor et Sally Pouli-poulette, fidèles au poste sur les pages qui leur étaient consacrées, jusqu'à ce que Joseph sombre dans le sommeil, qu'il y plonge comme un corps dans l'eau, et que Tom regagne son lit sur la pointe des pieds pour se glisser près de June à moitié endormie :

— Tu l'as rendormi ?

— Oui.

— Tom, c'est formidable. Ça lui passera, tu verras.

— Oui, mais serai-je seulement encore en vie pour le voir ?

Tom avait alors en tête le lever matinal pour attraper le bus, le long trajet jusqu'en ville en piquant du nez à cause du sommeil interrompu, cette transition du rôle de père et de mari à celui de policier et collègue, un curieux passage qui, le soir venu, s'inversait dans l'éternelle bascule de la vie, la vie de tout un chacun. La seule chose qu'il ne voyait pas dans ces moments-là, c'était la chance qu'il avait dans la vie, le fait que ça puisse ne jamais se reproduire, et le terminus de ce bonheur dissimulé dans un avenir auquel il ne songeait pas.

Lors du dernier départ de Joseph, le fossé entre ces petites choses, les histoires qu'on lisait au moment du coucher, la tentative d'« assassinat », les mythes de l'enfance de Joseph et de Winnie, étaient devenus quelque chose de bon, des souvenirs en or à chérir pour une bonne raison, pour la drôlerie qu'ils contenaient, et dont ils riaient tous les quatre comme des baleines, une fois les enfants devenus adultes, ou presque, quand on pouvait transformer de vieilles peurs en anecdotes, le fossé entre tout ça et ce *nouveau* nouveau moment à l'aéroport de Dublin, rien que tous les deux, son fils et lui, sur ces chaises en plastique, dans l'attente de l'annonce du vol. Ce vol qui l'emmènerait à – cette fois, était-ce d'abord Dallas, puis Santa Fe, puis Albuquerque, pour enfin rejoindre son dispensaire dans le désert ? –, en tout cas, à son appartement à Albuquerque, puis au dispensaire. « Où je ne suis jamais seul, 'pa », ses paroles favorites, « tellement le désert est beau. Le désert est comme une jeune fille, un million de jeunes filles à la beauté parfaite. » Ou quelque chose de ce genre. Pour rassurer son père sur le fait qu'il ne souffrait pas de la solitude. Bien que ça ne soit pas d'une fille qu'il voulait tomber amoureux, mais d'un garçon, ce que Tom savait, bien qu'il ne puisse aborder ce sujet aussi facilement qu'il aurait dû. « Il n'y a aucun mal à ça, disait June. C'est comme Winnie qui aime un homme, c'est exactement pareil. » Ça ne paraissait pas du tout pareil pour Tom, mais au fil du temps il comprenait de mieux en mieux, jusqu'à ce que le temps finisse par lui être retiré. Ça n'avait aucun intérêt de repenser à la façon dont le frère se servait de lui quand il était petit, parce que ce n'était pas pareil. June avait dit que ce n'était pas pareil. « C'est une âme qui cherche l'amour, avait-elle dit, l'âme de Jo est en quête de son âme sœur. Tu ne le vois donc pas, Tom ? » « Si, je vois », répondait-il, mais il ne voyait pas vraiment, sincèrement, absolument. Son garçon embrassant un autre garçon. Ça n'avait rien donné de bon à l'orphelinat, rien de bon du tout, au milieu de tant de choses qui n'étaient pas bonnes non plus. « Mais, Tom, là, c'est différent, c'est comme David Bowie qui se maquille, et les garçons qui aiment sa musique, c'est complètement différent. Jo-Jo a besoin que tu comprennes ça, Tom, espèce de dinosaure. » Mais Tom ne savait pas comment « voir ça », ce que June disait à sa manière de hippie, comme s'il s'agissait d'une gare dans le pays pour laquelle Tom ne trouvait pas de billet, desservie par une ligne apparemment désaffectée. Mais ce soir-là, sur les chaises en plastique, sous les néons qui grésillaient et bourdonnaient dans le hall rénové de l'aéroport – Tom avait encore en mémoire l'ancien aéroport, ce cimeterre en béton aussi gracieux qu'un navire de croisière que toutes sortes de gens avaient traversé à une tout autre époque, les Beatles, les

Rolling Stones ? Ronnie Delany après les jeux Olympiques – et ce soir-là, peu importait que Tom ait vu ou non, son fils, qui était en réalité la véritable destination de Tom, s'en retournait travailler au Nouveau-Mexique, et lui, le vieux Tom Kettle, inspecteur hors classe, autrement dit, qui n'avait jamais dépassé ce grade, mais néanmoins apprécié – il l'espérait –, restait seul. Ce n'était pas comme si son fils partait, mais comme si Tom partait lui-même. L'univers continuerait à se rassembler puis à se retirer autour de Joseph. Il aurait droit à de l'eau gazeuse pendant son vol, regarderait par le hublot le ciel qui s'assombrissait et s'éclaircissait pour révéler de nouveaux pays nuageux et terrestres, peut-être petit à petit, au fur et à mesure, sans oublier son père, mais un peu tout de même, comme s'il l'avait égaré quelque part. Tom, perdu sur cette terre sans substance. Comme si ce père s'éloignait de plus en plus jusqu'à ne plus pouvoir être atteint. Et tandis qu'ils étaient tous deux assis sur ces affreux sièges en plastique, avec le fourmillement de la vie tout autour, Tom eut envie de prendre la tête de son fils entre ses mains pour l'embrasser, de l'embrasser avec une telle tendresse que son fils n'oublierait jamais, et qu'il porterait pour toujours en lui cette preuve de son amour pour lui, semblable à la croix sombre sur le front d'un Irlandais le mercredi des Cendres. « Tu comprends pourquoi je dois partir, papa ? » avait-il dit, même si ce n'était pas la première fois qu'il partait, mais la première fois qu'il rentrait à la maison. Tom était déjà allé lui rendre visite à Santa Fe, ils avaient fait le tour des pueblos dans une élégante Buick bleue, et il se revoyait entrer finalement avec son fils dans le pueblo des Zuñis, la fierté de Joseph qui lui montrait le dispensaire en bordure de la petite ville. Tom avait clairement vu combien Joe était apprécié là-bas, et combien l'autre médecin, un indigène qui, de façon mystérieuse, se délectait de porter le prénom Sean, était ouvert et amical avec cet étrange et vieil Irlandais. Tom voyait bien que Joseph avait trouvé sa maison, sans aucun doute, où son père n'avait pas sa place. Tom à l'aéroport d'Albuquerque, abasourdi d'une certaine manière par ce qu'avait accompli son fils, son magnifique fils. Ces longues années de médecine, cette compréhension du monde et de lui-même qui l'avait poussé à partir si loin. Si loin. Ils étaient allés au restaurant à Santa Fe la veille de son départ, où ils avaient goûté les piments les plus forts du monde, recrachant ou presque la peau de leur langue dans leur assiette, tous deux la bouche en feu, riant encore et encore. En vérité, quand Joseph s'était enfin levé, non contre son gré, non en se précipitant, pour repartir et pourtant n'aller nulle part, emportant le monde avec lui et laissant à son père une cargaison de vérités pourries, Tom avait eu la présence d'esprit, *Deo gratias*, ces vieux mots de June dans son oreille, dans sa tête, d'étreindre son cher fils. Et s'il ne lui avait pas baisé le front, c'était tout comme, il avait posé la main droite sur la nuque de son enfant, et il l'y avait laissée comme une sainte alliance en déclarant que, quoi qu'il arrive à l'avenir, ou quoi qu'il soit arrivé dans le passé, il serait à jamais son père, souviens-toi de ça, Joseph, je serai toujours ton père, c'est un lien qui ne peut être rompu, je t'aimerai toujours.

On n'en voudrait à personne de ne pas se rendormir après avoir pensé à tout ça, et pourtant, Tom se sentit glisser dans un sommeil vague. Qui s'approfondit ensuite pour se transformer en un vaste bassin de rêves. Des rêves qui paraissaient si réels qu'ils le devenaient.

Les semaines qui suivirent, l'univers sembla laisser Tom entièrement à sa solitude. Il retrouva presque son simulacre d'autrefois. Il avait repris la citoyenneté de son fauteuil en rotin. Il recouvra l'appétit et honora les magnifiques saucisses de Clonakilty dont Mr Prendergast était le pourvoyeur au village. Il promouvait aussi Clover Meats, capable de donner un coup de fouet à n'importe quel frichti. À l'orphelinat, le frère était un grand amateur de ce bouillon cube Erinox, qui, tant qu'il se diffusait dans son organisme, lui procurait un calme salvateur, car dans ce laps de temps cet homme violent devenait lyrique et presque gentil. « Fabriqué en cette bonne ville de Chrétienté, comté de Waterford, le savais-tu ? » disait-il presque pieusement. Tom croyait vraiment qu'il existait une ville du nom de Chrétienté, mais il n'avait jamais osé poser la question et n'en avait jamais entendu parler depuis. C'était désormais la période de l'année où on pouvait commencer à espérer les pommes de terre nouvelles de Wexford qui, en juin, surgiraient de leur terrier telles des têtes blanches de poupées. Rien qu'à cette idée, on avait l'eau à la bouche, surtout avec une pierre tombale miniature de beurre posée en travers. Les jonquilles de Mr Tomelty avaient pris le pouvoir sur le misérable terre-plein à l'abri des arbres. Mr Tomelty, qui avait retrouvé son apparence de dieu romain en guenilles, se déplaçait dans le jardin avec des accents militaires. Les tiges fanées des grandes vivaces avaient été évacuées, tout comme le chant réduit au silence de l'année écoulée, et Tom se dit que, dans l'imagination de Mr Tomelty, les nouvelles pousses issues de cette coupe étaient déjà en train de fleurir avec les jaunes, les rouges et les bleus perçants de l'été à venir. Bien qu'ils ne se soient jamais revus, Tom était profondément satisfait de son propriétaire. Leur échange lui avait étrangement conféré le sentiment aigu d'être chez lui. La sémillante Mrs Tomelty ne sortait jamais dans le jardin, ce qui était peut-être tout l'enjeu, Tom l'ignorait. Bientôt, Mr Tomelty devrait activer sa tondeuse dotée d'un beau et gros moteur Briggs & Stratton, ses leviers et engrenages comme les oreilles et les moustaches d'un animal exotique au zoo, ou bien les curieuses oreilles droites du lièvre variable. Dieu seul savait quel réconfort Mr Tomelty tirait du grondement sourd de son engin. Il y avait un large parterre de fleurs au pied de la demeure que Tom ne voyait qu'à condition de tendre le cou à sa fenêtre. C'était un tableau composé des annuelles de Mr Tomelty, des marguerites à grosse tête, des violettes et, surtout, des lupins bleus qui poussaient à l'état sauvage dans les hautes plaines de l'Ouest américain. Les lys africains vivaient leur vie à l'autre bout du jardin, et Tom apercevait le site où s'était produit le carnage de la gunnère – elle s'était affaissée au cours de l'hiver pour ne plus former qu'un large cercle de tiges pourries – commencer à renaître avec la promesse de feuilles aussi grandes que des oreilles d'éléphant. Lorsque Tom avait épousé June, il ne connaissait pas un seul nom de fleur à part les pissenlits et les marguerites. June avait bâti un paradis secret dans leur petit jardin. Avec un endroit abrité du vent additionné d'un siège peint pour faire bonne mesure. C'est quand elle avait commencé à négliger ses plantes que les vieilles sonnettes d'alarme avaient retenti chez Tom. June avait été si forte pendant vingt ans, elle avait dissimulé tous les problèmes sous son aisselle pour empêcher la lumière de faire prospérer ces mauvaises herbes. Mais les mauvaises herbes finissent toujours par se frayer un chemin, supposait-il.

Les pensées agréables, c'était dangereux. Parfois, la tête de Tom était comme un cheval sauvage sans mors ni rênes. Tom ne pouvait la laisser faire. Il devait s'adresser à lui-même, se donner des ordres fermes comme un officier de rang supérieur. Il avait retrouvé à l'armée cet état d'esprit chez bien des hommes étant passés par les orphelinats et leurs écoles. Emprisonnés par des graduels et des tourments inconcevables. Pourtant, souvent, lorsqu'un garçon ébahi était libéré à ses seize ans, il versait une larme d'un autre genre, celle de la peur nouvelle de ce monde inconnu qui l'attendait. Alors ils optaient pour se lever tôt, manger, obéir – l'armée agissait comme un tonique, et aucune guerre ne pouvait égaler ce qu'ils avaient enduré. Rien n'était plus terrifiant que l'ombre d'un frère en soutane noire au pied de votre lit dans la nuit profonde, qui vous traînait dehors pour vous branler ou pour vous baiser. Aucun combattant malais, aussi magnifique, redoutable et sombre soit-il, n'avait jamais été aussi terrifiant que le fils d'un petit commerçant dans son habit minable, doté du pouvoir d'un lâche par le simple fait d'avoir atteint l'âge adulte. Ce n'était pas étonnant que les frères libèrent les garçons à seize ans comme des lévriers plus bons à rien qu'on laisse sortir de leur cage – avant qu'ils n'aient acquis les muscles et la force nécessaires pour s'en prendre à eux avec des coups justes et impitoyables.

Un même genre de destin attendait les filles. Ce n'était pas l'armée, mais de minables emplois de domestiques réservés à ces anges analphabètes. Ou alors, elles se retrouvaient à arpenter les ruelles sombres des villes du nord de l'Angleterre. Des avenirs peu enviables. Sinon, un pauvre boulot de serveuse, comme sa June. June, sa femme, qui portait le nom d'un mois d'été.

Ça, c'était avant que le chef de la police ne retire la bonde. Ça avait été la grande affaire. Les pères Joseph Byrne et Thaddeus Matthews, deux chacals qui dévoraient les petits poulets dans le poulailler. Des hommes répugnants, ineptes et sans scrupules qui n'avaient eu de cesse de faire le mal. Oh, Tom savait bien ce qu'on trouverait dans ce presbytère immaculé. Des chacals, des serpents, des scorpions, des monstres. Cette fureur qu'il avait ressentie quand le chef de la police avait fait ça. Tom ne l'avait pas vraiment exprimée devant Jack Fleming et les gars, parce que, parce que ce n'était pas une fureur à laquelle on pouvait attribuer un nom ou une nature. Elle ne figurait même pas dans le dictionnaire des fureurs. Elle n'avait pas de graduations, elle était sans limites et pure. Leur vieux chef, le commissaire Garvey, n'avait aucune idée de la fureur de Tom Kettle, parce que le vieux Garvey, qui avait été élevé dans une bonne ferme de Leitrim, ne savait rien de ces choses obscures. Si vous n'aviez jamais assisté à ces scènes discrètes et lugubres, vous ne saviez rien. La fureur de Tom prit une autre forme lorsqu'il annonça la pénible nouvelle à la maison. Quand il raconta tout à June, ce qu'il faisait rarement, car il s'efforçait toujours de laisser son métier sur le pas de la porte, mais là, là. Et la tête de June quand il parlait, sa mâchoire qui se décrochait au fur et à mesure, lui-même réduit à des marmonnements et autres chuchotements pour que ses enfants, ses précieux enfants, n'entendent pas, bien qu'ils soient trop jeunes pour comprendre. Tom avait cru évoquer ses propres expériences, et il avait cru que June réagirait avec ses belles paroles habituelles, ses mots bien trouvés, si précis dans sa bouche parce qu'elle avait vécu des choses semblables, et même pires, pensait-il toujours, bien pires. Mais sa péroraison avait fait une embardée, les mots s'emballant à une vitesse dangereuse, le père Joseph Byrne et le père Thaddeus Matthews, ci et ça, ce satané chef de la police, et là, June avait demandé : « Tom, Tom, le père Thaddeus, quel âge a ce prêtre ? » et Tom avait répondu : « À peu près quarante-cinq ans, quarante-cinq, oui c'est ça », et elle avait dit : « Ce nom est si rare, est-ce un homme sombre, un grand homme avec du ventre et des mains rouges, est-ce qu'il ressemble à un boucher qui se lave les mains toute la journée, son visage comme un jambon encore intact, mais déjà fixé sur la machine à trancher avec les pointes de fer ? », et « Oh, en effet », avait dit Tom. « C'est lui, avait-elle crié, oubliant de protéger ses petits de sa détresse, mais peu importait, ils n'avaient pas entendu, c'est lui, c'est lui, l'homme qui m'a fait du mal, c'est lui, Tom. »

Parle-toi, Tom, parle-toi, apaise ton cœur. Tiens bon. Car quelque chose allait se produire par la suite, oui, mais pas encore. Dans ce fauteuil en rotin, Tom était le maître du temps. Il jouissait des bienfaits du présent. Certes, respectant enfin les recommandations de son vieux médecin, il foutait la paix à ses vieux cigarillos. Car d'une manière très curieuse, Tom avait envie de vivre. Il voulait vivre assez longtemps pour ressortir de cette forêt sombre comme un page des vieilles histoires médiévales. Il voulait échapper aux arbres hauts et denses, à cette lumière obscure qui méritait à peine le nom de lumière. Il voulait fouler la vieille route tapissée des feuilles mortes de mille automnes. Il voulait enfin apercevoir l'étincelle au loin, les diamants et les feux du soleil là où la forêt prenait fin.

Mr Tomelty ratissait et binait, créant ainsi sa propre version du paradis. Il ratissait et binait. Tom lui était reconnaissant de ce rituel, de cette danse du jardinier. On aurait dit qu'il y avait de la gratitude jusque dans la mer couverte d'un manteau multicolore qui s'écoulait tant bien que mal entre cette terre difficile et cette île isolée. La façon dont le vent la ratissait par moments, les cascades débordantes de pluie printanière, ces gouttes presque aussi dures que des clous de fer qui martelaient sa surface tel un maçon céleste armé d'un marteau et d'un burin pointu. Tout était toujours en mouvement, précis, mystérieux, continu, inarrêtable, se dirigeant non vers un accident de voiture et une catastrophe, mais vers la beauté, la récompense et le bonheur.

Chapitre onze

« Une mort extrêmement violente laissant penser à un déchaînement de fureur frénétique. » C'était Fleming qui parlait. Il était en train de lire les vieilles notes de Billy Drury. Il était venu mettre fin au repos ininterrompu de Tom, mais ça ne dérangeait pas ce dernier, en ce sens où Jack Fleming ne le dérangeait pas. Il aimait bien ce grand gaillard un peu simple. Cette fois, il l'avait fait entrer parce qu'il avait fini par donner un coup de propre à son logement, le nettoyage tant attendu, ce ménage de printemps sans cesse remis à plus tard. Tom n'était pas une fée du logis, ça, c'était sûr. Le petit sac de produits ménagers avait dû renoncer à tout espoir d'être sorti de l'obscurité du placard de la cuisine. À son insu, Tom n'avait pas dérangé l'araignée à son poste au-dessus de la tête de lit, bien que l'arrivée du printemps ait réveillé les papillons, qui s'étaient envolés pour une nouvelle année. Tom les avait trouvés en train de voleter contre les vitres et les avait délicatement fait sortir avec ses mains. Et ils étaient partis en se portant comme ce charme qu'ils étaient, sans un regard et sans un remords pour leur refuge hivernal. « So long », une allusion appuyée à John Wayne, avait lancé Tom alors qu'ils se fondaient dans la myriade de couleurs tourbillonnantes de la côte. « *Adiós, amigos.* Merci pour la compagnie pendant ces longues nuits. » Fleming avait commencé par le remercier d'être venu quelques semaines plus tôt, disant combien O'Casey et Wilson avaient trouvé utile tout ce qu'il avait à dire.

— Ce n'était pourtant pas grand-chose, déclara Tom.

— C'était beaucoup plus que ce qu'ils avaient, ces deux bougres, dit Fleming.

Il lui annonça que selon lui, le chef de la police ne se mettrait plus en travers de leur chemin maintenant, et que Wilson et O'Casey avaient rendu visite au père Joseph Byrne. Il y avait de si nombreux témoignages, dit Fleming, que son arrestation n'était qu'une affaire de temps. Mais quelques points avaient besoin d'être éclaircis.

— Vous avez obtenu quelque chose des scellés que Billy avait constitués dans les années soixante ? demanda Tom, peut-être imprudemment, il l'ignorait.

— Pas le moindre ADN. Je pense que personne n'en espérait autant. Ces dames de la police scientifique étaient au mieux sceptiques. Mais il fallait tenter le coup. Elles m'ont dit de te présenter leurs excuses pour ta brosse à dents, elles l'ont abîmée.

Fleming rit de l'humour des filles du labo. Il reprit :

— Pourtant il y avait du sang séché, des litres. La soutane était raide de sang noir. En revanche, du point de vue de l'ADN, il est trop ancien, et muet comme une carpe. Mais il y a deux groupes sanguins. Une mer de sang, sans doute celui de Matthews, et un joli petit échantillon de l'autre.

Fleming se tut quelques instants. Il ne regardait pas le salon – il était par hasard dans le fauteuil que Wilson avait occupé –, il fixait le plancher nu. Tom espérait toujours trouver un tapis persan pas cher au marché de Slowey, si jamais il passait par Bachelors Walk. Mais Slowey existait-il encore seulement ? Tom promena le regard sur les coutures élégantes de l'uniforme de Fleming. On aurait dit une petite voie ferrée. Quel dommage que dans les années soixante, cet abruti de ministre ait fermé toutes les petites lignes irlandaises. Pas rentables. Mais si belles. Non que les gouvernements irlandais se soucient beaucoup de la beauté. Ils avaient ainsi tari l'apport bienvenu dans mille petites villes que représentaient les touristes. Cousues à la machine ou à la main ? Comment le savoir ? Tom aurait pu poser la question, mais il n'était pas d'humeur. La couture longeait le revers de son ami pour disparaître au niveau de la gorge. Fleming s'était rasé le matin même, mais on voyait une grosse touffe de poils gris à la base de son cou qui, selon Tom, se poursuivait sous sa veste. Fleming avait sans doute le torse velu. Tom avait-il déjà vu Fleming nu ? N'étaient-ils pas allés nager une fois au Half Moon Swimming Club sur la grande jetée du sud de la ville ? Ou était-ce avec Billy Drury ? Les eaux profondes et sales de la Liffey qui s'élargissait entre les vieilles digues géorgiennes. Et de l'autre côté du vieux brise-lames, ces longues pierres de la couleur du beurre, infiniment lourdes, transportées il y avait si longtemps par des bagnards, ces criminels utiles, étincelantes dans le soleil de ce jour ancien – de l'autre côté, Dolly Mount Strand comme un désert humide à l'opposé du miroitement de la jetée de Dún Laoghaire où Tom s'était promené avec June. Avant l'ère June ou après l'ère June ? Tom n'aurait su le dire. Il se souvenait qu'ils s'y étaient rendus à vélo mais à la mauvaise heure, dépassant la station d'épuration, le Tide Hotel, empruntant la route couverte de nids-de-poule derrière la centrale électrique, les petits citadins dans leurs trous de sable à Shelly Banks, les familles de citadins dans toute leur splendeur, les pères comme des morses, les mères comme de jolies mamans phoques, les enfants tricotant l'air de leurs rires et de leurs hurlements de joie. Ils s'étaient moqués l'un de l'autre à cause de leur stupidité : pas trace de la mer au Half Moon ! « On peut pas plonger dans le vide », avait dit Billy Drury, ou était-ce Jack Fleming ? Alors ils s'étaient rabattus sur la plage aux coquillages tranchants et ils avaient nagé, assez contents malgré tout au milieu des familles, dans une eau curieusement chaude pour la côte irlandaise. « C'est les enfants qui pissent dedans », avait dit Billy, et oui, Tom pensait que c'était Billy, pas Fleming, alors il n'était pas plus avancé pour le torse velu.

— L'inspecteur Drury et toi étiez sur la scène du crime. Dans les montagnes de Dublin, c'est bien ça ?

— De Wicklow.

— De Wicklow. Je me demande si vous avez fait faire une analyse de sang à l'époque ? Parce qu'on n'a aucun échantillon pour Byrne. Ça n'est pas difficile d'en obtenir un, maintenant. Vous avez fait ça ? Ou tout a été perdu ? Vous n'avez pas collecté d'échantillons de sang des suspects, ce genre de choses ?

Tom sentait son cœur de professionnel le tirailler. La réponse était non, bien sûr. Il lui semblait que Fleming trouverait n'importe quelle réponse étrange, pourtant, il lui avait offert une porte de sortie : « tout a été perdu ». Ou bien les scellés n'avaient pas été réalisés correctement. D'un autre côté, Billy était réputé pour l'attention qu'il portait aux preuves. Pour sa fiabilité. Sa rigueur. Il ne bâclait pas le travail pour rentrer plus tôt chez lui. Avec Billy, il n'y avait pas d'étiquettes perdues parce que décollées, pas de preuves mal classées qui auraient risqué de transformer du matériel utile en rien du tout. Ça n'avait jamais été la façon de faire de Billy. Tom ne savait pas quoi dire. Il était si fier de presque tout ce qu'il avait accompli au fil de ces longues années. Mais là, il sentait une gêne presque liquide s'écouler en lui.

— Billy conservait des échantillons de sang sur ses bristols, dit Tom. Une seule goutte, mais il en avait beaucoup, ça faisait comme un jeu de cartes.

— Ah ouais ? fit Fleming d'un ton neutre.

— Oui. Comme on l'a souvent fait, toi et moi, Jack. Pour d'autres meurtres.

— Ah, oui. Bien sûr. C'est possible.

Jack Fleming cachait mal sa déception. Tom ignorait si son

ancien chef était déçu par sa réponse ou par l'incapacité générale à conserver des preuves dans les années soixante. Il devait toujours y avoir des éléments au fond de tiroirs et d'armoires sombres de mille commissariats. Il n'y avait jamais eu de centralisation des scellés. Puis les employés administratifs ou les brigadiers étaient morts, et les affaires avaient plongé dans l'oubli, devenant aussi secrètes que la tombe de Toutânkhamon.

— Bien sûr, dit Fleming, le plus simple, c'est de prélever un échantillon de ton sang. Parce qu'on va avoir du mal à déterrer Billy Drury.

— D'autant qu'il a été incinéré, dit Tom, comme pour détendre l'atmosphère.

— Qu'il repose en paix, dit Fleming.

— Il pensait que Byrne pouvait être l'assassin, mais il n'en était pas sûr.

— Byrne ? C'est possible. Peut-être. Ça serait une sacrée découverte. Mon Dieu, un pédophile doublé d'un assassin. Tu ne te souviens de rien à propos du sang sur la soutane ? Tu n'as pas fait prélever le sang de Byrne ? demanda Fleming pour la seconde fois, d'un ton plus que tranchant.

Il n'avait pas eu sa promotion pour rien. Il voulait une réponse claire.

— J'imagine que oui. On a eu une correspondance pour celui de Matthews ? Que dit le dossier ? J'ai oublié. On n'avait pas de correspondance pour Byrne, j'en suis sûr, sinon, on l'aurait tout de suite inculpé.

— Ça, on peut le vérifier, dit Fleming en joignant les deux mains dans un geste de prière. Quand O'Casey et Wilson sont allés le voir, il a refusé de parler de la piscine et des gamins, il n'a rien voulu savoir. Il a dit qu'il ne s'exprimerait qu'en présence de son avocat. Alors ils l'ont interrogé sur l'affaire jamais élucidée de Matthews. Histoire de le cuisiner un peu. Wilson est un petit malin. Et à la grande surprise de Wilson, Byrne a dit qu'il pensait avoir aperçu le meurtrier dans la montagne un peu plus tôt, avant le meurtre. Mais qu'il n'en avait pas parlé à l'époque. Il avait ses raisons, il a dit. Ses propres petits crimes secrets, à tous les coups, putain, moi je dis. Byrne marchait loin derrière Matthews, qui crapahutait comme un cabri. C'est ce qu'il a dit à mes deux gars. Mais il a aperçu un homme, et peu après, au loin, sans en être vraiment sûr, il a cru entendre de l'agitation et le bruit d'une bagarre. Il dit que Matthews a crié pendant longtemps. Ça oui. Et il dit que lui-même était terrorisé. Qu'il ne s'était pas aventuré sur place à cause de ça. Il savait que c'était dangereux. Il craignait que ça soit un père furieux, tu vois le genre... Et quand il a regagné le parking, ce qui faisait quand même une marche de trois kilomètres à travers la bruyère, il a revu celui qu'il pensait être le type de la montagne, et il a été très surpris que celui-ci s'approche en annonçant être flic. Qu'est-ce qu'il faisait là ? Sa petite promenade dominicale ou quoi ? Il n'en savait rien. Byrne était terrifié, car il était sûr d'être le prochain sur la liste. Les criminels sont des lâches, Tom. Il était face au type qu'il avait aperçu dans la montagne, il en était presque sûr, alors qu'est-ce qui allait se passer ? Il avait la tête qui tournait. Il ne savait pas quoi faire, mais il a quand même dit à ce policier que son compagnon avait fait une chute dans la montagne. Le policier est allé téléphoner dans une ferme pour réclamer des renforts, et Byrne a dû l'accompagner, en tant que prêtre respectable et tout ça, et une heure plus tard, alors que le jour commençait à tomber, un véhicule est arrivé avec deux hommes, dont l'un était sans doute Drury. Qui était ce type que Byrne disait avoir aperçu sur la montagne ? Qui était ce policier ? Je n'ai pas besoin de te donner son nom, Tom.

— Il n'en a jamais parlé à l'époque, dit Tom malgré lui, comme un imbécile. Il ne pouvait pas être surpris de me voir. Le type dans la montagne, le supposé tueur, qui s'approche en disant qu'il est flic. Il me connaissait. Billy et moi, on était déjà allés chez lui.

— Ça ne figure pas dans le rapport de Billy. Vous êtes allés chez lui l'interroger ?

— Je croyais que tu avais dit que tu le savais.

— Non, je parlais de Wilson et O'Casey qui sont allés le voir chez lui, là où il habite maintenant.

— Ah, Wilson et O'Casey. En effet, ce n'est pas du tout pareil.

— Ça va, Tom ?

— Non, ça ne va pas, vraiment, dit-il. Vraiment pas.

— Le rapport confirme ce que tu m'as toujours dit, mais Billy était ton coéquipier, Tom, il aurait traversé à pied la vallée de la Mort pour toi en costume trois pièces et pardessus.

— Sapristi, il n'aurait pas couvert un meurtre pour moi. Certainement pas. Et Byrne aurait parlé depuis longtemps. Ou il aurait dit quelque chose à l'époque. Je me souviens encore de ce petit lèche-bottes suffisant avec son accent snob des Midlands.

— Il ne voulait peut-être pas faire de vagues. Trop soucieux de protéger son passe-temps. Parce que quand même, il a pu s'y adonner pendant encore vingt ans après ça, non ? Je sais, je sais, ne dis rien. Mais maintenant qu'il sait que tout est fini pour lui, il remue le cocotier. Il le sait.

— C'est exactement ça. Une tactique. Il veut brouiller les pistes. Vous feriez bien de le mettre en taule à Arbour Hill, parce qu'à Mountjoy, ils vont faire des jarretières avec ses tripes.

Il y eut un nouveau silence. Des cris d'enfants qui jouaient dans un jardin s'élevèrent jusqu'à eux.

— Je peux te demander si tu as tué ce prêtre ? dit Fleming.

— Je n'ai pas, pas tué de prêtre, répondit Tom.

Il y avait un soupçon d'humour dans sa réponse, car elle faisait écho à la double négation que les prêtres utilisaient au cours de leurs procès pour éviter le péché de mensonge : « Je ne suis pas, pas prêtre. » Si Fleming comprit, il ne le montra pas. Tom laissa échapper un soupir.

— Je n'étais même pas sur place quand ça s'est produit. Byrne a appelé les secours, son nom a dit quelque chose à la standardiste parce qu'elle était amie avec Billy – pas sa petite amie, il n'avait pas de petite amie – et qu'elle savait à quel point Billy et moi, on était furieux que le chef de la police ait mis fin à l'enquête, beaucoup de jeunes flics étaient furieux. Alors elle nous a appelés, c'était la première fois que j'allais sur cette montagne, j'y ai conduit Billy, on a retrouvé un Byrne terrorisé sur le parking, le jour tombait, il nous a conduits au ravin, il jacassait comme une pie, et puis Billy et moi, on est tous les deux descendus voir le corps, c'était un carnage. Un vrai carnage. Il était couvert de blessures à cause de ces pierres tranchantes comme des couteaux à pain. Il a sans doute eu une mort lente. Pourquoi Byrne n'avait-il pas essayé de voler à son secours ? C'était son complice, putain. Le lâche. Il y avait des ronces et des orties, mais on est descendus quand même, Billy et moi, on s'est écorchés tous les deux, alors s'il y a mon sang ou celui de Billy sur cette soutane, je ne serais pas étonné. Personne n'a pensé que j'avais pu l'assassiner à l'époque, c'est ridicule. Est-ce qu'il a seulement été assassiné ? Il a peut-être juste glissé.

— Byrne a entendu la bagarre, et il l'a vue. Il affirme que c'était un meurtre. Et il dit que selon lui, c'était toi l'assassin. Pourquoi est-ce qu'il dirait ça ? Pourquoi il se serait mis ça en tête ? C'est ça qui m'inquiète. Appelle ça l'instinct de flic, si tu veux. Le rapport de Billy suggère un meurtre. Il parle d'une agression frénétique. Il dit clairement qu'il y a eu des coups de couteau, et même dans les années soixante, le légiste l'a confirmé. Tout est dans son rapport. Une affaire jamais élucidée.

— Peut-être. Mais je ne sais pas pourquoi Byrne m'accuse. Je n'en ai aucune idée. Peut-être qu'il veut déstabiliser Wilson et O'Casey ? Leur faire oublier le présent pour les renvoyer dans les années soixante ? Une époque où Byrne était en bien meilleure posture ? Cet homme a commis des crimes terribles, et Thaddeus Matthews a fait beaucoup de mal, lui aussi. À des petites filles. À leurs familles. C'est toujours une grande surprise pour moi d'apprendre qu'un prêtre a menti. Je me demande bien pourquoi.

— Et tu n'avais aucun lien préalable avec Thaddeus Matthews ?

— Que dit le rapport à ce sujet ?

— Rien du tout.

— Voilà. Le rapport de Billy Drury me donne raison. Tu l'as lu, donc tu le sais. Ce n'était pas moi. Pourquoi est-ce que j'aurais tué Matthews ? J'étais furieux contre le chef de la police, mais pas à ce point. Entraver le cours de la justice ? Non. Et je n'étais pas fou. Si j'avais fait quelque chose comme ça, je serais à l'asile de Dundrum aujourd'hui. Bon Dieu, Jack.

— Je sais que tu as traversé des moments difficiles, et que ces dernières années ne t'ont pas épargné, Tom. Je le sais. Mais quand un salaud comme lui dit quelque chose comme ça, je me dois d'écouter. Laisse-nous prélever un peu de ton sang, tu viens quand tu veux, et ensuite, on verra.

Pire qu'à la retraite, Tom était désormais au purgatoire. Il endurait les dix douleurs de la mort, le septième cercle de l'enfer.

— Bien sûr, dit Tom du ton le plus détaché et léger qu'il put. Aucun problème.

Fleming partit avec malgré tout une apparence de grande bonhomie. Au revoir, au revoir. À dans quelques jours. Bien sûr, bien sûr. Un échantillon de sang, un échantillon de sang. On va choper ce prêtre, maintenant, quoi qu'il arrive. Le monde sera meilleur sans lui. On va le foutre en taule pour toujours. Tu verras, Tom. Adieu, adieu. Ce salaud de pervers. Et on jettera la clef.

Tom songea à Fleming qui reprenait sa belle voiture après leur entretien. Il se demanda à quoi il pensait. À ce qu'il était venu déposer sur le seuil de son vieil ami. Un danger qu'il n'avait jamais imaginé issu d'une affaire classée. S'il s'écoule suffisamment de temps, au bout d'un moment, c'est comme si les choses anciennes n'avaient jamais existé. Des choses autrefois fraîches, soudaines et terribles qui finissaient par se dissiper dans ce bon vieux temps de Dieu, comme ces promeneurs qui s'avancent si loin sur Killiney Strand que, lorsqu'on regarde, au bout d'un moment, ils ne forment plus qu'une tache noire avant de disparaître. Peut-être le bon vieux temps de Dieu lui-même regrettait-il l'époque où le temps n'était que le temps, celui du cadran de l'horloge ou de la montre-bracelet. Et pourtant, on pouvait toujours le convoquer à nouveau, on aurait dû pouvoir le convoquer à nouveau. On avait demandé à Tom de sonder sa mémoire, comme si quelqu'un pouvait vraiment faire ça. Serait-il un jour capable de raconter à Jack Fleming ce qui s'était passé sur cette montagne ? Son embarras était causé en partie par le fait qu'il l'ignorait, alors qu'il avait pourtant dû le savoir un jour, mais ne le saurait plus jamais, l'Évangile selon le père Joseph Byrne. C'était quelque chose qui appartenait – qui en était donc prisonnier, et ainsi fatalement préservé – à un passé lointain, devenu ni vrai ni faux. Les véritables réponses aux questions de Fleming ne se trouvaient pas dans la boîte crânienne de Tom mais ailleurs, dans le grand nuage de l'oubli où sont regroupées toutes les histoires humaines. En moyenne, une vie compte un demi-million d'heures. Quelle était la somme de toutes les heures vécues depuis l'aube de l'humanité ? Laquelle de ces histoires perdues comptait plus que toutes les autres ? Tom avait des doutes sur la véracité de chacune de ses idées, chacune. Il savait que s'il examinait ça avec une rigueur sans faille – comme l'équipe de la police scientifique dans cet horrible bâtiment derrière Harcourt Street –, le souvenir du petit attaché à son pot avec l'anus déchiré était sans doute le souvenir non d'un autre, d'un autre petit être en souffrance, mais le sien, même s'il ne se figurait plus dans son cerveau. C'était une scène que Tom voyait à présent de l'extérieur pour en minimiser la portée, la désamorcer comme un démineur procède avec une bombe dangereuse, afin de s'extraire du tableau et offrir à ce pauvre enfant un peu de pitié, un anonymat où il puisse échapper à la douleur, s'en détacher, la remiser dans le passé.

Tom savait exactement ce qui s'était passé, mais il ne pouvait pas le dire à Fleming. C'était au-delà des capacités de compréhension de son chef. Et même au-delà des siennes. Pas parce que ça l'incriminait, mais parce que c'était incroyable – au-delà de ce que Fleming pourrait croire. Ça appartenait davantage aux cieux qu'à la terre. Lorsque June avait poussé son cri d'angoisse, elle avait supplié Tom de l'emmener voir Matthews. Elle l'avait supplié. Sa détresse n'était pas seulement due à ce passé qui se jetait sur elle tous crocs dehors, les incisives étincelantes, mais aussi au fait que le chef de la police avait mis fin à l'enquête. Pendant des années et des années, Matthews avait été la vipère qui rôdait dans les hautes herbes de June. Puis il y avait eu son mariage avec Tom et les enfants, une sorte de compensation qui lui avait permis de guérir. Presque. Pas totalement, mais presque, presque. N'avait-elle pas un don pour l'ordinaire et les affaires courantes ? Elle voyait le bon côté en toute chose, les scones qu'elle mettait au four le dimanche matin, les petits pains à l'oignon qu'elle lui demandait souvent de rapporter de la boulangerie juive de Portobello, et elle était capable de voir que ces petites choses étaient en fin de compte les plus grandes. « Ne rentre pas sans ces petits pains, hein, Tom ? Ça me briserait le cœur. » Les choses qui se produisaient au hasard, les petits événements d'une journée, les soins à apporter aux enfants, leurs bosses et leurs bleus, leurs mystérieuses douleurs. Le jour où ils avaient emmené Winnie à l'hôpital St Michael's de Dún Laoghaire dans les bras de Tom car ils redoutaient une méningite, il y avait eu un cas à la maternelle. L'infirmière qui leur avait interdit de les suivre dans la salle d'examen, mais ils avaient réussi à regarder par un interstice dans la porte, les infirmières qui maintenaient Winnie sur le lit pendant que le médecin procédait à la ponction lombaire. Sa petite silhouette, l'immense docteur, l'immense aiguille, l'étrange fluide blanc, presque divin, extrait de sa colonne vertébrale à la lumière d'une grande fenêtre métallique qui donnait sur une cour austère. Dieu miséricordieux. Pourtant, ces choses comptaient, elles constituaient des perles enfilées sur le collier du temps, ce précieux bijou des événements de leurs journées. Et là, ce nom ancien, Thaddeus Matthews, ce démon ancien sous l'apparence d'un prêtre de quarante-cinq ans toujours en activité, indéboulonnable, qui franchissait les années jusqu'à June en rugissant, en brisant quelque chose, en sectionnant quelque chose, comme un fou qui s'empare de ciseaux pour couper la tapisserie de Bayeux en deux. Tom avait son adresse dans le bassin de la Tolka, un grand et beau presbytère où ils fomentaient leurs petits coups, ces deux prêtres apparemment de mèche pour accomplir leurs sombres méfaits. Matthews n'était plus un loup solitaire. Il assouvissait ses besoins en compagnie d'un autre prêtre qui n'était même pas prêtre. « Allons-y, juste pour jeter un coup d'œil », avait dit June, mais c'était un mardi, Tom travaillait, bien sûr, alors il dit qu'ils pourraient y aller le samedi, si elle le voulait vraiment, si elle le voulait toujours.

Il ne se souvenait pas qu'elle ait fait grand-chose entre le mardi et le samedi. Elle était restée assise dans le salon comme une enfant turbulente à qui on a ordonné de rester tranquille – ou bien une enfant qui attend qu'on vienne la chercher. Comme une orpheline. Lui-même n'avait absolument aucun souvenir de ses propres parents, mais à l'âge de trois ans environ, quand il avait plus ou moins compris, il avait remarqué que les enfants n'étaient pas tous orphelins. Parfois, une mère venait rendre visite à un petit garçon, parfois même un père. Une tante, ou un oncle. Tom voyait ça avec ses yeux d'enfant de trois ans, alors il s'était mis à attendre qu'on vienne le voir, lui aussi. Il avait attendu longtemps, parfois assis comme June. Il s'installait et il attendait. Et même quand il avait cessé d'attendre, il attendait encore, quelque part au fond de lui. Miséricorde, peut-être qu'il attendait toujours. Alors les quatre soirs suivants, il avait rapporté des fish and chips à la maison dans des sachets imbibés de vinaigre. Sel et vinaigre ? La bouteille de vinaigre, le gros bidon en inox pour le sel. Oui, oui. Partout ? Partout. Merci, Luigi. Et à la maison June, immobile comme un saumon dans la rivière Moy.

Le samedi arriva, ils partirent dans leur Ford Escort, une version rare à deux portes, vers le lieu où Tom savait que les prêtres résidaient. Interrogeant l'air de rien les passants, il fut dirigé vers la maison. Il baissait sa vitre, posait sa question et la remontait aussitôt, parce que ça avait beau être l'été, il faisait froid. C'était l'un de ces nombreux jours d'été irlandais qui vous trahissent après des promesses matinales, comme quand on parie sur les favoris aux courses. Tom n'avait aucune idée de ce qu'il devait faire, il n'était pas là en tant que flic, alors il se contenta, après avoir trouvé le bâtiment, de se garer dans la rue déserte en contemplant les fenêtres vides.

Ils n'eurent pas longtemps à attendre. Il était environ onze heures lorsque la porte s'ouvrit et que deux prêtres apparurent sur le demi-cercle en granit du perron. June tendit la tête comme un coureur avant le coup de pistolet, prête à jaillir et à se transformer en allez savoir quel missile. Tom observa attentivement son visage parce qu'elle ne disait rien, et qu'il devait donc deviner ses intentions. Les deux prêtres descendirent les marches dans leurs soutanes noires recouvertes d'un plastique transparent contre la pluie, et, si Tom ne se trompait pas, car ce n'était pas simple de voir sous leurs jupes, ils étaient chaussés de gros godillots noirs. Il en eut un aperçu quand les gars relevèrent leur ourlet pour descendre comme des petites filles qui jouent à la reine. S'ils rencontraient un jour la reine d'Angleterre, feraient-ils une révérence ou une courbette ? Les prêtres descendirent l'allée en gravier vierge de toute mauvaise herbe d'un air insouciant avec des rires et des paroles que June et Tom n'entendirent qu'à moitié, montèrent dans leur BMW Isetta et démarrèrent.

— Tu le reconnais, June ?

— Tom, Tom, suis-les, suis-les.

Il prit ça pour un oui.

— June, tu es sûre ? On ne sait pas où ils vont. Ils partent peut-être juste faire leurs courses.

Il sentait maintenant un poison en lui, le poison de la panique.

— Tu crois qu'ils font leurs courses eux-mêmes, putain ? Suis-les, suis-les. Vite. Ils vont nous échapper... Allez, allez, allez.

Tom fit lentement avancer sa voiture vert feuille dans la rue gaie et baignée de soleil. Une filature, ce n'était pas un problème pour lui. Il savait y faire. Étrangement, il se demanda si son Smith & Wesson était dans le coffre, où il avait la mauvaise habitude de le laisser. En dépit de la loi. Mais bon. De toute façon, il n'en aurait pas besoin. À part ça, son esprit était bizarrement assombri, comme une fenêtre mal orientée par rapport à la lumière du jour. C'est pour June, se répétait-il en marmonnant, en marmonnant encore comme un mantra bouddhiste, c'est pour June. Et cet enfoiré, dont je peux voir la tête s'agiter au volant de sa stupide petite voiture comme le point noir dans le frai de grenouille, cette créature mettait son clignotant à droite, à gauche, à droite, les petites tiges se déployant et se rétractant en fonction, pour gagner la sortie de la ville et des endroits surélevés, les montagnes apparemment, ce type minable, dégueulasse, si cruel, putain, ce tas de merde plein de vice qui avait failli la détruire, qui l'avait déchirée, elle, une petite fille sans défense, semaine après semaine, la prenant pour son jouet, pour son bien. Tom avait quelque chose du loup maintenant, il roulait avec une intention différente, tapi sur son siège en plastique avec quelque chose du léopard, gardant ses distances comme un pro pour que les prêtres ne se doutent pas qu'il les traquait. Il avait fait ça avec désinvolture des centaines de fois pour suivre à la trace des gredins, des camés et des voleurs, mais bien sûr, là, c'était différent. Déjà, parce qu'il n'avait pas l'habitude que June soit proche d'une quelconque manière de ce qu'il faisait dans le cadre de son travail. Dix kilomètres séparaient Deansgrange de Dublin, et June des dangers que Tom affrontait chaque jour. Il n'avait pas peur. En tant qu'ancien militaire, il avait déjà vu pas mal d'horreurs. Il s'exposait au nom du principe de protection, une expression qui venait du cœur mais complexe, toutefois jamais avec June, sa chaleur, sa silhouette, sur le siège voisin. Ni même dans sa voiture, d'ailleurs – il ne prenait jamais cette foutue voiture. C'était affreusement étrange, et vraiment terrifiant. Peut-être aussi exaltant, d'une façon perverse. C'était donc comme ça, un shoot d'héroïne ? June risquait-elle de faire du mal ? Quelles étaient ses intentions ? L'arme était-elle dans le coffre ? Que voulait-elle que Tom fasse ?

Chapitre douze

Le lendemain, pour se plier aux nécessités du boulot de flic, même si Tom se trouvait désormais du mauvais côté, en tout cas d'un côté nouveau et étrange pour lui, il se rendit en ville. Ils voulaient son sang, ils auraient son sang. Il avait beau faire l'expérience de la vie de l'autre côté – celui du monde obscur d'un plus ou moins suspect, en tout cas, d'un suspect à éliminer, selon la terminologie consacrée, somme toute assez meurtrière –, il ressentait encore la décharge électrique du devoir. Fleming avait demandé son sang, Fleming aurait son sang. C'était comme s'il y avait sur la chemise de Tom un bouton sur lequel Fleming avait appuyé qui disait : « N'attends pas, fais-la ». Le « Bois-moi » d'*Alice au pays des merveilles* n'aurait pu exercer de plus grande pression sur lui. Comme toujours, la ville, avec son immense armature, son va-et-vient permanent et ses fils invisibles qui reliaient le tout, lui sauta à la figure, ses souvenirs l'assaillirent, et il s'y aventura telle une créature dotée de cent yeux et de cent oreilles. Pour la millième fois, Tom regretta la satisfaction simple d'une vie normale, mais quand sa vie avait-elle été normale ? À moins que l'anormalité ne soit la mesure de toute vie ? Sans doute. Il vivait en partie dans ses rêves. Et n'était pas certain que ça soit très sain. La ville s'étendait sous un énorme ventre de nuages sombres comme un enfant qui lit son livre sous une couverture, à ce détail près qu'il n'y avait pas assez de lumière pour lire la ville. Il était midi tout juste car Tom entendit la cloche du campanile de Trinity égrener ses douze coups, lui sembla-t-il, mais peut-être que dans cette atmosphère dépourvue du moindre souffle d'air, c'était une autre église de Dublin, le couvent des Carmélites derrière Grafton Street ou la vieille chapelle protestante sur Dawson. Il y avait maintenant à Dublin presque davantage d'églises désacralisées que de pubs. Ils avaient eu une passion pour l'édification d'églises, les anciens marchands de cette ville. « Il est plus aisé pour un chameau de passer par le chas d'une aiguille que pour un riche d'entrer dans le royaume de Dieu. » Quand Tom repensait à ce proverbe, il se représentait toujours l'aiguille de Cléopâtre à Londres, bien que ce ne soit pas une aiguille, en tout cas, elle n'avait pas de chas apparent. Le son de cette cloche pénétra par le chas de son pauvre cerveau – ou plutôt, par le conduit de son oreille. Mais Tom n'était pas vraiment là. Quel objet, quelle perspective, quelle rue avait ramené son esprit en Malaisie ? Peut-être un besoin d'horizons héroïques. Il se rendait à la police scientifique, mais au fond de lui, il savait qu'il ne pourrait la satisfaire. Même si les techniciens parvenaient à établir une correspondance, les implications resteraient ambiguës. Et s'ils ne parvenaient à aucune correspondance, ils se sentiraient déçus, frustrés. Ils fourmillaient sur une scène de crime, puis se retiraient avec leur butin dans leurs laboratoires secrets et silencieux. Ils travaillaient dans un vieux bâtiment lugubre, à peine plus qu'une coquille de parpaings. Où il faisait un froid de gueux, se plaignaient-ils toujours, quand ce n'était pas une chaleur de gueux par les rares journées de soleil irlandais. Tom compatissait car ils étaient vraiment à l'écart de tout, du travail sur le terrain, des interrogatoires, de la compréhension qui surgissait d'un coup. Ils étaient posés, calmes, scientifiques, et souvent plus que qualifiés. Mais Tom ne pensait pas vraiment à ça en allant vers eux. Il traversait les rues, les avenues et les places de sa ville en songeant à la Malaisie, cette guerre douteuse à laquelle il avait pris part tant d'années auparavant. Rien n'en était plus différent que ces rues en granit, ces bourgeons printaniers qui avaient envahi les sycomores et les chênes de St Stephen's Green. Une explosion de vert dans l'air, certains arbres s'y mettant avant les autres. Le frêne serait le dernier, Tom le savait. En matière de verdissement, le frêne était un retardataire. Peut-être était-ce ce vert subtil qui excitait le cerveau de Tom. Les grandes feuilles en Malaisie, la pénombre de la forêt, les bungalows écrasés sous la chaleur. On portait une robe de sueur et, par-dessus, on enfilait son uniforme. Aucun soldat ne pouvait éviter de transpirer en Malaisie, ce genre de créature, ça n'existait pas. Regrouper tous les Chinois dans les villages neufs, ces types pauvres et sales dans ces rues neuves en bois, plus que furieux qu'on leur impose ça. C'était pour éviter que les étranges rebelles de cette guerre puissent leur quémander de l'aide. Des hommes comme des fantômes, presque des ombres, désormais affamés car rejetés à la périphérie. Qui tentaient de se faufiler au crépuscule pour un bol de riz. Le boulot de Tom, c'était de se positionner bien en hauteur dans un arbre, qu'il escaladait à l'aide d'une corde et d'une poulie, et de pointer son fusil vers les petites routes qui menaient au village. Pas un Lee-Enfield, n'importe quoi, pourquoi il avait dit ça, non, c'était une Winchester modèle 70. Une carabine de chasse belle comme une voiture américaine. Avec l'efficacité de la malédiction d'un Gitan. Quand Tom voyait quelqu'un approcher – inconnu, hésitant, avec les yeux partout –, il devait prendre une décision. Tuer ou ne pas tuer. Si le type n'avait pas l'air chinois, c'était mal barré pour ce lascar. S'il ressemblait à un rebelle malais, c'était un éclair, bang, la balle filait sur quatre cents mètres, douille éjectée comme un méchant de la voiture de James Bond, décrivant une boucle cuivrée tandis que la balle franchissait la distance en une fraction de seconde, aussi éblouissante qu'un martin-pêcheur, seul Dieu pouvait la suivre. Et au loin, à la lisière du village, le rebelle entendait le coup de feu trop tard, puisque la balle se déplaçait plus vite que le son, ce qui ne le sauverait en aucune façon. Puis, sans bruit, dans une chute presque comique, la pauvre créature s'effondrait, dérangeant à peine la terre dure, car Tom visait si bien qu'on l'appelait La Fouine, un surnom sympathique. Kettle La Fouine. Ce talent l'avait sauvé à son retour, ça lui avait permis d'être engagé dans la police. Eh oui. Tuer des rebelles lui avait offert une vie en Irlande, loin de la honte et de l'infamie de son enfance.

Il n'y avait pas un seul homme à la police scientifique ce jour-là. Une prise de sang, c'était la chose la plus facile au monde à faire pour ces filles. Et c'était la chose la plus facile au monde aussi que de bavarder avec elles. L'IRA respecterait-elle ce putain de cessez-le-feu ? Avait-il eu le temps d'aller voir *Sur la route de Madison* ? Ça sonnait comme une allusion. Y avait-il un cinéma à Dalkey, d'ailleurs, et comment on se divertissait là-bas ? S'il existait bien une salle, Tom ne l'avait jamais vue. En revanche, il y avait plein de pubs. Et plus de châteaux qu'on pouvait l'imaginer. L'une de ces dames, Attracta Geary, annonça qu'autrefois Dalkey était un grand port, que toutes les marchandises qui entraient en Irlande transitaient par là.

— Et je peux vous dire qu'il fallait un paquet de châteaux pour tout stocker, lança-t-elle.

— Je croyais que c'était Howth, répondit Tom.

— Howth n'a jamais été un grand port.

— Peut-être que je voulais plutôt parler de Dún Laoghaire, reprit-il.

— Ça c'est sûr, dit Attracta, au royaume des aveugles, les borgnes sont rois.

Puis elle agita l'échantillon de sang dans le tube, colla une petite étiquette dessus, et Tom eut l'impression qu'elle lui chantait quelque chose, tout du moins qu'elle fredonnait en rapprochant le tube de ses yeux, comme si elle n'y voyait pas clair. Mais ce n'était que sa façon de faire.

— Eh bien, vous avez un très beau sang, inspecteur, dit-elle.

— Parce que tous les sangs ne se ressemblent pas ? demanda-t-il.

— Certains sont troubles quand on les prélève, expliqua-t-elle.

Tom quitta le vieux bâtiment non pas soulagé, mais empli de gratitude – et délesté de quelques gouttes de sang. Il avait affronté ses démons. Cette peur qui ne le quittait pas depuis près de trente ans. D'un côté, c'était comme se rendre chez le médecin, et d'un autre, pas du tout. Dans les deux cas, ça pouvait déboucher sur l'annonce d'une mauvaise nouvelle. Un assassinat. Autrefois, jusque dans les années quarante, le verdict, ça pouvait être la mort. Pendant la guerre, de Valera avait perdu deux gars de l'IRA exécutés par nul autre que le bourreau Pierrepoint. Par pendaison. Arrêtés ici même, puis pendus jusqu'à ce que mort s'ensuive. Ce que ça devait faire, d'apprendre une telle sentence dans une salle d'audience tumultueuse. Le corps traversé par le choc, comme brûlé. Et, étant donné que vous étiez coupable et que c'était mérité, personne pour s'opposer au verdict ni voler à votre secours. Un instant de solitude et d'horreur absolues, sans aucun doute. Tu ne tueras point. Tu ne tueras pas, lascar. Pas du tout, pas même un peu. Mais on ne peut pas tuer un peu, tuer, c'est total. T-U-E-R. Un tout petit mot pour un acte aussi vaste qu'une planète. Comment savoir si les rebelles que Tom avait abattus à quatre cents mètres de distance, ces gars tiraillés par la faim, poussés vers les villages par des besoins légitimes, n'étaient pas de bonnes âmes ? Le boulot de Tom, c'était de les exécuter. Tuer, et interroger ensuite. Bien sûr que Tom était un assassin. Il avait tué, et souvent. Il y avait cinquante-sept entailles sur la crosse de son fusil. Presque plus de place, seul son renvoi en Angleterre y ayant mis un terme. Ces étranges guerres pour clore la longue histoire de l'Empire. Tout mettre en ordre et bien en place avant de partir pour toujours. Dissimuler les opérations. Tous ces problèmes causés dans le pays et le passé par votre armée. Un peuple fier face à une armée étrangère arrogante. L'outrecuidance des officiers. Tuer, et interroger ensuite. C'est rien que des *Jakuns*, Tom. T'es doué avec ton pistolet à bouchon. On va t'envoyer aux jeux Olympiques.

Assassinat.

Il ressassait ce mot, tentait de le déloger de sa gorge où il était coincé – comment pouvait-il en être autrement ? – lorsqu'un homme surgit derrière lui à la vitesse de Ronnie Delany à hauteur d'une cabane de gardien dans St Stephen's Green. Le vent de la fin du printemps, qui aimait faire le tri entre les bourgeons et la verdure naissante, mais aussi chargé de souvenirs plus vagues, avait écarté les pans du manteau de Tom. Il était en train de le rajuster, de lisser ses revers dans un geste machinal, quand le type posa une lourde main sur son épaule droite, si lourde que Tom crut d'abord à une agression. Et c'en était une, car on n'avait pas le droit de toucher quelqu'un, à moins que... Pourtant, ce n'était pas un inconnu aux intentions violentes, mais Wilson, vêtu d'un costume différent, un costume cette fois bien taillé avec des reflets verts. C'est drôle, les choses qu'on remarque.

— Seigneur, Tom, je voulais juste vous appeler.

Les voitures filaient dans la rue en se précipitant pour franchir les feux à l'intersection de Harcourt Street et du coin sud-ouest du parc, comme d'habitude. De temps en temps, un piéton mourait en traversant à cet endroit. C'était de notoriété publique.

— Je crois que je deviens sourd, dit Tom, qui malgré tout fut content de voir Wilson.

Le fait qu'il lui coure après lui était presque un signe d'amitié.

— Tu as deux minutes, chef ? demanda Wilson d'un ton très enjoué, même si on aurait pu se dire qu'une telle familiarité ne respectait guère leur différence d'échelon. Mais bien sûr, il n'y avait plus de différence d'échelon entre eux, à présent. On va poser nos culs quelque part ? proposa-t-il.

Sans attendre la réponse, il sembla les entraîner tous les deux vers la myriade de bancs en bois du même vert que les boîtes aux lettres. Et tout à coup, Tom eut envie de fumer un cigarillo, comme s'il n'était pas seulement un ex-policier, mais aussi un ex-fumeur de cigarillos. Il s'étonna de le sentir dans sa bouche, ce goût chaud, tranchant et suave. Délicieux. Apaisant. Comme dans cette foutue pub à la télévision. L'homme dans un trou, la fumée qui en sort, c'était bien ça ? Sur une musique appropriée.

— Putain, Tom, dit Wilson, je suis trop vieux pour cavaler comme ça.

De fait, il suait comme un terrassier et recrachait de la sueur presque par tous les pores. Une jeune et très jolie mère passa avec une poussette double, des jumeaux, fallait-il croire, un sur chaque siège. Wilson s'accorda le temps de l'admirer, de l'idolâtrer, de s'imaginer être son mari, de la servir, de ne jamais l'abandonner...

— Bon sang de bon Dieu, j'ai fêté mes quarante ans hier, et j'ai l'impression d'en avoir soixante-dix.

Du haut de ses soixante-six ans, Tom ne dit rien.

— Je voulais vous parler de ce putain de prêtre, reprit Wilson.

— Fleming me l'a dit, répondit Tom.

Il se sentit tout à coup bouleversé. Tremblant. Ils étaient dans St Stephen's Green, haut lieu de l'enfance des Dublinois. Tom n'avait certes pas vraiment eu d'enfance, mais il avait souvent contemplé, une fois adulte et surtout devenu policier, les mères et leurs enfants au bord du lac à quelques mètres derrière lui. Qui émiettaient des tranches de pain blanc pour nourrir les fameux canards. Ces éternels canards. Combien de temps ça vivait, un canard ? Tom avait appris récemment que le rouge-gorge, le plus fidèle des compagnons, ne passait que deux ans sur terre. Puis il disparaissait. C'était mieux que le temps imparti à la libellule, laquelle ne vivait qu'un seul jour, mais bon. Lorsqu'on s'asseyait sous la tonnelle dans l'agréable jardin de Mr Tomelty, il y avait toujours un rouge-gorge qui espérait peut-être que vous biniez la terre. Avec son joli poitrail rouge, plus brun que rouge en vérité, si on y regardait de près. C'était le boulot de Tom, ça l'avait été pendant longtemps, d'observer les choses avec attention, y compris le poitrail d'un rouge-gorge. Aimait-il le rouge-gorge autant qu'il aimait Winnie et Joe ? Pourquoi ne serait-ce pas possible ? N'est-ce pas ce qu'il y avait dans le plan de Dieu ? Ce fameux document invisible et secret où rien n'était écrit.

— C'est vraiment un monumental salopard d'enfoiré, déclara Wilson.

Tom ne se souvenait pas qu'il jurait autant lors de sa visite. Peut-être qu'ils se connaissaient assez maintenant pour ça, qu'ils étaient de vieux amis – quoique. Pourtant, *monumental*, c'était un mot savant, un mot qu'on ne voyait que dans les livres. Il y avait donc à la fois de la camaraderie dans le fait de jurer, et un compliment par l'usage de ce mot. Peut-être. *Peut-être* était un bon qualificatif à propos de Wilson. Même si on ne pouvait nier un charme étrange à cet homme. Tom avait l'impression de commencer à le connaître. Ce qui était très surprenant, car une personne ne se révèle que peu à peu, c'est pourquoi on conseillait d'interroger maintes fois les suspects, et davantage encore les victimes, si seulement elles acceptaient. Leur traumatisme et leur détresse ne préoccupaient pas vraiment certains flics. Ils n'en faisaient pas cas. Ce qui était risqué. Car le but de toute cette entreprise, c'était quand même de pouvoir panser les blessures.

— Je sais que vous avez eu affaire à lui, il y a longtemps. Je sais que vous avez parlé à Fleming l'autre jour, mais si je pouvais avoir votre avis... Vous savez ce qu'il dit de vous, bien sûr ?

— Non, non, si, Fleming a dit...

— Ce putain de mec tout-puissant, cette grande gueule. Il crache plein de trucs. Un prêtre, Tom, un prêtre, putain. C'est donc pas possible d'avoir des types bien comme prêtres ? C'est interdit ?

— Il n'est pas vraiment prêtre, dit Tom, ressentant une terrible envie de développer la question, mais se ravisant.

Il se ravisa car cette réflexion provenait essentiellement de son amour pour June, mais peut-être aussi, une chose nouvelle, pensa-t-il, de son amour pour lui-même.

— Ces types sont de vrais prédateurs, dit Wilson. Je suis d'accord, Tom. O'Casey et moi, on est allés le voir. Il s'est montré très accueillant. Il nous a fait du thé, en tout cas, sa putain de gouvernante. Du thé avec des biscuits secs Marietta. Je n'avais pas mangé de Marietta depuis des années.

— Vous n'aimez pas ? demanda Tom, malgré son soudain vœu de silence.

— Moi, je suis plutôt roulés aux figues, répondit Wilson en lâchant ce rire curieux qui était le sien et détonnait un peu avec ses manières de dur – légèrement aigu et fragile, presque féminin.

Pur hasard, alors qu'il produisait cette étrange musique humaine, deux bonnes sœurs en tenue traditionnelle passèrent et lui jetèrent un regard à la fois indifférent et indéchiffrable.

Wilson porta la main à un chapeau imaginaire et le souleva, même s'il n'avait rien en main, et dit d'un ton respectueux :

— Mes sœurs.

Les nonnes ne réagirent pas. La plus âgée avait sur la tête ce qui, selon Tom, ressemblait aux différentes parties du corps d'un cygne. Encore un volatile qui affectionnait St Stephen's Green. Une bestiole superbe et irascible, comme ces actrices délicieusement insupportables au Shelbourne Hotel, il y avait bien des années, quand Tom y avait monté la garde pour ces célèbres visiteuses de Dublin. Deux semaines d'un enfer intéressant.

Wilson semblait plongé dans une contemplation sans fin. Il y avait quelque chose de tendre chez cet homme, se dit Tom, et il fut d'autant plus heureux d'avoir eu le privilège de passer une soirée avec eux deux à cause d'une tempête à Dalkey.

— Il y a des années, je voulais devenir prêtre, annonça Wilson de façon solennelle, comme si la solennité était tout ce qui subsistait de cette vieille ambition. Je suis allé à Maynooth avec le bus d'Athlone. J'avais à peine dix-sept ans. J'étais encore au lycée. Chez les Frères chrétiens. Qui nous battaient pourtant comme plâtre, Seigneur. Mais je pensais malgré tout... je ressentais... Vous savez comment on dit, la vocation. Cette voix qui appelle à s'offrir à Dieu. J'ai entendu cette voix, Tom.

— C'est... c'est incroyable. Vraiment.

De fait. Wilson, ce bougre d'homme, avec ses méfaits commis dans le Nord, peut-être, et son étonnante rudesse, son visage rougeaud, et peut-être – tant de peut-être – une jolie femme, des enfants, un goût pour les beaux costumes, une cravate avec l'éclat bleu du merle, quelques poils sous le menton qu'il avait ratés avec son rasoir ce matin-là – au moins, il s'était rasé –, avait un jour songé, sincèrement, en son cœur, au cœur de son âme, à revêtir l'habit de moine.

— Mais c'est cette putain d'architecture qui m'a rebuté, dit Wilson en riant à nouveau. Vous voyez ?

— À Maynooth ?

— Ouais, ces putains de bâtiments religieux. On aurait dit une prison ou un asile pour fous...

Et Tom lâcha un rire, parce que oui, oui, il comprenait. Wilson avait été incapable de pénétrer dans ces bâtiments, encore moins d'enfiler l'une de ces mornes tenues que les moines étaient condamnés à porter.

— En tout cas, sur Byrne, si vous aviez des infos, chef, je vous en serais reconnaissant. Ces trucs qu'il raconte. Il sait qu'il est foutu. On le tient, ça fait pas un pli. On a quinze types prêts à témoigner. Certains sont déchaînés, vous voyez, d'autres sont de gentils gars tout mignons près de là où il vit. Vous imaginez ?

De gentils gars tout mignons, quelle étrange formulation.

— Je ne l'ai jamais rencontré, vous savez, dit Tom. C'est l'autre que je connaissais. En fait, je ne l'ai jamais rencontré non plus. Le père Thaddeus. Je ne le connaissais pas, mais j'avais entendu parler de lui.

— Vous en aviez entendu parler avant l'histoire des photos ?

— Oui, j'avais entendu des rumeurs à son sujet, je savais que c'était quelqu'un à qui il ne fallait pas faire confiance. Mais c'était il y a si longtemps que...

— Oui, c'était il y a longtemps.

Wilson soupira comme s'il y avait du tragique dans ces mots. Longtemps. L'écoulement du temps. Le millénaire. La souffrance humaine. La progression douteuse de l'histoire. Les guerres, les oppressions, les empires. Et cette fois, il était vraiment question d'empires, de l'empire de la prêtrise irlandaise, avec ses princes et ses armées. Ces grands hommes souvent corpulents – pas McQuaid, fin comme un lévrier, et aussi élégant – dont on vous demandait de baiser la bague. Devoir mettre un genou à terre, même un policier, putain, et saisir la patte d'un tel homme offerte dans ce geste étrange comme un dandy du XVIIIe, poser les lèvres sur le gros rubis ou le grenat en espérant avoir la bouche sèche et ne surtout pas baver.

— Mais cette merde, c'était pas seulement hier. Cette merde, c'est encore maintenant.

— On en a déjà parlé, non ? dit Tom.

Comment lui raconter les problèmes de June ? Ça ne se serait pas simplement apparenté à une trahison, ça aurait été une vraie trahison. De paroles prononcées dans l'intimité conjugale. Il n'y avait pas de confessionnal plus intime. Ce n'était même plus entre un pénitent et un prêtre, mais entre une bien-aimée et le cœur de son amoureux.

— En fait, non, dit Wilson. C'est ça, le plus étonnant. Quand je repense à tout ce qu'on s'est dit, il n'y a rien qui me vient en tête là-dessus.

Ce n'était pas prononcé avec une vraie rancune, à peine un soupçon. C'était la première fois que Tom percevait ce ton chez Wilson. Et il ferait bien de s'en inquiéter.

— Je comprends, dit-il sans comprendre du tout.

— Il a fait des déclarations, reprit Wilson d'un air d'impuissance, tout à coup. Alors je suis obligé de vous poser des questions. Je suis vraiment désolé. Ce n'est pas glorieux.

Et là, Tom saisit autre chose. Wilson était embarrassé. Sinon embarrassé, du moins déférent. Peut-être même très déférent. C'était incroyable. Tom se sentit tout à coup ravi. Un peu de courtoisie !

— Si je pousse cette enquête, ça va être le bordel. Un vrai bordel.

— Vous n'avez pas le choix, dit Tom d'un ton brusque et passionné.

Au fond, il s'en fichait, de lui-même, il ne se souciait pas du tout de lui. L'ancien fardeau dont il était chargé, le « devoir de justice », un foutu poids qui aurait brisé le dos d'un civil, Tom le savait, n'était pas une charge dont on se débarrassait un jour. Même là, alors que quelque chose était en train de grignoter sa sécurité et sa tranquillité à la manière d'un monstrueux rat, ce furent les mots qui surgirent sur ses lèvres. Mettre la vérité au jour, démêler le crime. Traduire les coupables devant un tribunal.

— Je ne veux pas..., commença Wilson, puis il s'interrompit et regarda droit devant lui.

Il y avait clairement quelque chose qu'il ne voulait pas faire.

Tom pensait savoir quoi. Il ne voulait pas foutre en l'air la retraite de Tom, tels auraient pu être les mots de Wilson. Le faire sortir de sa tanière pour l'éblouir sous les puissants projecteurs de la justice, lui, un ancien policier. Un ancien policier décoré de la médaille Scott ! Tom supposa que Wilson savait. Une médaille en bronze, mais quand même. Il s'était fait tirer dessus par un cinglé en 1972. Un pauvre fou à la tête remplie de boue et d'orage. Fou de la douleur de la vie, peut-être. Le type voulait abattre sa femme, Tom s'était interposé, et il avait pris la balle dans l'épaule. Un moment de bravoure, comme Dieu seul le savait. Tom ignorait pourquoi il avait agi comme ça, pourtant c'est ce qu'il avait fait. Il aurait aimé savoir pourquoi, mais il l'ignorait. La témérité. Le chaos dans son âme après l'affaire Thaddeus. Il y avait des moments où Tom ne se souciait tout simplement plus de lui-même. Il se prenait à rêver de brûler les feux rouges dans sa petite voiture, ce qui était stupide, et véritablement assassin, pour le coup, quand on y pensait. Mais ce n'était que de temps en temps. Alors quand ce jeune type, comment s'appelait-il, Purcell, quelque chose Purcell, Tim peut-être, avait brandi son pistolet de l'armée – le type travaillait dans la logistique militaire, pourquoi possédait-il une arme ? –, Tom n'avait rien ressenti qui s'apparente de près ou de loin à de la peur. Il s'était simplement dit : t'as pas intérêt à buter ta femme. Tire-moi dessus à la place. Et pour ça, on lui avait attribué une médaille. Ça s'appelait la médaille Walter Scott, même si ça n'avait rien à voir avec *Ivanhoé*. Le colonel Scott, un lascar américain, l'avait créée en l'honneur des policiers. Avec gravé dessus le mot *Valor*, sans *u*, l'orthographe yankee. Tom savait où se trouvait sa médaille, bien sûr, mais il n'y songeait d'habitude pas, pas plus qu'à sa prétendue « valeur », d'ailleurs. Cette fois, il y songea, alors que Wilson n'avait même pas mentionné ladite médaille. Si on avait intimé à Tom de dire ce que Wilson pensait de lui, il aurait sans doute exprimé que Wilson le respectait, selon ses critères de jeune homme. Ou d'homme, devait-il plutôt dire. Quarante ans ! Tom n'aurait pas aimé avoir à nouveau quarante ans. Mais il n'avait pas non plus envie d'en avoir soixante-six. Doux Jésus.

Wilson continuait à regarder droit devant lui. Tom ne voyait pas son visage en entier, mais de ce qu'il apercevait, il avait l'air sérieux. Ses yeux bruns et humides regardaient fixement un étrange espace intermédiaire. Au-delà, les voitures de Dublin rugissaient autour du parc. Autrefois, on entendait l'agréable clop-clop des chevaux des charretiers qui vaquaient à leurs occupations. Maintenant, ce n'était plus que rugissements léonins de moteurs à combustion. Une bande de moineaux espiègles surgit d'un coup sur l'allée goudronnée comme si une main venait de lancer de gros dés. En quête de quelques miettes par-ci, d'insectes imprudents par-là, ces choses infimes qui contentaient un moineau. Des besoins minuscules.

Wilson hocha la tête. On aurait dit qu'il était parvenu à une conclusion qu'il ne souhaitait pas partager avec Tom.

— Je vous laisse filer, dit-il de façon incongrue, puisque c'est lui qui se leva et passa une main à l'arrière de son pantalon pour le défroisser en hochant de nouveau la tête, cette fois avec un sourire.

C'était lui-même qu'il laissait filer. Il était bel homme quand il souriait, ce qu'il savait sans doute, pensa Tom. Qui lui fut tout de même reconnaissant de ce sourire.

— À bientôt, dit Wilson. Bonne chance.

Et il partit rejoindre ce qui l'attendait ce jour-là.

Tom se secoua comme pour sortir d'une rêverie. Ou de cette sensation qu'il avait toujours à la fin d'un film dans une salle de cinéma, d'être plongé en lui-même, un rêveur éveillé, les paysages du Far West tout à coup remplacés par le revêtement sale des sièges et le public qui remuait comme des cloportes qu'on importune. Il fallait se débarrasser de tout ça pour regagner le monde « réel ». Le monde réel. Un monde qui manquait pourtant cruellement de réalité. Ce putain de monde et son désordre frénétique, ses heureux bassins de calme, voire de beauté. Eh oui. Comme cette volée de moineaux en maraude, cette route couverte de voitures rugissantes. Peut-être y avait-il une frontière entre les deux, mais qui s'occupait de la surveiller ? Mystère. Où finit le monde et où commence l'espace ? Où la Voie lactée prend-elle fin, où débute une nouvelle et immense galaxie ? Si Tom était composé d'atomes, comme il le pensait, et qu'il y avait de vastes espaces entre ses chers atomes, où le parc commençait et où Tom finissait-il ? Peut-être devait-il se défaire de quelques atomes pour se mettre en mouvement, comme à présent ? Son amie de la police scientifique aurait pu passer après lui et essuyer le banc pour découvrir une preuve absolue, recevable en justice, et menant à une condamnation, que Wilson et Tom avaient été assis à cet endroit, plongés dans une conversation profonde. Profonde ou superficielle ? Légère ? Joyeuse ? Dangereuse ?

Qu'est-ce que ça faisait d'être vieux ? Comment Tom était-il perçu par ces mères et leurs petits ? Il savait qu'il y aurait sans doute des étudiants de Trinity sur les bancs près de la mare aux canards, à condition qu'il ne fasse pas trop froid, et des étrangers en train de consulter leur guide touristique, sans même se rendre compte, sans être conscients de la complexité architecturale de Dublin. La porte des Traîtres, et cet espace vide où le roi George II s'offrait autrefois aux moqueries des passants, qui avait volé en éclats lorsque Tom avait sept ans. Même dans son lieu d'enfermement au fin fond du Connemara, les frères en avaient parlé. Les touristes et les étudiants ne savaient rien de tout ça, ni de tout ce que, avec ses yeux de policier, Tom revoyait à chaque carrefour, en arpentant chaque rue – crimes, outrages, agressions, courses-poursuites, interrogatoires. Ce n'était pas seulement parce qu'il était vieux, qu'il paraissait vieux à leurs yeux, mais parce qu'il était un fantôme, un retraité au passé étrange, un survivant sans utilité, un ancien soldat de guerres oubliées. Un vestige avec un pull-over déchiré à la place de l'âme.

Et pourtant, tandis qu'il remontait Nassau Street pour aller reprendre son train, il s'offrit une glace Cadbury avec deux Flakes, du coulis de framboise et des vermicelles. Tom avait été surpris de voir qu'on vendait des glaces, et il s'était dit que c'était la véritable annonce de l'été. Un délice. Une fille adorable la lui avait confectionnée avec sa machine chromée. On aurait dit un engin qui fabriquait les saucisses dans une boucherie. La glace lui dura jusqu'à Booterstown, puis, à l'instant où le train passait entre la réserve ornithologique et la grève qui s'élargissait, Tom mordit dans son cône – ce geste de toujours –, suça la crème au fond, aspira jusqu'à ce que le cône soit vide et le dévora sans pitié.

C'était très bien, tout ça. Mais tandis qu'il gravissait la vieille chaussée en granit en haut de Coliemore Road, et que ces maisons bien sous tous rapports l'examinaient avec leurs fenêtres sombres, qui va là, ami ou ennemi de la richesse, Tom remarqua que le grand couvercle de nuages s'était soulevé, comme si le pays et la mer tout en bas avaient fini de cuire à petit feu, que les dards des rayons du soleil qui luttait pour s'interposer se déversaient maintenant depuis les nuages hauts comme des cascades fuyardes, comme si la lumière elle-même était un déluge céleste qui se pliait aux règles de la gravité, comme tout le reste, et là, Tom comprit qu'il avait une araignée dans le plafond de son âme. Son beffroi. Sa saloperie de beffroi. Il savait qu'il était peuplé par les araignées, et à juste titre. La soirée était agréable. La météo poussait à se sentir heureux. À ne penser à rien d'autre qu'à la vue magnifique. Mais peut-être Tom était-il dispensé de bonheur à présent, tel un enfant que son maître autorise à laisser ses leçons de côté le temps d'une soirée. Ce qui avait été si simple, et si surprenant au cours de ces neuf mois de tranquillité, n'était plus. Tom le savait, bien sûr. Et il l'acceptait. Mais cette acceptation s'accompagnait d'autre chose. Il avait eu le courage de se mettre sur la trajectoire d'une balle, mais il refusait cette flèche – la petite flèche qui décrivait un arc-de-cercle dans le ciel des choses, si haute qu'on vous pardonnerait d'avoir cru qu'elle s'éloignait. Ce qui n'était pas le cas. Bientôt, son ascension serait entravée par son poids, et lentement, lentement, telle la flèche des vieux archers dans les guerres anciennes, elle entamerait sa descente. Toujours en forme d'arc de cercle, mais cette fois vers le cœur de Tom. Fleming, Wilson et O'Casey, cet étau d'amitié. Tom avait déjà les doigts pris, un tour de vis avait déjà été donné. Il risquait de se mettre bientôt à hurler. Le sac en plastique qui se balançait au bout de son bras, mais qu'il tenait pourtant fermement, contenait une demi-livre de saucisses et trois kilos de pommes de terre. Pour que la vie puisse continuer. La flèche poursuivait son ascension. Bientôt, elle reprendrait son souffle au sommet de sa courbe, s'immobiliserait avec grâce et commencerait son inévitable chute. Telles les flèches d'antan. Celles des vieilles histoires. Des vieilles guerres. Celles de ces temps déjà vécus, quand les peuples atteignaient la fin de leur voyage. Quand ils n'avaient plus le moindre souci. Quand ils jouissaient du repos éternel.

Chapitre treize

À qui revient-il de lire la liturgie pour les morts ? Dieu vous poste votre destin, vous décachetez l'enveloppe, la page est blanche, et pourtant, tout est là. Tom considérait ça comme vrai. Il éprouva une soudaine envie de raconter son histoire, à condition que ce soit à une personne sans oreilles. Pour parler sans être entendu. Oui. Billy Drury avait connaissance de l'affaire, mais seulement jusqu'à sa mort. La suite n'avait jamais été relatée. June connaissait l'histoire jusqu'à sa mort, elle aussi, bien sûr. Mais Billy et June ne disposaient pas des mêmes versions. Il y avait des chapitres inachevés, et même lorsque Tom tentait de les rapprocher dans son esprit, il avait du mal à trouver le moment où ils se rejoignaient. Et à en croire ne serait-ce que la moitié. Pourtant, il devait y croire. Parce que avant toute chose, il faut croire un témoin. Bien des méfaits et des malheurs découlaient du fait qu'on n'avait pas cru les témoins. Qu'on avait d'emblée rejeté leur témoignage. Cette pauvre âme qui crache le terrible morceau, mais dont le récit paraît invraisemblable. Souvent, l'invraisemblable, c'était pourtant la réalité, et on s'en rendait compte trop tard. Tom sentit qu'il devait se faire confiance, qu'il devait croire à ce qu'il disait.

Il songeait à tout ça en s'apprêtant à passer le portail du château, impatient, comme à son habitude, de regagner le refuge de son fauteuil en rotin avec une bonne assiette d'œufs au bacon sur les genoux, lorsque son voisin violoncelliste l'aperçut et le salua avec ce qui était presque un cri de joie. Presque. Ou alors, un cri involontaire. Destiné à quelqu'un d'autre ? Tom jeta un coup d'œil autour de lui, mais il n'y avait personne. La jolie petite maison de son voisin datait de l'époque victorienne, sa terrasse était donc bien sûr neuve, en tout cas, récente. L'air marin faisait peu à peu sauter le vernis sur la balustrade en bois. Le Remington était posé sur son trépied, le violoncelle calé entre ses jambes. Comme pour appuyer son cri, le type leva son archet et l'agita en cherchant à attirer l'attention de Tom. Lequel se sentit pris au dépourvu. Était-ce une invitation ? Suite à la visite de Wilson et O'Casey, il s'était promis d'engager davantage d'échanges fructueux avec d'autres âmes. Et de ce qu'il connaissait de ce petit bonhomme aux longues boucles, il l'appréciait. Il fut tenté de lever la main pour le saluer, puis de filer chez lui. Par lâcheté. Tom se considérait relativement instruit, mais violoncelliste, c'était une profession rare, sans aucun doute. Qui faisait appel à des connaissances techniques ésotériques. De la musique étrange, des compositeurs étranges. À part Bach, Tom était ignare. Et craignait d'être démasqué. Mais peut-être, et cette pensée lui vint spontanément, comme si elle s'engendrait elle-même, que le violoncelliste l'appréciait. Lorsqu'ils avaient discuté, Tom avait remarqué son accent anglais, ainsi que l'agréable point de vue sarcastique qu'il avait sur tout, jusqu'à la météo. Comme si le temps irlandais était son adversaire. Ce qu'il était, à sa façon ; cette météo irlandaise s'abaissait si rarement à faire plaisir à ses citoyens. On pouvait être certain d'avoir de la pluie du matin au soir chaque jour férié. C'était une donnée de la vie irlandaise. Une virée à la plage commencée sous un soleil de plomb se terminait inévitablement par des larmes frissonnantes, de brusques orages et un couvercle nuageux. Combien de fois l'Irlandais, quel que soit son âge ou son sexe, était-il resté allongé sur une serviette déployée sur n'importe quelle plage d'Irlande, tétanisé par le froid, dans l'attente que la couverture nuageuse se dissipe et qu'un soleil radieux réapparaisse. Bientôt, le frisson se transformait en convulsions et en crise d'épilepsie à cause de l'hypothermie. La victime tremblait et surveillait le ciel en clignant de son seul œil ouvert, car malgré les nuages, la lumière était éblouissante, en cherchant à se faire une opinion. Dois-je rester ou partir ? Y a-t-il un quelconque intérêt à rester allongé en cet endroit où peu à peu, la mort me semble de plus en plus souhaitable ?

Mais le violoncelliste posa avec soin son instrument contre la chaise qu'il venait de quitter et se dirigea vers la portion de terrasse la plus proche de Tom.

— Quelle belle soirée, lança-t-il.

— Charmante, en effet, répondit Tom.

— On pourrait presque se risquer à aller nager, dit l'homme.

Tandis que Tom s'efforçait de retrouver le nom de son voisin en se demandant s'il l'avait déjà entendu ou vérifié, mais en vain.

— Venez prendre un verre, offrit le violoncelliste.

Tom hésita, bien sûr. Il avait apprécié la compagnie de Wilson et O'Casey, mais il n'était pas encore converti à la sociabilité. Cela dit, il se sentait douloureusement tenté. L'attitude décontractée et accommodante de cet homme. Après tout, c'était son voisin. Peut-être vivrait-il ici encore un bon moment. Combien de temps un corps tient-il le coup après la retraite ? Allez savoir. Et puis, Tom avait remonté Coliemore Road avec des idées pesantes. Il avait tout à coup envie de faire confiance, d'abandonner sa tendance de flic à se tenir à l'écart de tout, au cas où. Au cas où quoi ? Qu'un jour, il doive interpeller le violoncelliste ? Voyons, Tom. C'était si peu vraisemblable. Quoique, l'invraisemblable...

— D'accord, dit Tom, merci.

Il fut surpris par lui-même et par ses jambes qui le portèrent toutes seules vers la petite volée de marches récentes en béton sur la droite de la maison. Il eut un instant de panique en s'imaginant débarquer avec ses courses. Se sentit embarrassé. Eut l'idée folle de les jeter dans l'espace entre les deux propriétés, mais n'en fit rien. Le portail élégant claqua derrière lui, ce qui lui fit presque peur. *Terra incognita*. Une amitié naissante. Soudain, son esprit s'emplit de l'idée de bénéfices futurs, ce moment menant à toute une série de choses agréables, de longues soirées sombres d'hiver à boire du whisky en compagnie du violoncelliste, peut-être même à jouer aux échecs – Tom ne jouait pas très bien, mais bon –, à se raconter de vieilles histoires, à écouter de la musique, à élargir son univers au-delà de Jean-Sébastien. Était-ce le violoncelliste, cet individu sans oreilles à qui il pourrait raconter sa triste histoire ? Sans doute pas. En tout cas, lui, ce type avait des oreilles, il devait bien en avoir, pour jouer du violoncelle.

Lorsque Tom atteignit la terrasse, en réalité assez vaste, qui faisait peut-être même la superficie de la maison, il se rendit compte que seule une petite partie était visible depuis la rue. Et que de sa fenêtre, il ne voyait que le devant, où trônait le fusil. Quand il allait jeter un coup d'œil dehors en entendant un coup de feu, il n'apercevait que la tête et la poitrine du violoncelliste, jamais ses jambes stabilisatrices, même s'il les avait imaginées. Mais les ayant imaginées, il les avait, à sa façon, vues. Il avait discuté une fois avec l'homme à son élégant portail, ou croyait l'avoir fait. Il en avait gardé une impression de gentillesse, même si les détails étaient comme cachés derrière un verre dépoli. En réalité, le type lui parut très différent. Comme s'il était allé chez Brown Thomas s'offrir une toute nouvelle personne. Tom était capable de reconnaître une belle chemise quand il en voyait une parce qu'il n'en aurait lui-même jamais acheté. Parce qu'il était passé expert dans le fait d'être mal habillé. Tout au long de sa carrière, il s'était exercé à « décoder » les gens, et là, il était en train de décoder le petit violoncelliste. Chemise en soie, de toute évidence. Et un pantalon flottant en tissu léger, beaucoup de tissu, comment le décrire autrement, un peu comme ces anciennes culottes turques ou les pantalons d'un régiment français dont Tom avait oublié le nom. Les Zouaves ! Ça lui était revenu d'un coup. Bingo. À côté d'une tenue aussi resplendissante, Tom se sentait minable dans son vieux costume et son manteau mal coupé. Mais le violoncelliste avait attrapé la main droite de Tom qui pendait le long de son flanc, là où il l'avait comme abandonnée, oubliant stupidement de la tendre, et l'homme la serra entre ses deux mains. En ayant l'élégance d'ignorer ses courses. Le couvercle composé de la tête de Tom se souleva et s'agita comme une casserole d'eau pour les pommes de terre qui se met à bouillir. Comment il s'appelait, comment il s'appelait ?

— Ronnie, annonça le violoncelliste, une annonce salvatrice. Ronnie McGillicuddy.

— Oh, dit Tom, des Reeks.

— Exactement.

— Tom Kettle.

— Oui, dit-il en agitant une dernière fois sa main avant de la lâcher doucement.

Il l'avait un peu écrasée. Il devait avoir beaucoup de force dans les doigts à cause du violoncelle, supposa Tom.

— Je croyais que vous étiez..., dit Tom, mais il ne voulut pas dire *anglais*, au cas où Ronnie McGillicuddy se sente offensé.

En référence à la terrible histoire de l'Irlande. Cette vieille histoire. La domination toujours écrasante des Angliches.

Il le dit quand même. Ce fut le silence, et la discrétion de ce silence, qui le lui permirent.

— ... Anglais, en fait.

— Non, non, ma famille est ici depuis mille ans. Et même plus encore. Dans les Reeks.

— Une splendide région.

— En effet.
— Mais vous habitez ici ?
— C'était la maison de ma femme.
— Oh.
— Alors je l'ai gardée, vous comprenez.
— Je suis désolé d'apprendre ça.
— Quoi ?
— Elle n'est pas...
— Nous ne vivons plus en couple. Elle a dû être internée.

Le violoncelliste secoua la tête, ses cheveux se soulevant comme pour éviter toute question supplémentaire.

— Ah.
— Vous êtes marié, Tom ?
— Je l'étais. Je suis veuf.
— Ah.

Ils en étaient donc arrivés à ce point. Tom se demanda si Ronnie regrettait de l'avoir invité, ou si au contraire, il était content. Rien qu'à être près d'un type comme lui, Tom se sentait un peu rustre. D'habitude, il ne se sentait pas rustre, mais là... pas dans sa catégorie ? D'un autre côté, il y avait peu de chances que Ronnie devienne sa petite amie. C'est ce qu'ils disaient, Billy et lui, quand ils croisaient une déesse, une déesse dans la rue. Tu joues pas dans sa catégorie, Tom. Et pourtant, Tom avait épousé une déesse. Tellement pas dans sa catégorie qu'il n'en revenait toujours pas. Toujours pas.

Peut-être que tout ça se lisait sur son visage, ou qu'il le diffusait, parce que Ronnie déclara :

— Je vois bien qu'elle vous manque, Tom, je suis désolé pour votre deuil.

— Un putain de deuil, vraiment, reprit Tom, regrettant aussitôt ce juron, mais qui avait jailli, sincère et intime.

Le violoncelliste rit.

— Je vois très bien ce que vous voulez dire. Ma femme est toujours *sur terre*, mais elle me manque, malgré tout.

Puis il fit signe à Tom de prendre place sur l'une des deux chaises en métal. En fait, pensa ce dernier, tout ça était plutôt agréable. Ils s'étaient communiqué leurs vérités fondamentales en cinq secondes, ce qui était remarquable. Alors que Tom passait devant le trépied pour atteindre la chaise, il annonça :

— Un Remington.

— Absolument. Vous vous y connaissez en armes.

— Un peu, oui. Et quelle distance y a-t-il entre ici et les cormorans ?

— À peu près trois cents mètres.

— J'entends souvent les coups de feu.

— Oh, dit Ronnie en lissant les plis de son pantalon bouffant, comme s'il avait perçu quelque chose dans le ton de Tom. Et vous n'approuvez pas ?

— Ne vous inquiétez pas. Ce n'est pas que je n'approuve pas. Vous voyez.

— Vous voulez boire quelque chose ? Un café ? Un whisky ?

— Je prendrais volontiers une larme de whisky.

— Sec, ou avec de l'eau ?

— Allez, avec une larme d'eau.

— Une larme d'eau ?

— Une larme de whisky avec une goutte d'eau, je voulais dire. Parfait.

Personne n'aurait trouvé à redire à une soirée comme celle-ci. Les journées de plus en plus longues annonçaient la lumière généreuse de la période estivale, lorsque la nuit tombait à vingt-trois heures. Ce n'était pas encore le cas, mais si on avait demandé à Tom ce qui le retenait en Irlande, il aurait pu évoquer la longueur des jours d'été parmi d'autres raisons. Les Américains s'en émerveillaient. Tom les avait entendus dans O'Connell Street les soirs où la lumière s'étirait de façon presque ridicule vers minuit, et qu'ils se croyaient au pôle Nord. Et si ces interminables journées étaient agrémentées d'un peu de chaleur, ça devenait inégalable. Cette météo et ces heures paisibles auraient transformé un gangster en saint. Il n'y avait jamais de vols ni d'agressions les soirs d'été, dans la mémoire de Tom, certes faillible.

Deux whiskies apparurent dans des verres joliment gravés, et le violoncelliste retourna à sa contemplation bienheureuse de la mer, de l'île chatoyante, des cormorans, et de temps en temps, avec des coups d'œil furtifs, de son nouvel ami.

— Trois cents mètres, reprit Tom, qui hocha la tête et ne dit plus rien pendant une minute.

Une fois la minute écoulée, Ronnie McGillicuddy répéta :

— Trois cents mètres.

— Ce n'est pas un problème avec ce fusil, dit Tom.

— Vous voulez essayer, Tom ? proposa Ronnie. Il est chargé.

Tom regarda Ronnie avec surprise, comme si ça ne lui avait jamais traversé l'esprit. De fait, non. De minuscules paillettes dorées et argentées se déchaînaient autour d'eux. Un instant, Tom fut incapable de dire si le soleil aurait dû se trouver face à eux – et si tel était le cas, alors l'orbe avait été englouti par le cosmos – ou dans leur dos. Mais le soleil, lui, savait, et il était en train de se coucher derrière la maison baignée de lumière et la colline invisible de l'autre côté du château. Il franchissait le feuillage d'une passiflore sans fleurs que Ronnie gardait captive dans un grand pot. La plante grimpante tenait grâce à une treille squelettique plantée dans la terre. Le trépied à fusil était un deuxième élément vertical, le troisième étant un pupitre où reposaient des partitions près de la chaise de Ronnie, avec le profond marron cramoisi du violoncelle. Tom se dit que l'instrument devait valoir quelques sous. La partition annonçait *Kol Nidrei* en lettres noires bien nettes, des mots qui auraient pu dérouter Tom, dérouter n'importe qui, mais qui touchèrent pourtant en lui une corde sensible. Un vieux souvenir. La lumière argentée et dorée semblait avoir pénétré dans ses yeux, où elle se mit à danser, ce qui manqua de l'aveugler. *Kol Nidrei*. Alors qu'il se levait sous l'œil attentif de Ronnie en train de siroter son whisky – il n'en avait pas bu la moindre gorgée, car bien sûr il ne buvait pas, mais il était heureux qu'on lui ait proposé ce verre et le gardait par courtoisie –, Tom sonda sa vieille tête à ce sujet. À dix-sept ans, il était soldat depuis quelques mois quand on lui avait annoncé son départ pour la Palestine. Oui, c'était bien ça. Ces satanés fascicules. Toujours quelque part dans les fameux cartons. Les déballerait-il seulement un jour ? Tom l'ignorait. Son sergent lui avait donné un fascicule sur les fêtes et les jours saints arabes, ainsi que les fêtes et les jours saints juifs, dans le but de ne pas offenser les habitants. Comme si son arme n'était pas déjà assez offensante en soi. Ainsi que des fascicules sur l'alimentation, les coutumes, l'histoire et tout le reste. Couplé à un manuel de conversation en arabe et en hébreu. Comment s'adresser aux femmes juives et arabes, aux jeunes filles juives et arabes, ne pas faire croire qu'il demandait à une personne, quelle qu'elle soit, de sortir avec lui. Quel est le chemin de la gare ? Puis-je avoir la clé de ma chambre ? Combien de sœurs et de frères avez-vous ? Tom avait étudié ces fascicules à fond parce qu'il avait dix-sept ans et qu'il voulait rester dans l'armée. Il venait d'être libéré de l'orphelinat et n'y retournerait jamais, et si pour ça, il fallait apprendre un millier de fascicules par cœur, il le ferait volontiers. Mais les Britanniques avaient quitté la Palestine en fin d'année, ou peu après, ce qui, allez savoir comment, prit son sergent au dépourvu. Tout cet apprentissage n'avait servi à rien, et Tom fut envoyé en Malaisie à la place, où les péchés de l'Empire pouvaient se poursuivre. Mais il avait appris pas mal de choses qui, en fin de compte, ne lui étaient d'aucune utilité, sauf là, cinquante ans plus tard, sur cette terrasse somptueuse, en compagnie de cet homme curieux et de ces mots, *Kol Nidrei*, que Tom connaissait parce que dans ce fascicule bien fait, il était expliqué qu'il s'agissait d'un chant entonné la veille de Kippour. Le jour du Grand Pardon. Des mots qui ne signifiaient pas grand-chose pour lui à dix-sept ans, mais tant pour lui à présent. Tous les serments et les promesses qu'on n'avait pas tenus durant l'année pouvaient à présent être mis de côté et oubliés : *Kol Nidrei*. Quelque chose qui ne signifiait rien pour lui cinquante ans plus tôt, mais qu'il désirait si ardemment à présent.

Ronnie ajusta les pieds sur lesquels reposait l'arme afin de la préparer pour Tom, supposa ce dernier.

— Qui est-ce qui court là-bas, Tom ? demanda-t-il en indiquant d'un geste de la tête et de la main le jardin des Tomelty.

Tom baissa les yeux.

— Oh, c'est le petit garçon de Miss McNulty.

— Je crois que c'est une fille, Tom.

— Une... une fille ?

Il observa à nouveau. Il n'était donc pas le seul à voir cette fillette.

— Je ne sais pas, dit-il lentement. Je ne sais vraiment pas.

— Peut-être que c'est un fantôme, dit Ronnie d'un ton léger.

— Mais le fantôme de qui ? demanda Tom, un peu effrayé à l'idée de sa réponse.

— Quand ils ont fait des fouilles sur l'île, dans les années soixante, ils ont retrouvé les ossements d'une enfant dans une crevasse. Même pas enterrée. Une crevasse ancienne, apparemment. Une enfant ancienne. C'est peut-être elle. Oh, elle a disparu.

— Eh bien, dit Tom.

— Vous ne croyez pas aux fantômes ?

— Si, si, dit Tom sans hésiter.

— Je vous l'ai préparée, dit Ronnie, qui ne parlait pas de la fillette, mais de son arme.

— Vous avez là une magnifique lunette, Ronnie, dit Tom en approchant son œil. J'ai une vieille Weaver sur le mien. Ce qui est déjà une bonne lunette. Mais ça, c'est... ça, c'est...

Il le pensait vraiment. Il devait y avoir eu une révolution en matière de lunettes pendant que Tom avait le dos tourné. Il n'avait pas eu à tirer avec la sienne depuis bien des années. Cette lunette semblait dotée d'un composé lumineux dont il ne parvenait pas à déceler l'origine. Là, c'était comme si les cormorans étaient sous son nez, et même les bernacles sur la roche noire, ainsi que ces lourdes jupes d'algues marron foncé qui se soulevaient avec la marée du soir. Le tout dégageait un aspect froid et sauvage. Les cormorans paraissaient sculptés dans la roche sombre. Tom se demanda ce que ça ferait de presser doucement sur la détente, de lui faire décrire cet arc de cercle avec l'index et de loger une balle dans un poitrail, de voir le volatile s'écrouler, si loin et pourtant si proche. Mais au fond de lui, Tom savait qu'il ne déclencherait jamais le coup de feu.

Lorsqu'il s'écarta avec un sourire et un signe de tête à Ronnie, il se trouva un peu bête, inquiet à l'idée de devoir tirer, mais il vit que le petit bonhomme avait placé son violoncelle entre ses jambes et soulevé l'archet pour le poser sur une corde avec les gestes d'un danseur élégant.

— Ça vous dérange si je joue ? demanda Ronnie.

— Non, non, ça me plairait beaucoup. Je vous entends tout le temps. Jouer du Bach. Bach, ça, je connais.

— Et ça ? Bruch ?

— Bach ?

— Non, non, Bruch, Bruch. *Kol Nidrei*. Bruch avait beau être un grand et vieux protestant allemand, il a écrit ce superbe morceau de musique juive.

Tom allait répondre, oui, je connais, je connais le jour du Grand Pardon, les vœux et serments non honorés, la miséricorde d'en être libéré, mais il ne dit rien. Il préférait laisser croire à Ronnie McGillicuddy qu'il était ignare. Tom n'avait pas envie de parler de la Palestine et de cette époque où, à dix-sept ans tout juste, il avait quitté l'orphelinat depuis quelques mois. Quoi qu'il en soit, Ronnie entama une première longue note avant qu'il puisse répondre. Tom se rassit sur sa chaise. N'était-ce pas l'une des choses les plus agréables qui lui soient arrivées ? Un verre de whisky – même s'il n'y toucherait jamais – dans les dernières lueurs d'un jour de printemps alors qu'un homme jouait pour lui, un homme à qui il était manifestement possible de dire des choses stupides, que ça ne dérangeait pas. Un bon trait de caractère. Tom se laissa de plus en plus aller sur sa chaise, toujours dans son manteau sombre, et les cormorans à trois cents mètres percevaient sans doute eux aussi la musique, eux qui venaient de bénéficier d'un supplément de vie grâce à la réticence de Tom, son amour de ces choses qui étaient sous ses yeux pour être vues, son trouble, et même sa vieille culpabilité, sa tête remplie d'une lumière d'or et d'argent.

Les Tomelty entendirent probablement, eux aussi, ainsi que la jeune mère, Miss McNulty, et son garçonnet en train de manger ses tomates et ses saucisses. Car ce n'était encore que l'heure du dîner. En pensant aux saucisses du garçon, celles de Tom à ses pieds lui parurent tout à coup bien sympathiques.

Ronnie McGillicuddy ne semblait pas entendre la musique, son visage était très différent, sérieux, il sursautait avec de petits mouvements expressifs, fermait les yeux de toutes ses forces en rejetant de temps en temps la tête en arrière, ses boucles s'agitant et se balançant sans même qu'il regarde la partition – il écoutait moins qu'il ne soutirait les notes à son corps.

C'était lui, l'individu sans oreilles dont Tom avait besoin. Tom resta assis, de plus en plus tassé sur sa chaise, apaisé, radouci, lui aussi les yeux fermés, devant lesquels flottait le visage bien-aimé de June. Ce visage bien-aimé, tant aimé. Pour la première fois depuis longtemps, il put le contempler sans crainte. Ni inquiétude. Comme un soldat terrifié qui se jette malgré tout dans la bataille et se rend compte que son courage a chassé la peur. Le visage qu'elle avait dans sa jeunesse, puis tous les autres, au fil des années. Le visage de June qui flottait et emportait chaque jour de sa vie. Après la mort du père Thaddeus, il y avait eu beaucoup de bons moments, semblait-il à Tom. Et même, au tout début, de la joie. De l'allégresse. June s'était débarrassée de quelque chose à la manière d'une femme empêtrée dans des toiles d'araignées. Une sorte de version folle de Miss Havisham et de l'orpheline Estella réunies en une seule personne. Peut-être pas vêtue d'une robe de mariage mais d'une aube de communiante, cette étrange robe de mariée des fillettes irlandaises. Quelqu'un avait un jour raconté à Tom que le personnage de Miss Havisham était basé sur quelqu'un ayant réellement existé, qui habitait dans l'une des grandes demeures donnant sur St Stephen's Green. Sapristi, c'était Attracta Geary qui lui avait dit ça, elle connaissait tant de vieilles histoires. Dans quelles circonstances, Tom avait oublié. Les petits étaient alors si jeunes, il y avait tant à faire, tant sur quoi s'extasier. Peut-être qu'avec la disparition de Matthews, June avait senti l'édification d'un cordon de sécurité autour de ses enfants. De leurs propres enfances. June et Tom avaient découvert chaque stade de la parentalité à mesure que les petits grandissaient. La première rentrée des classes, qui avait tant choqué Joseph. Au bout de cette longue journée, il avait dit à June : « Maman, heureusement que je n'ai plus jamais à y retourner. » Elle n'avait pas eu le courage de lui dire que ce serait comme ça tous les jours. Ces quelque vingt années où le seul horizon, la seule chose qu'ils voyaient, comme par la lucarne d'un tank, pourrait-on dire, c'étaient leurs petits. Les chaussures, la nécessaire succession de chaussures, leur taille qui ne cessait de croître, les vêtements sur leur dos, sur le sèche-linge suspendu dans le salon, sur le fil dans le jardin comme les fanions héroïques d'une armée médiévale en cantonnement. Et leur mariage, souvent une joute en soi, non sans quelques violents orages, ces fameuses disputes enflammées devant lesquelles les enfants écarquillaient les yeux d'horreur. Puis la colère qui retombait, la rage qui disparaissait, les petits mots que des parents échangent dans la moindre intimité qu'ils peuvent se créer un instant. « Je suis désolé, June. » « Je suis désolée, Tom. » La joie de la réconciliation. C'était la clef de la paix dans le mariage, qui ne fonctionnait cependant pas en Palestine, où elle était toujours loin d'être acquise, remarqua-t-il. Il fallait s'apaiser en soi-même, comme lorsque les notes de *Kol Nidrei* transperçaient Tom à la manière d'une aiguille plantée d'une main experte et sans douleur par l'éternelle infirmière de l'expérience humaine, *voilà, voilà*[1]. S'apaiser en soi et s'excuser. Accepter les perturbations inévitables et l'injustice d'un amour que Tom voyait immense dans son esprit, cet immense amour qu'il croyait sincèrement avoir pour June. Et dans leur chambre, ses vêtements magiques, ses « possessions », sa petite boîte à bijoux, le bracelet en saphir qu'il lui avait acheté chez Brereton sur Capel Street pour un anniversaire, ses pendentifs en ivoire, idem, ces petites choses en or et en argent accumulées au fil des ans, une bien maigre moisson. June était une femme sans mère, mais elle deviendrait une mère de mères, elle serait à l'origine de tout, et elle disait toujours à Winnie : « Ma chérie, quand tu seras grande et que ta pauvre vieille mère aura disparu, tous ces bijoux te reviendront. Tu les donneras à ta fille, pour qu'à son tour elle... » Et Winnie s'écriait : « Maman, maman, non, c'est impossible, parce que tu ne mourras jamais. » June répondait en riant : « C'est vrai, je ne mourrai jamais. » Une année sur deux, après avoir économisé comme des fous, ils montaient tous à bord du ferry amarré au bord de la Liffey où les entrepôts et les grues régentaient le

1. En français dans le texte original.

fleuve d'un air menaçant, direction l'île de Man, où ils louaient toujours le Gansey Cottage à l'inestimable (un terme de June) Herbert Quirke, et ils faisaient toujours les mêmes activités, seaux et pelles réglementaires sur la plage venteuse, quantités ahurissantes de fish and chips et quelques soirées dansantes pour Tom et June dans la salle animée, l'idée que June se faisait du paradis, tournoyer sur les derniers tubes. Sans oublier l'objet essentiel qui les accompagnait toujours en vacances, la petite radio de June. Tom se souvenait de ces vacances au son de Radio Caroline que June écoutait du matin au soir. Jusqu'à l'heure du dîner, en tout cas. Elle l'emportait avec elle aux chiottes, l'allumait dans la chambre quand ils parvenaient à arracher vingt minutes d'amour en priant pour que les enfants soient sages dans le jardin de la maison. Petit, Joe avait pour unique ambition de devenir un *mods*. Il adorait leur allure et leur glamour découverts en ville, il les dévorait du regard au milieu de la musique bruyante et de tous ces accents, du Lanarkshire au Lancashire, ces gars et ces filles d'Irlande du Nord délivrés pour une semaine des pesanteurs de leur guerre. Winnie connut son premier baiser à quatorze ans sur l'île de Man avec un Anglais. Tom se souvenait de la chaleur insensée du corps de June dans la salle de bal, de ses vêtements imprégnés de sueur alors qu'elle dansait encore et encore, car elle avait ce sens du rythme qui manquait cruellement à Tom, mais qu'importe, à l'époque, les danseurs ne se touchaient pas, ils inventaient chacun dans leur coin leur petit solo à base de fureur et d'extase, sauf pendant le slow, le slow tant attendu (par Tom), quand June le prenait dans ses bras, resplendissante de sueur, le visage rougeoyant, presque écarlate, « Mon Dieu, est-ce que je suis rouge, Tom ? Non, ne dis rien ! », ses bras forts, son ventre doux et plat, même après deux grossesses, sa poitrine imposante, sa chaleur, oui, cette fournaise, sa beauté folle, et ce plaisir sauvage, meilleur que n'importe quel manège de foire, que n'importe quelle vision de la mer déserte, cette femme parfaite, son idéal. Alors qu'importaient les querelles et autres disputes, June était la beauté à laquelle Tom mesurait toutes les autres. Son étalon, son modèle, c'était l'éternelle beauté de June.

La musique le transperçait, la musique l'apaisait. Les notes de Mr Bach – non, de Mr *Bruch* – clouèrent Tom sur sa chaise. Son esprit n'était en train ni de sauter, ni de galoper, ni d'enrager. Il était comme un cheval rétif aux mains d'un chuchoteur. Le poème qu'incarnait sa femme flottait devant ses yeux clos. Tout ce qu'il avait perdu. Devait-il laisser libre cours à sa colère ou faire son deuil en silence ? Il avait la folle impression que, malgré la tyrannie des dates et du temps, June était là, pas seulement dans son souvenir, mais vraiment là, alors il se gardait bien d'ouvrir les yeux. Il savait que sinon, elle se volatiliserait. Mais Ronnie McGillicuddy raclait son violoncelle en douceur, avec mille douceurs, *injectant* ce vieil air juif en Tom et en lui-même alors qu'il se balançait et marmonnait comme un fou, un pauvre hère qui a perdu la tête. Ils avaient tous deux perdu la tête, et June était vivante, vivante, belle et sage, elle serait toujours là, débordante de vie, aussi paisible que le tableau d'une vieille madone, tant que Tom n'ouvrirait pas les yeux. Il leva les deux mains pour les tendre vers ce visage tant désiré. Pour tenir ses joues douces, sa peau sombre, les tenir, les tenir.

Chapitre quatorze

Ainsi en allait-il de l'amitié, y compris d'une amitié surprenante et offerte à la légère. Pourtant, Tom ne fut nullement surpris, et même, il en éprouva un immense plaisir. Qui était donc ce McGillicuddy d'à côté ? Un petit dieu de la musique ? Tom avait survécu à cet échange sans se vautrer dans l'humiliation et sans rougir de sa stupidité. Et la fillette, eh bien, avait réapparu. Et puis, cette vieille histoire d'enfant dans une crevasse. Un corps au fond d'un ravin. Des coups de couteau. Un déchaînement de sauvagerie. Une agression sauvage. Un maelström. Et June.

Ils avaient pris ensemble le sentier montagneux sur les traces des deux prêtres. C'était simple à dire. Mais était-ce vraiment le cas ? Tom le savait en son cœur rationnel de flic, le souvenir qu'il avait de cet événement ne pouvait être réel. Pourtant, c'est ce qu'il voyait dans son esprit. C'est ce dont il se souvenait, donc c'était réel. Pas assez réel pour que ça soit utile, malgré tout. Donc réel sans l'être. Comment était-ce seulement possible ? C'était pour ça que, en se débarrassant d'un poids, June avait remplacé un vide en elle. Par quelque chose de beaucoup, beaucoup plus léger, et de beaucoup plus dangereux. La graine de sa dissolution finale ? Les petites taches de poison, le signe de la contagion. Ils avaient pris le sentier montagneux ensemble.

En ne faisant qu'un, comme un satané sandwich. Tom était le pain, elle le jambon. Elle faisait sous le manteau de Tom comme une tranche de jambon, un rat qui aurait comprimé les os de son squelette pour se glisser par une minuscule fente, se plaquant contre son dos comme si elle n'était presque pas là, et peut-être qu'en effet, elle n'était pas là. Ils avaient gagné en voiture le parking au pied de la montagne avec l'innocence de citoyens innocents ou de nouveau-nés. Ils étaient descendus de la vieille guimbarde toujours avec la même innocence. Jusque-là, ils étaient innocents. Au loin, Tom avait aperçu le dos sombre de celui qui s'était avéré être Byrne derrière son collègue, qui avait pris la tête. Non, ne mets pas la charrue avant les bœufs, se dit Tom. À ce moment-là, tu ignorais que c'était Byrne. Mais il n'y avait aucune voiture dans le parking couvert de terre poussiéreuse et de mauvaises herbes à part leur vieille guimbarde et la drôle de voiture bulle. Ils les avaient suivis de près en voiture jusqu'à ce que Tom se dise : ils portent des gros godillots et des chaussettes épaisses, ils vont peut-être en changer en prenant appui sur le marchepied de leur petite voiture, alors il vaut mieux attendre à couvert des arbres et les laisser prendre de l'avance sans se faire remarquer. Sans se faire remarquer. Puis il avait redémarré, et ils avaient bondi de la voiture – June avait littéralement bondi –, les deux prêtres loin, étonnamment loin, parce qu'ils n'avaient pas attendu très longtemps, son cerveau de flic signalant ainsi à Tom qu'ils n'avaient pas changé de chaussures. Quelle importance ? Tom avait étudié le chemin et les bois en surplomb et repéré un autre sentier entre les arbres, et allez savoir pourquoi, par instinct, il s'était dit que ça serait une bonne idée de les dépasser, car le sentier constituant peut-être un raccourci vers le sommet, June et lui pourraient attendre les types là-haut. Pour quoi faire ? Tom n'en savait rien. Il avait été vraiment choqué quand June avait sorti leur humble couteau à pain de son pull-over. Elle l'avait sorti de son pull-over puis elle s'était tapie sous le manteau de Tom comme un rat qui comprime son squelette, elle voulait être là comme aucun humain ne pourrait jamais l'être. Elle s'était hissée sur son dos en se servant de sa colonne vertébrale comme d'un corset, elle avait enveloppé sa silhouette autour de lui à la manière d'un énorme plâtre, très éloignée d'une créature humaine. Tom avait vraiment épousé une Friponne. Alors il s'élança sur le sentier, et comme il était jeune et dans la force de l'âge, Dieu lui était témoin, il avait galopé malgré les ornières et tout le reste, enjambant les troncs à terre quand ils se présentaient, et ils avaient gravi la montagne, sa bien-aimée et lui, sa précieuse June faite rat, non, uniquement avec toutes les qualités d'un rat. Ils avaient dû dépasser Byrne qui haletait plus bas avec son ventre mou et sans doute de mauvaises chaussures, son horrible pull en laine et ses chaussettes noires de prêtre qui gênaient sa progression. Ils avaient aussi dépassé son ami – mais avait-ce jamais été un ami ? –, son acolyte, son complice, celui qui avait la même faim de ces corps d'enfants, de ces âmes d'enfants qu'ils assaillaient, agressaient, souillaient, menaçaient d'anéantissement, brisant leur vie tout entière, détournant le courant souterrain de leur vie par un tel cataclysme, asséchant à jamais le puits de leur bonheur. Pour enfin parvenir au sommet, Dublin à leurs pieds entre mer et montagne, la peinture des ailes de leurs voitures étincelant peut-être à trente kilomètres, luisantes dans la plaine, mais était-ce seulement possible ? Et derrière le sommet, les petits royaumes verts de Wicklow – comme des timbres-poste qu'un enfant aurait disposés sur une page – s'étendaient, joyeux et généreux, pour contenter le cœur du promeneur, à condition qu'il lui en reste un. Puis ils avaient coupé par une acre de clairière et s'étaient mis à marcher au-devant de Matthews, qui fredonnait en activant ses jambes robustes, qui faisait de l'exercice pour avoir un cœur sain et une longue vie, et au moment où ils le rejoignirent au bord d'un long ravin, sa paroi composée de pierres acérées plongeant vers l'abîme, une gorge à vif. Comme transparente, June s'était glissée hors du manteau de Tom avec le vieux couteau à pain qu'ils avaient acheté la première semaine de leur mariage. Lequel avait tranché toutes les miches de pain qu'ils avaient jamais achetées. June luisait des reflets bleus et verts d'un martin-pêcheur qui surgissaient d'elle et voletaient partout, son visage n'était que lumière, un halo blanc et rayonnant. Elle se précipita sur Matthews, qui poussa un cri de surprise et recula, puis elle planta le couteau à une vitesse ahurissante tel un guerrier japonais, à tel point que sa main devint floue, elle le poignardait, mais il n'en savait rien, c'était allé si vite, elle avait hurlé ce qu'elle avait à lui dire avant de le tuer, Tom n'avait pas compris ses mots, mais c'était immense, des mots gros comme des rochers, Matthews avait ouvert les bras, il avait ouvert les bras en signe de supplique, de terreur, d'acceptation, Tom n'aurait pas su dire, ils avaient pris le raccourci, elle avait comprimé ses os, ça ne pouvait pas être vrai, ça ne pouvait pas s'être passé comme ça, mais il n'y avait aucune trace sur lui, où était le sang ? Serait-il un vampire, en fin de compte ? Puis Matthews s'était affalé comme un arbre, il avait basculé en perdant l'équilibre, le vide sous ses semelles, les premiers centimètres du ravin, il avait été emporté, il avait plongé si vite, Tom n'avait jamais rien vu qui aille aussi vite, pourtant, toutes les âmes chutent vite, elles chutent toujours plus bas, et Tom avait regardé Matthews dévaler en rugissant et en rebondissant sur les rochers pointus, June à ses côtés comme une lampe-tempête éteinte, solitaire, June près de lui, solitaire, June avec lui, qui avait jeté un coup d'œil à Matthews tout en bas, c'était comme s'il avait lui-même étalé ses membres sur cette terre brisée, telle avait été la pensée de Tom. June regardait, comme une paysanne qui jette du grain aux poules, l'arc du corps tout en bas, immobile, c'était fini. Tom récupéra sa femme, son adorable femme, sa June, et ils filèrent dans les bois comme des loups, des lièvres, des geais, ces animaux qui ne souhaitent pas être vus et abhorrent la compagnie des hommes. Est-ce là qu'il avait aperçu Byrne ?

C'était la vérité, au cas où la vérité soit nécessaire. Ça s'était vraiment passé comme ça. Dans le cerveau de Tom. Il alla chercher une vieille boîte de cigarillos dans un tiroir de sa chambre, la rapporta à la cuisine et attrapa les allumettes, ces objets délicats trop petits pour ses doigts. C'était le lendemain de la soirée où McGillicuddy avait magiquement joué pour lui, et où Tom, ayant recouvré sa solitude, n'avait rien de mieux à faire que d'occuper son fauteuil en rotin. Et d'admirer la vue. S'il ne se trompait pas, c'était fin mai, presque le mois de June, tout ce qu'il voyait, c'était donc à attribuer à l'été. L'été irlandais. Un vent belliqueux balayait le petit détroit de droite à gauche. Tom vit le courant déferler avec toute la passion de la marée montante. Des milliards de litres s'engouffraient entre les rochers de l'île et les rochers de la terre. Tom savait, pour en avoir discuté avec les loueurs de bateaux au port, qu'il y avait un courant tourbillonnant à la pointe sud de l'île. Il songea à cette eau déchaînée, à ces cercles mouvants et puissants. Qu'est-ce que ça ferait de nager jusque-là ? Winnie s'était mise à l'eau depuis les rochers au pied du jardin, mais sans s'éloigner de plus de trois mètres à cause du courant. Du tourbillon. Les loueurs le franchissaient tous avec un hors-bord. Les rames n'auraient pas suffi. Tom eut l'impression de sentir l'épaisseur de l'eau dans son sang. Lui aussi était envahi par quelque chose d'épais. Il parvint à attraper une allumette, la frotta trois ou quatre fois sur le flanc de la boîte, fit jaillir une flamme et alluma goulûment son cigarillo. Cette chaleur salvatrice. Cette fumée délicieuse. Il emplit ses vieux poumons, la retint puis expira lentement, comme un hippie avec un joint. Comme June avec un joint ! Il fut submergé par le soulagement. Un péché, médicalement parlant. Un homme qui a perdu son innocence. La mer avait beau s'agiter sous le vent, l'île paraître abandonnée dans ce chaos clapotant, il y avait tout de même de la chaleur en cette journée, Tom la sentait par la fenêtre ouverte, cette belle chaleur estivale toujours un peu fraîche imbibée d'un air marin et fringant. Les plaisirs de cette terre. Cet endroit où il vivait, cet endroit singulier. Auquel il ne faisait qu'emprunter quelques atomes. Jusqu'à sa propre dissolution, une fois son prêt totalement soldé.

Tom avait été si longtemps heureux. Heureux, croyait-il. Innocenté ? Justice rendue ? Mais il était flic. Son cerveau se figeait en grinçant, ses idées cessaient de tourner dès qu'il repensait à cet événement dans les montagnes. Cet événement dans les montagnes, mais de quoi s'agissait-il ? Un meurtre, un homicide volontaire, donc en toute logique une peine de prison à vie sans possibilité de libération conditionnelle en raison de la nature définitive et impardonnable du crime. Admettons que Tom ait tué Matthews. Admettons que, par amour pour June, par respect pour elle et pour les horreurs qu'elle avait subies dans l'enfance, Tom ait tué Matthews. Qu'est-ce que cela changerait pour un avocat de la défense ? Rien ? Et un sombre juge ? Et l'un de ces hommes et femmes de la classe moyenne à l'air grave qui contemplaient du haut de leur estrade le chaos vacillant d'âmes subalternes ? Une vie sans espoir de libération conditionnelle. Tuer un prêtre, un homme d'Église ? Était-ce encore un crime impardonnable ? Et si cet individu avait lui-même tué des cœurs d'enfants ? Englouti leur bonheur ? Saccagé leur être ? Violé leur intégrité physique ? Une créature immonde, noire, mauvaise, glacée, assassine et vile avec un pénis à la place de l'âme ? Était-ce toujours considéré comme un meurtre aux yeux de la loi ? Venez, O'Casey, exposer votre point de vue, votre point de vue avisé sur le Code pénal, vos mots mesurés atteindront le cœur du problème avec exactitude. Aimer les enfants ? Était-ce le pire crime de tous ? *Crimen pessimum*, l'Église disait. Un *crimen pessimum* devait être rapporté à Rome. Ce que l'archevêque McQuaid avait refusé, alors que même son évêque lui avait signalé qu'il s'agissait d'un *crimen pessimum*. Ce prêtre avec son putain d'appareil photo. C'était Byrne qui avait fait les réglages. Byrne, trouvez le meilleur angle. Que dites-vous de ça, Votre Excellence ? Laquelle ne voulait pas de scandale. C'est là que tout avait commencé. L'enfer de June s'était refermé à ce moment-là, il avait été cimenté, de même que l'enfer de milliers de filles et de garçons. Le chef de la police à la porte de l'archevêque. Qui brandissait les photos. Je vous les confie, Votre Excellence. *Crimen pessimum*. De fait. Un crime pour lequel il n'y avait pas de punition trop sévère. On aurait pu découper le coupable en morceaux, dans le style du lingchi, puis faire rôtir ses extrémités dans le style de l'Inquisition espagnole, le pendre jusqu'à la limite de l'étranglement et l'éviscérer alors qu'il respirait encore, puis le scier peu à peu de façon à obtenir quatre quarts de son corps vil, dans le style d'exécution irlandais. Tel avait été le destin de Robert Emmet. Puis charger les restes dans la charrette du boucher pour les jeter aux lions du zoo. Dans le style de la justice romaine. Exterminer, éliminer de la surface de la terre, peut-être briser chacun de ses atomes pour qu'ils ne puissent jamais intégrer autre chose. Que ce soient les étoiles, les lapins, l'eau de mer ou les bagues en or. N'importe quelle partie de la précieuse création de Dieu. Laissez venir à moi les petits enfants. Il n'y avait pas de crime plus sombre, plus foutrement terrible, plus inaccessible à la pitié humaine. Faire ça avec la paille de June dans l'œil, June dont l'essence flottait dans le vent irlandais. Ces enfants atrocement abusés. Les enfants de la sale histoire irlandaise, sans coup de clairon pour annoncer leur salut, sans paire de bras pour les envelopper d'amour, sans mains bienveillantes pour laver leurs blessures. Des prêtres ! Ces lascars chargés de répandre la piété et la bonté. Pieux et bons comme – mais on ne pouvait les comparer à aucune entité, à aucun animal, à aucune chose. Un requin, c'était dangereux, mais ils étaient au-delà du requin.

Tom tressautait dans son fauteuil comme des haricots dans la poêle d'un cow-boy. Il venait d'invoquer tant de démons. Il se sentait pourfendu par de mystérieuses épées. Des assaillants invisibles. Tuer Matthews, ça n'avait pas libéré June. Ça avait ressemblé à une libération. À une nouvelle ère. Au début de quelque chose. June avait été une formidable mère. Elle avait incarné un superbe exemple d'humanité. Une femme ordinaire qui honorait la création. Et une personne assassinée qui avait à son tour assassiné. Avec un sentiment de justice implacable. Sans confiance dans les juges, les tribunaux et les prisons. Avec une justice rapide et efficace. Elle avait regardé Matthews de toute sa hauteur et prononcé la sentence. Qu'il disparaisse de cette terre. Qu'il sombre dans un ravin jusqu'à ce que mort s'ensuive. Elle avait prononcé des paroles définitives et exécuté la sentence sans rancune ni remords. Parce que ça ne se passait que devant Dieu. Pas devant les hommes. De fait. Pas devant Wilson, ni devant O'Casey. Quoique ? Ce pauvre Wilson dévoré d'inquiétude pour Tom dans St Stephen's Green, et qui cherchait à bien faire. Obligé de troubler la retraite d'un vieux policier à cause des allégations d'un dépravé. Une menace que Byrne comprenait si bien. Un mensonge, la puissance que ça avait en soi. La vengeance que ça impliquait. Et l'efficacité. Étouffer Wilson et O'Casey sous le silence. Et en rester là. *Crimen pessimum*. Un scandale pour l'Église. McQuaid, qui n'avait rien fait. Rien. Le chef de la police, qui n'avait rien fait. Ces petits garçons dont on prenait en photo les parties intimes. Un scandale aux yeux de la police. Un scandale aux yeux de Tom. Peut-être un procès, si le procureur jugeait qu'il y avait des preuves. Et l'échantillon de sang ? Cela suffirait-il ? La parole d'un homme mauvais, lui-même destiné à être inculpé, jugé, condamné. Mais qu'est-ce que ça pouvait faire à Tom ? Il s'en fichait. Il avait honoré la seule âme qui lui importait, pas la sienne, ni même celle de ses enfants, mais celle d'une fille rencontrée au café Wimpy, qui s'était moquée de la musique que Billy Drury passait dans le juke-box, et qui, en riant, avec son visage lumineux, avait pêché un amour éternel.

Et là, alors que Tom fumait avec plus de tranquillité, profondément enfoncé dans son fauteuil en rotin, tapi comme un voleur, un bandit de grand chemin, il lâcha un pet et, même dans sa détresse muette, il en savoura l'odeur, comme toujours.

Au cours de ces dernières minutes, il avait, au cœur de ses pensées, perçu un vague bruit familier. Un grincement. Alors qu'il revenait à la réalité et fumait le dernier centimètre de son cigarillo, puis l'éteignait avec des gestes experts, il se leva pour aller jeter un coup d'œil dans le jardin. Le grand cycle de l'année était largement entamé, et il vit Mr Tomelty avec sa brouette couinante, hiii hiii hiii, un peu comme un chien qui aboie en grec. Mr Tomelty ratissait un étrange tas de fleurs fanées qu'il avait retirées d'un parterre pour donner leur chance aux nouvelles. Des pousses vertes et fraîches, comme le temps qui dessine une boucle, ou bien le temps qui demeure dans un perpétuel présent. L'éternel Mr Tomelty. Sans pour autant répondre à un coup de tête, Tom quitta la fenêtre et traversa la pièce silencieuse dans la senteur agréable du cigarillo, puis ouvrit sa porte plaintive – la réparerait-il un jour, eh bien non – pour contourner le château et aller voir Mr Tomelty. C'était son ami, après tout, il faisait partie de ses nouveaux amis. Il ne vit aucun signe de la splendide voiture. Mr Tomelty venait de charger la brouette d'autant d'herbes à transporter jusqu'au compost, et il y avait planté une longue fourche, dont le manche reposait sur les poignées.

— Comment allez-vous, Mr Tomelty ?

— Mr Kettle !

— Je ne voulais pas vous déranger, mais...

Il remarqua que Mr Tomelty était plus voûté que l'autre jour. Plus vieux, d'une certaine manière. Peut-être qu'à cause de sa tenue de jardinier, il était lui-même devenu une mauvaise herbe. Un pantalon écossais tellement rapiécé qu'on aurait dit une carte de la Yougoslavie ayant volé en éclats. Et un cardigan à ce point effiloché qu'il aurait presque pu faire office de toile pour une araignée. Des bottes en caoutchouc, comme en hommage au Mr McGregor de *Pierre Lapin*. Son visage un peu renfrogné était ridé et creusé telle une carte routière qu'on aurait froissée avant de s'asseoir dessus. Un changement incongru par rapport à l'individu pimpant que Tom avait croisé à Dalkey, et qui l'avait ramené en voiture.

— Je ne vois pas votre véhicule, dit Tom.

— Je m'en suis débarrassé il y a bien des années, expliqua Mr Tomelty.

Un mouvement attira l'attention de Tom, qui regarda la partie du château occupée par les Tomelty, et aperçut Mrs Tomelty à la baie vitrée. La référence irlandaise en matière de rosiers thé lui sourit. Il faillit lui faire signe, mais se retint.

— Je voulais vous poser une question à propos de ce que Mrs Tomelty a dit.

— Mrs Tomelty ? Margaret ?

— Oui.

— Dit quand, quoi et quand ?

Mr Tomelty avait l'air non seulement plus vieux de vingt ans, mais aussi bien plus usé.

— L'autre jour, dit Tom.

— Mr Kettle, ma femme est morte en 1988.

— Non, Mr Tomelty, non.

— Si. Nous avons été victimes d'un cambriolage. Un gredin l'a assommée. Ma pauvre épouse est décédée à l'hôpital.

— Je suis vraiment désolé, Mr Tomelty.

— C'est pour ça que je me suis débarrassé de la voiture. Elle adorait ce véhicule. Je ne pouvais plus prendre le volant sans m'attendre à la voir sur le siège près de moi. Souriante. Je ne la reverrai plus jamais. Sauf si ce qu'on dit du paradis est vrai.

Mr Tomelty ne semblait tout à coup plus aussi renfrogné et maussade. Il avait l'air apaisé, peut-être apaisé par le souvenir de sa femme.

— Je ne vous importunerai plus, Mr Tomelty, dit Tom sans savoir comment se sortir de ce mauvais pas.

Il était bien sûr venu lui poser des questions sur la fillette. Mrs Tomelty avait dit qu'elle était en vie. Mais ceci expliquait cela. Lorsque Tom regarda de nouveau en direction de la baie vitrée, il n'y avait évidemment plus personne. Plus personne, et pourtant il y avait eu quelqu'un. Tom en était à cent pour cent sûr. Il l'aurait juré devant un tribunal. Ces découvertes lui donnèrent le vertige.

— Pas de problème, dit Mr Tomelty.

Tom s'apprêtait à rentrer chez lui avec ses pensées folles.

— Mr Kettle, quand vous parliez de l'autre jour, de quel jour était-il question ?

— Vous savez, Mr Tomelty, je crois que j'ai le cerveau qui ramollit. Je ne sais pas ce qui m'a pris. Je suis vraiment désolé. Parfois... je m'embrouille.

Mr Tomelty sembla s'écarter un peu, car peut-être qu'en tant qu'individu à peine plus vieux que Tom, il craignait que sa confusion ne soit contagieuse.

— D'accord, dit-il. Tout va bien dans l'annexe ?

— Très bien, très bien, dit Tom.

— Parfait, parfait.

Prends ça et retourne fumer tes cigarillos. Tom rentra chez lui en papillonnant comme une jonquille et, avec bien plus de délicatesse et de tendresse, reprit son fauteuil. Le cigarillo lui avait peut-être empoisonné le cerveau. Mais il n'y croyait pas. Il avait à nouveau le sentiment accru d'être seul, ni plus ni moins. Il entendait à nouveau le grincement, ce grincement de brouette. Hiii, hiii, grince et grince encore. Car tu es poussière et tu retourneras à la poussière, tu es fleur fanée et tu retourneras au fumier, et par la même occasion, autant jeter la vérité, qui n'était de toute façon jamais bonne à dire.

La sonnette retentit. Une vraie salve d'artillerie. Tom faillit à son tour dire adieu à la vie. Pauvre Mrs Tomelty. Décédée en 1988. Qui avait fait ses adieux suite à un acte de violence. Mais...

C'était Miss McNulty, toute tremblante. De fureur ? Non. De peur, plutôt. Son état lui conférait une étrange humilité. Elle en était presque suppliante. En baissant la tête ou presque, elle lui tendit une enveloppe. Très fine, avec l'adresse du château rédigée à l'encre noire dans un trait épais.

— De qui est-ce ? demanda Tom.

— De lui, répondit-elle.

— Je dois la lire ?

— Je vous en prie.

En haut de la page, figuraient le nom et l'adresse partielle de l'expéditeur et, en son centre, uniquement trois petits points.

— Qu'est-ce que ça signifie ?

— Qu'il sait où nous sommes et qu'il va venir pour faire quelque chose.

Tom se dit qu'elle voyait beaucoup de choses dans ces trois points, mais il pensa aussi qu'elle avait sans doute raison. On n'envoie pas une lettre à son épouse avec seulement trois points. L'important, c'était l'enveloppe, avec l'adresse.

— Comment a-t-il su où vous vous trouviez ?

— Il a appelé papa au travail.

— Et votre père lui a donné l'adresse ?

— Je n'ai pas dit à papa pourquoi je suis partie. Pas toute l'histoire. Ne me demandez pas pourquoi.

— Qu'est-ce que vous pensez de la situation ?

— Je pense que c'est quelqu'un de très dangereux qui va nous faire beaucoup de mal.

— Vous êtes allée au commissariat de Dalkey ?

— Ils ont dit ce que vous aviez dit, qu'ils ne peuvent rien

faire. Je n'aurai aucune protection tant qu'il n'agira pas. Je ne peux pas obtenir de mesure d'éloignement parce qu'il ne dépend pas de cette juridiction.

— J'aurais aimé qu'il vous menace dans cette lettre. Mais des points de suspension...

Tom secoua la tête avec l'exaspération du policier face à des criminels contrariants.

— De quoi a-t-il l'air ? demanda Tom.

— Il a mon âge, il est mince, grand, avec une barbe rousse. Et des lunettes rondes comme celles de John Lennon.

— Mais quel homme porte encore la barbe de nos jours ?

— Lui.

— Si vous entendez quelque chose, dit Tom, si vous voyez quelque chose, même si vous sentez quelque chose, venez me chercher, ou téléphonez-moi. Je vais vous donner mon numéro.

Il rentra pour noter son numéro sur un bout de papier et le lui tendit. Tout à coup, le petit garçon était près de sa mère, il le regardait. On aurait dit un personnage qui se matérialise dans *Star Trek*. Téléportation, Scotty. Il avait les cheveux coupés très court et il était aussi brun qu'un Italien. Il avait l'air extrêmement sérieux. Le petit garçon regarda dans l'appareil à son cou, retint sa respiration et prit une photo. Les sourcils froncés, concentré. Il prit ce cliché comme s'il était employé par la police scientifique.

— Tu as eu ton appareil photo, finalement ? demanda Tom.

Le garçonnet ne comprit pas la question et ne répondit pas. Il était en train d'armer son appareil en vue de la photo suivante. Tom lâcha un petit rire aérien.

— Bravo, dit-il.

Chapitre quinze

Les semaines suivantes, la plupart des événements furent en lien avec la météo. C'était officiellement l'été, et les habitants de Dalkey firent leur effort annuel pour y croire, mais comme d'habitude, le temps fit des ricochets avec leurs croyances. Les oiseaux absents durant l'hiver et le printemps réapparurent pour des raisons qui leur appartenaient. Les hirondelles et les passereaux fusaient dans l'air infini au-dessus de l'œuvre de Mr Tomelty. Les filles passaient devant le château en tremblant dans leurs petits chemisiers chics. On ne voyait plus de manteaux, même sur les personnes âgées, et lorsqu'un orage souffla dans Coliemore Road, arrachant les feuilles nouvelles aux arbres dans un massacre prématuré, le vent s'ébattant au milieu des citoyens désespérés, ébranlant leur foi, ils prièrent pour un temps meilleur le lendemain. Le peuple irlandais. Ces pauvres hères coincés au bord extrême de l'Europe. Un jour, ils avaient pris la mauvaise route dans un paysage ancien. Ils ne pouvaient ni aller plus loin ni rebrousser chemin.

Avec quelque chose du mystère des oiseaux migrateurs, Wilson et O'Casey se présentèrent à nouveau à la porte de Tom. Pleins de sollicitude. Ils venaient lui annoncer que son sang ne correspondait pas à celui des vêtements contenus dans les vieux scellés, mais que Byrne, qui tentait toujours d'échapper à son destin, maintenait ses allégations. C'était désormais au procureur d'estimer s'il y avait assez de preuves pour inculper Tom. Ce qui était très peu probable, mais si jamais la presse avait vent de l'affaire, elle s'en emparerait. Et comme Tom le savait, le vent était l'élément dominant en Irlande. Les sujets sur le temps l'emportaient toujours. Il s'assit avec ses nouveaux amis en sachant très bien que, quoi qu'ils lui disent, si pour une raison ou une autre ça servait leurs intérêts, Wilson ou O'Casey feraient fuiter l'affaire. C'était dans la logique des choses. Tom avait lui-même procédé de la sorte une dizaine de fois. Mais il ne voyait pas ce qui pourrait les pousser à faire ça. Même s'il avait assez d'expérience pour savoir que dans la police, l'amitié était dispensable. Il fallait obtenir une inculpation à tout prix, par tous les moyens. Peut-être pas celle de Tom, mais de Byrne. Ces deux gars voulaient envoyer Byrne au tribunal, au désespoir, puis en prison. Ils voulaient fêter ça au Neary's Bar avec des pintes. Ils ne rêvaient que de ça. Tom le lisait sur leurs visages rayonnants et joviaux.

Était-il soulagé ? Il l'ignorait. Il n'était pas sûr de se soucier encore de son destin. Il se souciait de ce qui arrivait à d'autres âmes. De ce qui pourrait arriver à ce petit garçon et à Miss McNulty. Il en avait touché un mot à Wilson et O'Casey, qui avaient récité le même triste discours que les policiers du village. Que faire ? Surveiller les aéroports et les ports ? Impossible. Ce mari furieux avait le droit d'aller partout où il voulait, d'arriver par où il le voulait. C'était la règle, à la fois écrite et coutumière. Aucune loi ne pouvait venir en aide à cette jeune actrice. Peu importait qu'elle soit jolie, dit O'Casey, là n'était pas la question. En réalité, il rêvait de la voir en chair et en os. N'avait-il pas déjà aperçu son agréable minois sur l'immense panneau de l'Ambassador ? Si, si, dit-il. La sempiternelle quête d'un policier sans femme. Pourtant, O'Casey était marié, n'était-ce pas une information parvenue aux oreilles de Tom ? Il ne s'en souvenait plus. Et il n'aimait pas montrer qu'il ne se souvenait plus.

Ces derniers temps, il avait l'impression qu'il s'était plus ou moins rapproché de lui-même, qu'il se voyait sous un jour nouveau. Il avait très curieusement cessé d'avoir peur. Il était moins confus, même s'il le demeurait. Il n'y avait aucun remède à ce mal qui l'affligeait. Tom désirait tout simplement être avec sa femme et ses enfants. Il les voulait avec lui, or ça n'était pas possible. Il ne s'en remettait pas. Alors il se languissait. Mais il n'était plus aussi confus qu'avant. Il s'était raconté sa propre histoire, et il considérait avoir appris des choses sur lui-même. Il avait pris du recul, il flottait au-dessus de lui-même, il voyait tout de haut, et il voyait des choses nouvelles. Non qu'il les appréciât ou les détestât. Elles se manifestaient, c'est tout. S'il avait toujours eu l'impression d'être le plus jeune, à tout âge, il se sentait désormais le plus vieux. Il était l'aîné de Wilson et de O'Casey. Mais à une autre époque, il n'aurait pas ressenti ça.

Wilson et O'Casey prirent congé. Et, sans qu'il sache pourquoi, O'Casey eut envie de serrer Tom dans ses bras l'espace d'un instant – une accolade virile. Un peu comme un adieu, comme si Tom était un père à qui ils disaient au revoir. Wilson lui prit la main et la serra en hochant la tête d'un air mystérieux. Tom était à l'aise avec eux. Ils ne souhaitaient que la meilleure des issues. Byrne était un être inaccessible à la rédemption. S'il avait une âme, celle-ci bouillonnait dans une marmite d'acide. La façon dont Wilson agitait la main en parlant trahissait son féroce désir de l'emprisonner, de lui passer les menottes dans le dos, à ce prêtre criminel. De le conduire à son jugement et à son châtiment. Aux souffrances particulières que les hommes endurent dans leur cellule de prison, souvent subtiles et invisibles. La punition inévitable de l'âme. Ainsi soit-il.

Tom avait l'impression de ne plus être que le dernier point

lumineux sur un vieil écran de télévision. Lorsqu'on éteint pour aller se coucher. Il avait fait une provision de cigarillos au village et les fumait avec assiduité, une douzaine par jour, dans une atmosphère presque guerrière. Il sentait autour de lui la pression de l'étrange, de ce mystère que non seulement il ne pouvait pénétrer, mais qu'il commençait tout juste à accepter. Qui cessait d'être le casse-tête de sa vie. À quoi bon ? L'énergie de June, sa lumière, sa beauté, où étaient-elles passées ? Tom avait vécu sans elle dix longues années et pourtant, c'était comme s'il se trouvait sans June pour la toute première fois. Ce n'était pas ce qu'il éprouvait avant, ce qu'il avait éprouvé dans le choc originel, dans les ténèbres de l'adversité, cependant, il restait incapable de le décrire. Tom était comme un faucon qui quitte la sphère d'influence de son fauconnier, s'élève et disparaît dans les airs, brisant ainsi le fil invisible entre eux. Le fil de l'habitude et de la faim. Tom ne ressentait rien de tout ça. Il était débarrassé, on l'avait *arraché*, mais on l'avait aussi *libéré*, oui, comme un oiseau. Il n'y avait aucun diagnostic pour le mal qui le hantait. Nul médecin ou philosophe ne pouvait éclairer ça par la lueur de leur compréhension. Tom se trouvait au-delà, dans l'air raréfié du ciel bleu. Sans June, sans substance, sans Winnie, sans Joe. Mais en son sein brûlait le feu de la liberté. Un curieux mélange de ce qu'on qualifiait d'habitude de bonheur.

Certes, l'histoire était peuplée d'atrocités. Des choses tellement atroces qu'elles étaient au-delà de la description, alors pendant des années, Tom n'avait pas cherché à les décrire, à personne et surtout pas à lui. Il ne pouvait laisser cette succession d'horreurs se reproduire dans son cerveau. Il devait penser à tout le reste avant ça. Il devait penser à des choses qui n'existaient pas, s'adresser à des âmes virevoltantes qui n'existaient pas. Plutôt voir des fantômes que de raconter son histoire. Coincer son esprit dans un énorme étau en métal victorien. Mais c'était fini. Il avait cessé d'être un citoyen du chagrin, son passeport pour le chagrin avait été annulé, Tom ne pouvait plus rejoindre ses contrées. Il devait faire preuve de courage. Bien sûr, il avait toute sa vie fait preuve de courage sans le savoir. C'était évident pour tout le monde, sauf à ses propres yeux. Ce bourdonnement intérieur et sourd pendant plus de soixante ans, un mélange d'inquiétude et de trouble, avait été le carburant de son combat. Ce n'était presque plus le cas. Tom se demanda si Dieu y était pour quelque chose. Son supplice aurait-il pris fin ? Il l'ignorait. Il ne pouvait que s'interroger sur cet éclat en lui, dans ses membres, sur cette simili-extase, comme si un dieu médicinal lui avait administré un remède, un vaccin sous forme de piqûre. Tom n'aurait su le dire. C'était quelque chose d'autre qui savait. On aurait tout aussi bien pu le prévenir par téléphone. Allez, allez, tu ne peux plus ramer dans cette barque. Le courant est trop fort. Regarde, un petit port. Va te reposer là-bas.

Parce que. Après des années de normalité apparente, un jour où Tom travaillait, June avait pris le bus pour se rendre seule en ville. Joe était alors au lycée, Winnie à la fac – tous deux tirés d'affaire, apparemment heureux, vivant leur vie. Une victoire ! La victoire de la sécurité, du sanctuaire d'une enfance normale. Pourquoi ce jour-là, au milieu des années quatre-vingt, un jour qui n'avait rien de différent, Winnie dans sa piaule à UCD, Joe parti en week-end avec des copains ? La maison silencieuse. June avait quarante-cinq ans. Elle avait pris le bus à treize heures quinze – Tom avait par la suite retracé son itinéraire en cherchant des dépositions et des témoins, éprouvant le besoin de connaître tous les détails, comme la police scientifique –, elle était descendue à O'Connell Street. Elle était entrée chez Lenehans dans Capel Street – le ticket de caisse avait survécu dans son gros porte-monnaie en cuir – où elle avait payé avec un billet d'une livre, puis soigneusement rangé la monnaie, un billet de dix shillings et quelques pièces dans les petites poches. Elle avait regagné O'Connell Street avec son achat, sans doute longé le Belvedere College, Mountjoy Square, traversé Dorset Street et pris la direction de Phibsborough. Elle avait rempli son jerricane de quatre litres à la station-service à l'angle, oubliant ou, plus probablement, ignorant qu'il y en avait une sur Parkgate Street, ce qui lui aurait évité de porter le jerricane plein jusqu'au parc, soit une marche d'environ trois kilomètres. Le garçon qui vendait les journaux du soir à Baker's Corner se souvenait d'elle, il avait remarqué cette femme chargée d'un jerricane vert, elle avait attiré son attention. Elle avait finalement gagné le parc, laissant sans doute l'aire de jeux pour enfants sur sa gauche en s'approchant de la route principale qui divisait le parc en deux. Elle l'avait traversée et s'était avancée dans la partie qu'on appelait les dix-neuf acres, un grand champ avec des cerfs et rien d'autre, à la recherche d'un endroit discret. Elle était descendue dans un petit vallon peuplé de centaines d'arbustes, d'aubépines et de noisetiers. Et là, dans sa belle robe d'été, elle s'était aspergée d'essence puis elle avait mis le feu. Elle n'avait pas été repérée tout de suite. La fumée noire avait attiré trois gardiens en Jeep. À leur arrivée, le feu était éteint mais son corps fumait encore. L'herbe avait brûlé dans un rayon d'environ cinq mètres, pas au-delà. Il avait fallu une journée pour découvrir son identité, une journée pendant laquelle Tom, ignorant tout cela, avait arpenté Dún Laoghaire, Deansgrange et Monkstown, complètement dans l'erreur quant au lieu. June avait laissé un mot disant qu'elle l'aimait, ainsi que Winnie et Joseph. Quand Tom lut dans l'*Evening Herald* qu'un corps avait été retrouvé à Phoenix Park, il comprit. Il comprit, tout simplement. June avait déjà été transférée à la morgue de Griffith Avenue. Tom n'avait pas besoin de voir son visage pour savoir que c'était elle. Il aurait reconnu l'os de son doigt, si ça avait été la seule chose qui restait. De toute façon, le petit porte-monnaie en cuir carbonisé ne mentait pas. Ni les chaussures à la mode qu'elle avait achetées une semaine plus tôt chez Penneys. Ni les quelques fils noircis de sa robe d'été. Ni son alliance en or avec leurs noms gravés à l'intérieur, *June♡Tom*, ni son bracelet en saphir.

C'était étrange et terrible que d'enterrer sa femme dans un cimetière qui avait toujours été séparé de chez eux par trois cents mètres. Leur maison s'étendait-elle désormais jusque-là ? Fleming en uniforme d'apparat, comme le jour de sa visite. Toutes ces femmes avec lesquelles June s'était liée d'amitié à Deansgrange et que Tom ne connaissait pas. En une longue file pour lui serrer la main, une ou deux le prenant avec vigueur dans leurs bras. La douce chaleur de leurs beaux manteaux. Des inconnues venues apporter un peu de réconfort. Winnie et Joe, qui l'encadraient comme des gardes présidentiels, dont Tom voyait les yeux papillonner comme à la recherche d'un assassin. Mais la mort avait déjà œuvré. Ils étaient ses enfants, et l'histoire de leurs parents les avait conduits ici. L'étrange météo glaciale en ce jour d'été, ce corps dans cet affreux cercueil – elle n'en aurait jamais approuvé le style –, les beaux visages sombres de ses amis, Fleming en larmes lorsque Tom avait prononcé quelques mots devant le tombeau ouvert. Des présences anodines. Mrs Carr était déjà morte à l'époque, mais Tom s'attendait quand même à la voir surgir. Les corbeaux qui se regroupaient dans un arbre, une multitude de taches noires au moment où le pasteur bienveillant – Mr Grene, de l'épicerie du rond-point – disait des choses vraies et belles au sujet de June, les corbeaux croassant en guise de réponse, surpris mais nullement dérangés par l'agitation au pied de leurs hêtres. Winnie ne pleurait pas, comme si les larmes avaient été le côté positif du chagrin et qu'elle baignait dans le négatif, rien que le négatif. June avait été une mère formidable, sans aucun doute. Et quand le pasteur dit ça, son homélie ne fut en rien trop généreuse. Winnie ressemblait à June vingt-cinq ans plus tôt, et c'était comme si June assistait à ses propres funérailles. Joe était sous le choc, confus, un homme à qui l'on donne des informations urgentes et terribles dans une langue étrangère. Simon, son copain, un bras autour de ses épaules. Ils tremblaient de chagrin. Ils tremblaient comme des chiens apeurés ou des poulains nus qui tentent de rassembler leurs membres sous eux en un nouveau monde déconcertant. Un monde où June n'était plus. Il n'y avait encore pas si longtemps, le prêtre de la paroisse n'aurait pas permis qu'elle soit inhumée en terre sainte. Heureusement, putain, ce n'était plus le cas. Ces putains de prêtres. Pas de putain de prêtre à la cérémonie. La succession d'yeux, voilà ce dont Tom se souvenait, les amis de June, leurs âmes élégantes et compréhensives, la surprenante attitude immobile de Winnie – son immobilité face au désastre comme une prière silencieuse faite à sa mère. Puis les jours lents et cruels, quand le cerveau dut absorber la réalité de ce qui s'était passé. Quand la nouvelle leur parvint finalement. Leur mère. Sa femme. Cette femme merveilleuse. Qui avait survécu à tout, sauf à la survie. Winnie n'avait pas tant le cœur brisé que plus de cœur du tout. Elle avait servi le thé dans la théière vert foncé à la maison et préparé de drôles de petits sandwichs, si petits qu'on aurait dit qu'ils étaient destinés à un enfant délicat. De minuscules triangles de jambon. Une addition réduite à sa forme la plus simple. Les plus petits sandwichs au monde. Et ce thé chaud à vous brûler les lèvres. Dans les tasses que June avait achetées chez Woolworth à Dún Laoghaire vers 1968. Du pop art criard qui avait cours dans les années soixante. Remué avec les cuillères à café de chez Totterdell. Des assiettes de chez Arnotts – June était descendue en ville exprès, puis elle avait rejoint Tom après le travail chargée de son lourd carton à l'angle de O'Connell Bridge et de Bachelors Walk. Tom inquiet de ralentir la circulation (une préoccupation de flic), pendant qu'elle déposait le tout avec délicatesse dans le coffre de la voiture comme une livraison d'œufs fraîchement pondus. Le chauffeur du camion derrière qui klaxonnait avec un grand sourire. Elle lui avait fait le V de la victoire hippie de la main droite. Un signe de paix. Tout va bien en ce monde. Cette chambre où chaque objet, chaque couleur, chaque pièce de mobilier, chaque photo au mur, Bette Davis, Bob Dylan, leur plage préférée sur l'île de Man, le vieux phare de Dungeness où ils étaient une fois allés en vacances, pour changer, tout avait été choisi et disposé par elle. Et le lit ce soir-là, ce lit que Tom considérait toujours comme celui de June. Ce lieu à l'abri de tout dans la nuit noire. Où Tom était son chien de garde, son chien de Culann. Au temps des hiboux, au temps de la lune. Mais sans elle. Les enfants dans leurs chambres d'enfant. Et elle dans un cimetière froid comme l'été. Sa dépouille dans cet abominable cercueil. Son cœur qui avait cessé de battre. Son esprit de réfléchir. Son visage de s'éclairer et de s'assombrir. Ses mille humeurs, ses manières de penser, ses enthousiasmes, ses détestations. Et dans la cuisine, sur la planche à pain froide et sombre, le couteau à pain sacré. Qui, même s'il avait tué, n'avait pas tué. Qui, en exécutant, n'avait rien exécuté. Qui, en cherchant à être l'instrument de la rédemption, n'avait permis aucune rédemption.

Chapitre seize

Ces tristes stations du souvenir, Tom avait désormais le courage de les affronter. Un courage qui venait sans doute des profondeurs de la terre de Dalkey. Une aubaine, un bénéfice. La poussière lui faisait un cadeau que Tom était prêt à accepter. Quelque chose s'était glissé sous sa vieille caboche, une sorte de fierté songeuse.

Winnie. Les tristes stations de Winnie. La meilleure des filles. Qui coupait les sandwichs de plus en plus petits avec ce couteau innocent. Les défis de sa deuxième année universitaire tout à coup infiniment plus immenses.

Elle passait parmi les gens endeuillés avec la théière et les sandwichs et, lorsque ce n'était pas nécessaire, rejoignait son père. Mettant alors un bras sous le sien pour le soutenir et se soutenir elle-même. Toutes les dix minutes, elle venait se blottir dans ses bras, et il la serrait contre lui. Elle répétait ce geste comme une malade d'Alzheimer, comme si c'était à chaque fois la première fois. Le lendemain, Joe et elle avaient emmené Tom dîner dans ce restaurant japonais tout au fond de Blackrock. Joe n'était encore que lycéen, mais il avait déjà une bonne idée de ce qu'était le chagrin. Ils n'avaient jamais été aussi proches que ce jour-là, alors qu'ils étaient pourtant déjà très proches. Rien que de bonnes choses entre eux. Quelques années plus tard, Joe partirait, mais ce n'était pas comme s'il n'avait pas de bonnes raisons pour ça. Il y avait trop de tristesse à la maison pour qu'il la supporte, pour qu'il y vive, et de toute façon, d'autres choses lui pesaient. Winnie avait passé la commande des plats comme le capitaine d'un navire.

L'année précédente, elle avait été major de sa promotion, mais cette année-là, elle se classerait parmi les bons derniers.

Tom lui avait demandé mille fois : « Tu vas bien ? », et elle répondait : « Mon Dieu, oui, papa. » Elle n'avait jamais eu l'idée de lui dire la vérité, à savoir que son cerveau était un chou cuit par la douleur. Elle était hantée par l'horreur de la décision qu'avait prise sa mère. Puis, ce que Tom n'aurait jamais imaginé, elle s'était mise à boire, en tout cas il le pensait, car elle ne prenait même pas soin de débarrasser les bouteilles chez elle. Son petit salon donnait l'impression d'être le lieu d'une fête triste et permanente où personne ne rencontrerait jamais son futur amour, et où la gueule de bois précédait même le premier verre. Le cerveau de flic de Tom voyait tout, les restes de joints suspects dans les soucoupes et, plus troublant, par la suite, une aiguille dans la poubelle à pédale débordante. Une seringue. Winnie prétendit que c'était celle d'un ami diabétique. Tom eut envie de la croire. Il remarquait tout et il se posait des questions, mais les mots lui manquaient pour déverrouiller la souffrance de sa fille. Il allait consciencieusement la voir en lui apportant une livre de saucisses ou l'équivalent, du pain frais de la boulangerie. Il prononçait des mots simples et paternels : « Comment vas-tu, Winnie, ma chérie ? » « Je vais super bien, papa, super bien. » C'était arrivé peu à peu. Elle obtenait ses examens de justesse, elle assistait au banquet de fin d'année, et elle avait finalement décroché son diplôme, oui, mais pendant ce temps, une tout autre musique retentissait. Tom voyait qu'elle n'allait pas bien. L'admirer autant et avoir en même temps si peur pour elle... Dans les derniers temps, Winnie avait même un petit ami, un beau garçon qui habitait dans la partie la plus chic de

Monkstown, au visage fort et sombre, presque son jumeau. Son complice ? Aussi désespéré qu'elle ? Le mari dont elle rêvait ? Avec une immense nervosité, elle lui avait amené ce garçon, une seule fois. Il avait l'air d'un poney pris de panique. Tom l'avait apprécié, il avait vraiment souhaité le meilleur pour eux, oh mon Dieu, oui. L'amour humain. Ils allaient bien ensemble, ils étaient si beaux, et ils étaient repartis avec soulagement.

« Au revoir, papa », avait-elle dit en tournant vers lui ce visage si doux, comme si elle prévoyait de s'absenter un long moment. Elle avait une bonne place aux Four Courts, oui, elle était du genre à gravir les échelons. Il y avait tant de Tom en elle, encore une fois. La justice, les droits du citoyen. Cette fierté qu'il ressentait, une telle fierté. Mais Tom n'en avait jamais calculé le coût. Les chiffres étaient éparpillés par terre. Des filets à provisions emmêlés, du fil de pêche entortillé. Cette cruauté sans bornes des Parques.

Pourtant, Tom avait réagi, oh oui. Comme n'importe quel idiot, ou n'importe quel sage. Il avait rendu visite à ces bonnes gens du Stanhope Center pour se faire conseiller. Il y avait là un petit gars, « un rescapé de New York », il se présentait ainsi, avec une fine moustache et une grande idée. Tom se demanda, en l'écoutant, combien de parents de jeunes gens qu'il avait lui-même envoyés à Mountjoy avaient atterri ici, aussi désemparés que lui. « Elle boit juste un peu », s'entendit dire Tom, en véritable idiot. « Tom, elle est accro à l'héroïne », avait rétorqué le petit Yankee. La stratégie, c'était d'intervenir. Jurer à Winnie que Joe et lui couperaient les ponts si elle refusait de se faire soigner. Au centre de désintoxication Rutland. Chaque bâtiment de Dublin portait-il donc le nom d'un général anglais ? Tom avait eu ce courage. Une dispute monstrueuse. Mais pour finir, l'esprit de sa fille comme vaincu. Elle était partie en cure. Au bout d'un mois seule là-bas à lutter contre ses anges et ses démons, elle allait mieux. À partir de ce moment-là, Tom avait eu le droit de lui parler et de la revoir, lui dire qu'il l'aimait, la serrer très fort dans ses bras et pleurer des larmes secrètes dans une sorte d'exaltation timide. Lors de l'un de ses derniers jours au centre, Winnie avait passé une heure assise en silence devant lui. Sans un mot. Tous deux tête baissée, proches comme des amis intimes. Tom presque anéanti par l'amour qu'il avait pour sa fille. Il avait manqué s'évanouir. Puis la cure avait pris fin, et il y avait eu quelques bons mois. « Ça va me servir, papa. Je serai une meilleure avocate grâce à ça, tu verras. » Splendide Winnie. Des mois et des mois. Des projets, le petit ami, des enfants en perspective ? Cela les sauverait-il ? Sûrement. Les petits-enfants de June. Tom était très excité par cette idée, elle le consumait lentement au cœur de ses nuits. Quelque chose à sauver des flammes. Le cœur et l'âme de sa précieuse fille. Puis tout avait pris fin. D'un coup. Une rechute, comme ça arrive avec les drogués. Au cœur des ténèbres de l'hiver. Winnie avait fait une overdose et s'était cognée contre son radiateur. Elle avait passé des heures comme ça avant qu'on la trouve. La moitié du corps brûlé. « Elle était déjà morte, Tom », annonça le légiste d'une voix particulièrement douce et particulièrement gentille. Tom s'était obligé à entrer dans la chambre. Sa détresse en voyant la scène. Les jeunes policiers de Store Street qui parlaient tout bas. Une fois que tout avait été dûment consigné, il l'avait fait transporter au funérarium de Five Lamps dans le corbillard de la police.

Fleming avec sa flamme de l'amitié. Tous les amis de Winnie, cette fois. Au cimetière, pour l'enterrer – du moins, ses cendres – avec sa mère.

« Tout ce que nous pouvons faire, nous le ferons », avait déclaré Fleming. Et ce qu'il pouvait faire, il l'avait fait. Mais comment aurait-il pu la ramener d'entre les morts ? Or, c'était ça dont Tom avait besoin. De Winnie, et de June. D'une certaine manière, Tom comprenait mieux ce qui s'était passé pour June que ce qui s'était passé pour Winnie. Alors il demanda à Dieu de lui rendre Winnie, le temps de comprendre. Ce que Dieu fit, plus ou moins, sans que rien ne permette à Tom de comprendre vraiment. Il en savait désormais encore moins sur les instants et les détails, et plus sur les mystères du cœur humain. Il arrive des choses aux gens, certains portent d'énormes fardeaux prêts à les terrasser s'ils ne faiblissent ne serait-ce qu'un instant. C'était le devoir de Tom de ne jamais lâcher. Mais chaque jour, il lâchait. Chaque jour, il était terrassé, puis, le lendemain matin, il se relevait comme un personnage de dessin animé. Bip Bip et Coyote, Bugs Bunny, écrasés, mais debout juste après. Il n'y a jamais l'odeur de la mort dans un dessin animé.

Et tout à coup, Tom vit l'affaire du point de vue de Fleming, du point de vue de Wilson et O'Casey. Fleming leur avait sûrement tout raconté, s'ils ne savaient pas déjà. Avoir le courage de faire subir à un tel homme avec un tel destin le tourment supplémentaire d'un procès. Un retraité décoré d'une putain de médaille Scott. Après neuf mois de tranquillité. Une victoire si peu glorieuse. Tom ne pouvait s'étonner que ces neuf mois se terminent. Pas par un accouchement, mais par de nouveaux soucis. Qui étaient les potes de Job ? Qui étaient les amis de Jonas ? Était-ce donc ça le ventre de la baleine en cette sombre nuit d'été ? Était-ce le destin de Tom que de rester couché dans la nuit blanche, de confondre les étoiles avec les vers luisants du ventre de la baleine ? Pourtant, il y avait des étoiles en nombre infini au-dessus de la vieille île rugueuse et de ce faux château. Une lueur d'étoiles démocratiques, bonnes et douces. Qui luisaient dans l'encre sans fin du ciel. Des messages sans urgence de Dieu ? Ces pièces qu'on mettait dans les machines à la fête foraine pour finir par comprendre que...

Puis ça avait été le tour de Joe. Son Joe secret, si secret. Joe ? Pourrait-il seulement se raconter cette histoire ? Peut-être par des chemins tortueux, à couvert d'arbres moussus. Une histoire de maison détruite. Ces longues lettres que Joe lui envoyait, elles avaient pourtant été les chapitres d'une histoire florissante. Si Tom les relisait à présent, peut-être pourrait-il y déceler les petits indices du malheur. Mais il n'en avait pas la force. Cette écriture scripte curieusement enfantine. Comme si Joe imprimait ses propres mots pour un document officiel. Tom voyait son fils écrire comme ça à la table de la cuisine déjà à l'époque où il faisait ses devoirs, avec la même vitesse et la même fluidité qu'en écriture cursive. Ça aurait été bien pratique pour un brigadier, dont les gribouillis pouvaient être aussi déroutants que ceux d'un médecin. La belle écriture de Billy Drury, Tom la revoyait encore. Ce bon Billy Drury avec ses cheveux blonds en bataille, qui respectait la loi à la virgule près, sauf en matière d'amitié. Plus convaincant quand il mentait que lorsqu'il disait la vérité. Avec son accent de Roscommon. Et sa bouche figée d'un seul côté comme la ville de Loughglynn. Mais Joe écrivait comme le martin-pêcheur vole – tout droit, avec rapidité et élégance, ses traits étincelants d'intelligence. Un docteur en médecine. Ses lettres pouvaient faire vingt pages. Des chroniques d'Albuquerque, où il habitait, des Zuñis, avec qui il travaillait. Les gens qu'il croisait dans les bars, ces étranges boulevards immaculés de l'Amérique impériale. Tout est si propre ici, écrivait-il, on dirait les photos de l'Angleterre des années vingt. Sauf les terres réservées aux indigènes, ces Indiens pueblos déplacés chez qui tout n'était que pauvreté et désolation. Sinon, le reste est comme ça, peut-être à jamais, et pourtant, tout a toujours l'air prêt à sombrer dans le néant. Les tempêtes et les tornades qui secouaient les oreilles des habitants. Il pouvait y avoir jusqu'à vingt tornades par an. Tom avait vu un peu de tout cela lors de sa visite. Dans les longues lettres de Joe, il guettait toujours des nouvelles d'une personne en particulier. Selon lui, il fallait quelqu'un à Joe. Peut-être se trompait-il. Peut-être y avait-il eu une allusion une fois ou deux ? Tom n'osait pas poser la question. Il aimait croire que Joe était amoureux. Que son cœur s'emballe et batte la chamade pour contrecarrer son visage sérieux. Il avait grandi tardivement. N'avait jamais eu de petite amie stable au lycée, puis ça avait été la petite révélation. Un garçon qui aimait les garçons. Mais où étaient ces garçons, alors ? Y avait-il un jeune homme, là-bas, dans ce désert ? Aucun que Joe se soit soucié d'évoquer auprès de son père, en tout cas. Racontait-il ce genre de choses à sa mère ? Pendant tous ces jours que Tom avait passés avec son fils dans la belle Buick à se promener comme deux amis, Joe n'avait jamais parlé d'amour. Pas plus que dans ses lettres. De belles lettres, pourtant, pleines de détails sur l'ancienne piste de Santa Fe. Joe y partait en excursion pendant ses jours de congé. Les comptoirs de commerce, les vieilles grottes où les voyageurs se réfugiaient. Ces pueblos qui se dressaient encore dans les plaines désertiques. Son pueblo, sur lequel Joe avait appris tout ce qu'il pouvait, les confréries tribales, les méthodes de la médecine ancestrale. Joe savait que les gens allaient d'abord consulter leurs guérisseurs, ne venant le voir que lorsque tout avait échoué. Il savait recoudre une plaie, mais il n'avait aucun talent pour chasser les dangereux poisons des sorcières. Ça ne le gênait pas. Il aimait son travail. Il avait des amis parmi les Indiens, qu'il appelait ses potes autochtones. Au bout d'un moment, ils lui avaient montré les peintures murales et les vieux dessins sous les falaises qu'aucune tempête de pluie n'avait jamais pu effacer. Les serpents et autres bestioles – « Papa, si jamais un serpent à sonnette te mord, il faut s'assurer que la morsure est plus basse que le cœur. » Ou était-ce plus haut ? Tom avait lu les lettres avec attention d'un air sombre, saisissant parfois l'étrange tristesse qu'elles contenaient, et l'absence de plaisanteries. Partir si loin pour faire ce genre de choses, des choses importantes, sans aucun doute. Joe n'avait pas les mêmes revenus qu'un vrai médecin de ville avec une clientèle blanche, mais ça lui permettait malgré tout de vivre comme il le souhaitait en Amérique. De souffler. Loin de l'Irlande. Loin de ce qu'il ne pouvait supporter. Parmi les Zuñis avec qui il travaillait, il était au cœur de quelque chose de si ancien. Qui dépassait de loin la notion irlandaise du temps. Deux mille ans au moins qu'ils vivaient là, dans ce village appelé le « lieu du milieu ». Des problèmes d'alcool, de drogue, mais aussi des moments de beauté pure lorsque les danseurs entraient dans le village vêtus de costumes de cérémonie, chancelants comme les morts zuñis ressuscités. De longues heures de danses et de chants. Ils étaient sincères, ils y croyaient vraiment. Aucun Irlandais n'aurait su dire ce que faisait son peuple à l'époque du Christ. Les Zuñis, eux, savaient – ils faisaient déjà tout ça. Joe avait déclaré que c'était son privilège de les servir du mieux qu'il pouvait. Ce Joe au grand cœur, si intelligent.

Mais peut-être aussi en réalité un simple d'esprit... Parce que ça avait été la cause de sa mort. Quoi que Joe ait été, quoi qu'il ait cru, quoi qu'il ait montré aux gens, quels qu'aient été ses secrets, tout ça avait apparemment été la cause de sa mort.

Quand Tom reçut le télégramme, Fleming le laissa partir sur-le-champ. Ils étaient plongés jusqu'au cou dans une affaire à Dolphin's Barn, deux trafiquants d'héroïne, des petits bras, dont on avait retrouvé les corps sans vie. Sans doute une exécution. Eux-mêmes toxicos, provoquant des troubles et des drames dans le voisinage parce qu'ils vendaient de la drogue aux plus jeunes. Ils s'apprêtaient à monter un nouveau business à la sortie des écoles. Mais Fleming avait dit qu'il s'en chargeait, t'en fais pas, Tom, prends le prochain vol. C'était ce que Tom comptait faire, mais quand Fleming le lui avait dit, il s'était senti ému. Ému au cœur de son chagrin intense. Ce qui était étrange. Il en était conscient. D'un autre côté, il craignait tellement ce qu'il allait trouver. Parce qu'il savait ce qu'il allait trouver. Le corps de son fils, certainement dans une morgue. Il ne *voulait pas* faire ça, mais son plus profond instinct le poussait à partir. Et vite. S'il n'y allait pas, peut-être les longues lettres continueraient-elles à arriver ? Des lettres qui tiraient parfois un peu à la ligne, n'est-ce pas ? Même si, à partir de cet instant, Tom aurait tant donné pour recevoir d'autres lettres. Continue, Joe, je t'en supplie, ne sois pas mort.

La Malaisie était bien plus lointaine qu'Albuquerque, pourtant Tom n'avait jamais eu l'impression de partir aussi loin. Qui étaient ces gens dans ces aéroports identiques ? Trop bien nourris, avec des vêtements trop neufs et trop propres. Ça le décontenançait. Il était déjà confus en attrapant son premier avion à Dublin. Il ne cessait de repenser, encore et encore, au moment où il couchait Joe et Winnie dans leur enfance. Ça lui revenait en boucle. Comme une bobine bloquée dans le cinéma de Glasthule. *Pour une poignée de dollars*, les tentures du sol au plafond qui cachaient les murs troués par des milliers de brûlures de cigarettes. Winnie et Joe. Tom était leur protecteur. C'était sa tâche sacrée. Il fit trois escales et, à chaque fois, s'affala dans une chaise en plastique sans manger ni boire, se contentant de regarder fixement le tableau des départs. Lorsqu'il arriva à Albuquerque, complètement décalé, presque sourd et aveugle, il n'aimait plus l'Amérique. Il n'aimait plus rien. Ni la vie. Ni respirer. Le trajet avait été si pénible qu'il ne savait presque plus pourquoi il l'avait entrepris. Ce ne fut que lorsqu'il se réveilla le lendemain matin à cinq heures dans son hôtel sans comprendre où il se trouvait, après s'être forcé à boire un mauvais jus d'orange et à manger un peu d'œufs au bacon, qu'il reprit peu à peu ses esprits, ce qui ne fut en rien providentiel. Son fils, son fils. Tom était tellement perdu dans la douleur qu'il ne pouvait presque pas parler. Il n'avait goût à rien. Rien ne semblait réel. Il ne se serait pas senti plus mal s'il avait été un rat au ventre rempli de poison bleu. Suite à ses deux premiers deuils, il s'était dit qu'avoir Joe pour lui seul était une étrange récompense. Comme si on pouvait recevoir de l'argent qu'on possédait déjà, soupeser dans sa poche son propre or touché en guise de rétribution. Et là, ça avait cessé d'être vrai. Tom n'était pas seulement triste, il était déchiqueté par la fureur. Sa fureur contre le réceptionniste, sa fureur contre la gentille serveuse du petit déjeuner. Ce vieil Irlandais, grand, costaud, pas commode. Un cauchemar. Il y a un putain de cauchemar à la table sept. En se levant pour retourner dans sa chambre, il s'excusa auprès d'eux deux. « Mon fils... », commença-t-il à dire, sans aller plus loin.

Il appela le numéro qu'on lui avait donné et obtint un rendez-vous avec le shérif du pueblo zuñi. Tom connaissait le chemin, il y était déjà allé avec Joe. En tout cas, il croyait s'en souvenir un peu. Mais ils riaient parfois tellement que Tom n'avait pas toujours fait attention à la route. Joe était l'une des rares personnes sur cette terre de Dieu capables de le faire rire. C'était le fils le plus drôle qui soit. Il savait réveiller l'humour rouillé de Tom. Le pueblo était situé à deux cents kilomètres d'Albuquerque et à quinze de la rive où le corps de Joe avait été découvert. Pourtant, on avait dit à Tom que Joe avait été tué chez lui. Qu'on y avait retrouvé des traces de sang. En fin de compte, son corps avait été transporté jusqu'à une rivière asséchée sur les terres zuñies, et abandonné là. Une rivière asséchée au pied d'une grande falaise. Où se trouvaient ces fameuses peintures. C'est ce qu'ils croyaient, en tout cas. Ils ne pouvaient rien lui dire d'autre. « Le shérif va vous expliquer, Mr Kettle. Soyez respectueux sur place au pueblo. »

Tom avait loué une petite voiture et parcouru les kilomètres de ce désert dont il ne se souvenait en réalité qu'à moitié, passant devant d'autres pueblos et des océans de pâtures broussailleuses. Le pueblo zuñi se composait de maisons récentes et d'une rue principale hétéroclite avec des bâtiments plus anciens au centre, ainsi qu'une vieille église massive. Tom passa devant le petit dispensaire. Il eut envie d'aller voir Sean, l'autre médecin, juste pour s'assurer qu'il tenait le coup. Il se promit de le faire, puis oublia presque aussitôt.

Le bureau du shérif se trouvait dans un petit bâtiment bien fichu plutôt récent avec des murs en parpaing et un ventilateur au plafond. Le shérif était assis dans son fauteuil pivotant derrière un bureau métallique. Il avait des traces de sueur sous les aisselles, mais son uniforme était nettoyé à sec, impeccable, et un climatiseur vrombissait quelque part comme une cage remplie de tigres qui aurait pourtant été très loin.

Le shérif était extrêmement poli. Un homme un peu usé, peut-être. Le visage sérieux mais souriant. Il y avait une arme dans un holster posé sur un meuble derrière lui. La police tribale avait-elle les pleins pouvoirs ? Tom l'ignorait. Au Nouveau-Mexique, sur n'importe quel sujet, il naviguait à vue. Il naviguait à vue partout. Le shérif lui paraissait indien. La tête de Tom était pleine de tout ce que Joe avait raconté sur les autochtones dans ses lettres. Combien il les admirait et les respectait, tout comme leur mode de vie. Tom en avait été témoin lorsqu'il avait vu Joe parler à Sean. On percevait l'admiration dans sa voix. Mais son instinct empêcha Tom de le dire au shérif. Il ne pensait pas que ce dernier serait content d'entendre des clichés sur les Indiens. La retenue était de rigueur.

— Mr Kettle, ravi de vous rencontrer. Désolé que ce soit dans ces tristes circonstances.

— Je sais. De même, dit Tom, et je vous remercie de me recevoir. Vous devez être très occupé.

— Vous êtes inspecteur chez vous, en Irlande, c'est bien ça ?

— En effet, en effet.

— Votre fils se trouve dans notre petite morgue. J'ai déjà effectué toutes les formalités. Il peut repartir dès demain. Vous aurez sans doute envie de le ramener chez vous.

— C'est le cas.

Renvoyer le corps dès le lendemain ? N'en avaient-ils pas besoin pour l'enquête ? Qui avait tué son fils ? On avait dit à Tom qu'il avait reçu deux balles dans la nuque, alors qui était le coupable ?

— J'imagine que vous voulez savoir ce qui lui est arrivé, dit le shérif, comme s'il lui répondait.

Le shérif lui expliqua alors qu'ils n'auraient peut-être jamais retrouvé le corps de Joe si son assassin ne s'était pas constitué prisonnier dès le lendemain matin. Oui, inspecteur, il a tout avoué. Il va faire de la prison, c'est certain. Le shérif lui dit que c'était un homme du pueblo. Un père, comme Tom. Tom demanda au shérif pourquoi cet homme avait tué Joe. Le shérif dit que ça allait être difficile à expliquer. Qui était-ce ? Un type ordinaire, répondit le shérif, comme vous et moi. Je le connais depuis toujours. Tom chercha une question plus pertinente, essaya de réfléchir comme un policier, la seule chose qui lui restait. C'était terrible de réfléchir tout court. Réfléchir, peu importait de quelle manière, au meurtre de son fils, c'était comme une torture qu'on s'infligeait soi-même.

Il avait fait chaud sur le parking, mais le bureau était froid comme un réfrigérateur. Tom sentait la sueur se glacer sous sa chemise. Dehors, la petite voiture de location paraissait abandonnée. Il l'apercevait à travers la porte vitrée. Il voulait ramener Joe à la maison, mais ça n'arriverait jamais. Car il ne ramènerait jamais vraiment Joe.

— Mr Kettle, venez chez moi, nous allons vous faire à manger. D'accord ? proposa le shérif en se levant.

Tom fut surpris. Il aurait pu être en Irlande, il y avait encore cinquante ans. Un peu de courtoisie.

— Venez, Mr Kettle, dit le shérif en lui tenant la porte.

La chaleur du Nouveau-Mexique s'engouffra.

— Venez avec moi. Je vais tenter de vous expliquer. Ce ne sont pas des choses faciles à dire à un père.

Ils se rendirent dans le pick-up du shérif jusqu'à l'une des maisons neuves avec une poignée d'arbrisseaux. Sa jeune femme préparait le repas dans la cuisine. Elle apporta bientôt les plats, et Tom s'y attaqua, assis à leur table en plastique. Le shérif ne semblait pas avoir faim. Il faisait tourner un paquet de cigarettes dans une main. Des Parliament. Apparemment sans la moindre intention d'en sortir une. Tom dévora des quantités de haricots. La faim du condamné.

Puis ils restèrent à table, et le shérif lui dit doucement :

— Cet homme qui a tué votre fils était lui-même père d'un jeune garçon. L'enfant est tombé très malade, tout a été fait pour le sauver. Son père était persuadé qu'une puissante sorcière avait maudit son petit. Votre fils n'était pas d'accord. Il a dit que c'était une anémie aiguë, que l'enfant devait aller au grand hôpital d'Albuquerque. On a retiré le garçon au chaman. Le père a protesté. Il était très en colère. Et lorsque le garçon est mort à l'hôpital, il a accusé votre fils. Je ne sais pas si ça a du sens pour vous.

— Et c'est pour ça qu'il l'a tué ? demanda Tom.

Son cerveau était submergé par une vague de compréhension qu'il refusait pourtant d'accueillir. Qui traversa sa tête telle une flamme ardente. Sans être pour autant la bienvenue. Tom avait besoin de haïr cet homme. Cet homme méritait sa haine. Il se dit que s'il était face à lui, il voudrait peut-être le tuer. Il s'imagina faire ça, étrangler ce type, un type qu'il n'avait jamais vu.

— Je crois que oui. Je suis désolé, Tom. C'est un gars ordinaire. Je le connais depuis toujours, répéta-t-il. Il est l'incarnation même du remords. Il va passer vingt ans dans une prison fédérale.

Cette nuit-là, Tom dormit sur le canapé du shérif et le lendemain matin, ils se rendirent à la morgue. Il n'y avait que deux emplacements dans cette pièce nue où avait été ajoutée une table d'autopsie.

Plongé dans ses pensées, le shérif ne disait presque rien. Tom ne parvenait pas à imaginer ce à quoi il pensait. Une partie de lui voulait voir l'assassin, lui parler, mais de quoi, il n'aurait pas vraiment su le dire. Au cours de la nuit, alors qu'il ruminait sur le canapé, il s'était demandé ce qui avait poussé cet homme à tuer Joe. Il connaissait cette fureur, la rage du chien de Culann. Quelqu'un devait être blâmé, et c'était plus facile de blâmer l'étranger. Mais en réalité, Tom n'en savait rien. Il y avait une certaine innocence dans un meurtre comme celui-là. Car un petit garçon était mort. Un tel chagrin, ça vous brise. Le shérif voulait que Tom voie son propre enfant, il pensait que c'était nécessaire, et de fait, Tom avait besoin de le voir. Il en avait besoin, même en pleine tempête de chagrin. Le shérif tira le long plateau, et le corps long et mince apparut sous le drap. Tom souleva avec précaution le tissu qui recouvrait son visage. C'était à la fois Joe et pas Joe, mais Joe malgré tout. La vision des blessures sur sa nuque fut terrible. Les balles devaient être encore en lui. Sans doute de petit calibre. Ne pense pas comme un flic. C'était comme si Tom avait égaré son fils quelque part, et qu'il venait de le retrouver. Ce visage – ces yeux fermés, comme si Joe le faisait exprès pour imiter le sommeil, comme quand il était petit – était sombre et étrangement serein. Presque un masque mortuaire. C'était pourtant le visage de son fils. De Joe. Ce fils qu'il aimait. Dans son esprit, Tom répéta par réflexe le Notre Père en boucle, et quand il posa ses deux mains sur les épaules rigides, il pensa à leurs adieux à l'aéroport de Dublin, lorsqu'il avait failli lui baiser le front. Seulement failli. Son cœur paraissait trop grand pour son corps, et son fils était mort. Son fils était mort, et pourtant Tom voulait encore le réconforter, lui dire que tout irait bien, il voulait dire ça, mais bien sûr, il ne le pouvait pas. Il n'y avait là personne d'autre que le shérif et lui. Les larmes qui tombèrent sur le visage de Joe firent de petites taches qui réchauffèrent un instant sa peau glacée. Puis disparurent.

Une fois que Tom eut rapatrié le corps à Dublin, Fleming prit le relais. La bonté même. La crémation. La cérémonie au cimetière. La médaille de Scott partie avec les cendres.

Tom traversa non sans mal ses dernières années dans la police. D'une certaine manière, plus méticuleux, plus inspiré que jamais. Jusqu'au plus haut gradé de ses supérieurs, tout le monde pensait qu'il devait prendre une retraite anticipée, mais quelque chose en lui avait besoin d'aller jusqu'au bout. Puis la petite fête, les paroles sombres et les mots heureux. Et sa tanière à Queenstown Castle. Son fauteuil en rotin, la mer caractérielle, l'île impassible. Ces neuf mois de tranquillité, non seulement dans un nouveau silence, mais aussi, comment aurait-il pu dire ? Une sorte de soulagement grandissant peut-être, à l'idée que ces misérables Parques en aient vraiment fini avec lui. Il y a longtemps, elles avaient vu son immense bonheur, et à partir de ça, elles le lui avaient retiré emblème par emblème. Jusqu'à ce jour où Wilson et O'Casey étaient venus à lui comme des mormons avec le vieux rhododendron enflammé derrière eux. Le grincement de la porte, et tout avait redémarré comme une Ford T.

Chapitre dix-sept

Son histoire était dite, et pourtant il ne l'avait dite à personne.

À quel point il se sentait léger. Il s'en émerveillait. Il aurait dû au contraire se sentir lesté. Mais non, pas du tout. Il y avait quelque chose dans ces profondes journées d'été qu'il trouvait délicieux. La mer haussait les épaules sous l'effet de la chaleur, allez savoir quelle quantité d'elle-même se dissipant dans les airs. Le jardin de Mr Tomelty prospérait, les plantations grandissaient dans leurs plates-bandes, les fleurs s'ouvraient sur un monde idéal. Mr Tomelty faisait chaque soir sa tournée avec un tuyau d'arrosage. Le bruit aurait pu faire croire à de la pluie, mais il n'y avait pas de pluie. C'était un été rare, dont Tom profitait avec gratitude. Si Fleming lui avait versé quelques sous pour ses conseils, ils n'étaient jamais parvenus jusqu'à son compte en banque. Son ancien chef s'était ravisé, sans doute. Une sage décision. Seule sa retraite tombait, semaine après semaine, s'accumulant de façon plaisante. Tom avait remarqué qu'il mangeait moins, et il buvait à peine, même de l'eau. Il voyait bien son vieux visage dans le miroir en se rasant, mais il ne se sentait d'aucun âge. Il se considérait encore capable d'effectuer un boulot de policier, si on le lui avait demandé. Il savait que ça n'arriverait pas, mais il était toujours prêt. Comme les scouts. Wilson et O'Casey le laissèrent tranquille, et son esprit de flic lui fit se douter qu'ils étaient en train de rassembler leurs billes contre Byrne. Tom espérait qu'ils ne se modèrent en rien à cause de lui. Mais, à quatre-vingt-dix-neuf pour cent, il n'en doutait pas. À un moment donné, tout homme devait payer pour ses crimes. De même que toute femme. C'était dans la nature des choses. En tout cas, c'est ce que pensait Tom.

Quelques semaines plus tard, il descendit au village et demanda à Mr Prendergast s'il connaissait un bon menuisier.

— Vous n'en voudriez pas de mauvais, de toute façon, répondit Mr Prendergast.

Comme d'habitude, sa femme était une lune à peine visible dans l'ombre. Prendergast lui recommanda son beau-frère, qui vint arracher le beau bois – c'est dommage, mais c'est vraiment trop daté, ce genre de choses, dit-il – et monta ce qu'il appelait « un ensemble d'étagères ». Ça lui prit trois jours. Tom le paya, nettoya derrière lui, ouvrit enfin les cartons de livres et les disposa sur leur nouveau perchoir. En équilibre précaire sur sa chaise, il ressentit une curieuse excitation, comme s'il emménageait à l'âge de vingt ans. Pourtant. Il était vieux, et il n'avait pas emménagé récemment.

Comment faire véritablement l'éloge de ce paradis resplendissant qu'était le jardin ? Mr Tomelty s'était surpassé, la météo avait bien sûr été de la partie, mais sortir de sa petite annexe et s'installer sur la chaise en métal branlant, les bourdons comme des dirigeables qui fonçaient vers les digitales, les lupins, les phlox, l'air marin qui titillait les sens, l'agréable tranquillité procurée par la lumière, c'était une joie simple. Sans qu'on sache comment, l'être humain avait été créé pour ça. La justice de l'été, la miséricorde de cette terre. Il n'y avait rien de plus grand. Tom faisait grand usage de son short de bain jaune, mais il ne s'embarrassait pas à aller jusqu'à Killiney, White Rock ni même Vico Rock, le lieu de baignade le plus proche. Il entrait tout doucement dans l'eau, centimètre par centimètre, au pied de la maison. À trois mètres du bord, on la sentait se faire plus profonde et le courant se raidir tel un gros muscle aplati à l'aide d'un ustensile invisible. On distinguait même la trace des coups à la surface, de petits creux qui luisaient un instant avant de disparaître, des étincelles qui jaillissaient une milliseconde puis s'éteignaient. Évidemment, même les étrangers venaient profiter de Dalkey en été. Il y avait toute la journée un défilé de voitures sur Coliemore Road. Tom comprenait. Lui-même, il *s'immergeait* dans tout ça. La nature épique du chenal, l'île pesante qui coiffait la vue – il en retirait un tel plaisir qu'il en riait. Certes, il était grand, bedonnant, il avait des bras forts, un visage tout ridé, une tignasse clairsemée, mais dans l'intimité de la nage, dans cette intimité, il aurait tout aussi bien pu être Johnny Weissmuller.

En regagnant le jardin un jour, alors qu'il longeait la maison – un peu gêné à l'idée que feue Mrs Tomelty s'en offusque, car il ne portait qu'une serviette autour de la taille, ses vêtements « d'été » étant posés sur son bras humide –, un inconnu franchit le portail. D'un air à la fois hésitant et décidé. Un type assez grand, avec des cheveux sombres et une barbe. Environ un mètre quatre-vingts. Trente, trente-cinq ans. Le cerveau de flic de Tom se mit aussitôt en route. Depuis qu'il avait retrouvé une jeunesse surnaturelle, en tout cas à ses yeux, son esprit tournait avec d'autant plus d'efficacité. Confus à cause de sa tenue, Tom le laissa passer, mais le type s'arrêta, ne sachant apparemment pas à quelle porte frapper. Tom lui facilita la tâche en rentrant chez lui, et l'homme se dirigea vers la deuxième porte.

L'école du village était fermée pour les vacances, si bien que Tom voyait souvent le petit garçon rêveur dans le jardin. Il ne semblait pas avoir de camarades de jeu. Pour autant que Tom le sache, habituellement, personne ne rendait visite à Miss McNulty, mais il ne pouvait pas non plus en être sûr. Lorsqu'elle était en répétition, elle franchissait le portail dès huit heures du matin, et Tom supposait que le petit garçon restait sous la garde de son grand-père. Il n'avait plus jamais revu cet homme, qui semblait être doué du talent d'invisibilité. Tom l'avait quelques rares fois aperçu de dos, en route vers le village, même si selon lui, il était propriétaire de la Mini blanche garée dans la rue. Tom croyait se souvenir que Miss McNulty lui avait dit que son père était ingénieur et devait donc souvent partir en déplacement dans le pays, mais il ne se rappelait ni quand, ni même où elle aurait pu lui raconter ça.

Il s'habilla aussi vite qu'il put sans prendre la peine de se sécher véritablement. Il était maintenant inquiet. Quelque chose le préoccupait. Et bien sûr, comme il était pressé, il fut ralenti. Il posa maladroitement le pied sur une jambe de son pantalon et s'affala bruyamment sur le parquet. Furieux, il termina par terre comme un abruti, un homme qui enfile un pantalon pour la première fois. Un foutu gamin. Puis il ouvrit sa porte pour plus ou moins surveiller ce qui se passait dehors et revint dans le salon observer le jardin par la fenêtre. Où rien ne bougeait. Les plantes étaient aussi immobiles que sur une toile. Une belle lumière transparente grise se reflétait sur l'eau, mais ça ne l'intéressait pas non plus à cet instant. Il se dit que, pour remplir la mission que lui avait confiée Miss McNulty, il devait aller voir ce qui se passait dans la maison principale. Tom n'avait pas de statut officiel, il le savait, mais la jeune dame lui avait fait part de ses inquiétudes. C'était une question d'humanité, à défaut d'être une question policière. Et là, il se rendit compte qu'il n'avait jamais entendu le petit garçon parler, en tout cas, jamais en sa présence. En revanche, il l'entendait souvent chanter en jouant dans le jardin. Il chantait notamment « Weela Weela Walya », cet air qu'on enseignait aux enfants à l'école, une ancienne et abominable chanson que Tom aimait bien. *Une vieille femme vivait dans les bois, weela weela walya. Elle planta son opinel dans le dos du bébé, weela weela walya.* Il suffisait à Tom d'en entendre une toute petite partie pour que les paroles lui reviennent.

Mais lorsqu'il passa la tête par la porte principale, il ne perçut que du silence dans la petite entrée où des mouches bleues gisaient sur le rebord de la fenêtre. Un signe *évident* du décès de Mrs Tomelty, se dit-il. Il y avait des toiles d'araignées au plafond, et les feuilles de l'automne gisaient encore dans un coin, fragiles comme des crinolines. Quelques enveloppes non ramassées par terre. On aurait vraiment dit une demeure désertée.

C'était très embarrassant. Le vieux château semblait engloutir les gens et les ensevelir sous le silence. Se sentant tout à coup stupide, Tom repartit vers chez lui. Mais à cet instant, il perçut dans la rue un trouble à l'ordre public, comme aurait pu l'écrire Billy Drury. De minuscules « Non, non », la voix aiguë d'un petit garçon qui n'a pas encore mué, mais aussi une voix bourrue qui donnait des ordres, une portière de voiture qui claquait, puis une deuxième. Le temps que Tom atteigne le portail et jette un coup d'œil dehors, une voiture partit à vive allure sans prendre garde à rien. Le garçonnet avait eu la présence d'esprit d'ouvrir la petite fenêtre latérale, et même si elle était trop étroite pour qu'il y passe la tête, Tom crut entendre ce cri si ancien qui contenait une terreur si ancienne : *Au secours.*

— Arrêtez-vous, arrêtez-vous ! hurla Tom comme un policier en se précipitant vers la voiture.

Il vit le barbu se retourner et le regarder une seconde avec sur son beau visage une expression *purement perverse.* La voie serait libre pendant une centaine de mètres sur Coliemore Road entre les voitures garées – calcula le cerveau de Tom –, l'homme pourrait donc ne ralentir qu'à Coliemore Harbour, où il y avait beaucoup de touristes, et où la route se chargerait. Mû par une brusque et surprenante vivacité, comme s'il était jeune policier,

Tom se mit à courir, ce à quoi son corps n'était plus habitué. Mais ses jambes semblaient rugir sous lui.

Plus loin, la voiture allait devoir ralentir, sauf si le conducteur était prêt à emboutir une dizaine de véhicules. Et là, Tom vit Miss McNulty, c'était elle, pas de doute, même de loin, certainement en train de rentrer du travail, qui bondissait du trottoir, ses cheveux noirs flottant derrière elle, pour se jeter sur la portière de la voiture. Tant mieux, pensa-t-il. Pas tant que ça, car Tom vit aussi l'homme extraire l'enfant du véhicule et, tandis que Miss McNulty se précipitait sur lui, la projeter sur l'asphalte. Sans aucune retenue dans le geste. Ce crétin, utiliser une telle violence. À l'encontre de son épouse ! Tom était surpris, mais de quoi ? Il continua à courir, maintenant essoufflé malgré son énergie première. Ses pieds brûlaient dans ses chaussures et le soleil transformait l'air en un miel épais. Tom voyait mal à cause de la sueur qui perlait sur son front. Mon Dieu, il n'était plus bon à rien. Pourtant, il continua. Peut-être qu'il allait faire une crise cardiaque et mourir d'une façon aussi ignoble qu'absurde.

Le mari semblait prêt à abandonner sa femme par terre tandis qu'il traînait l'enfant vers le port. La route surplombait l'eau de cinq mètres, si bien que l'étroite rampe pavée entre les cabanes de pêcheurs était très pentue. Et débouchait en partie sur la jetée. Tom avait enfin atteint la voiture abandonnée, et il porta secours à Miss McNulty sans savoir si elle était morte ou vive. Sans connaissance, en tout cas. Il la hissa jusqu'à un talus herbeux de l'autre côté de la route et l'allongea aussi délicatement qu'il put. Deux femmes se précipitèrent pour l'aider et s'agenouillèrent près d'elle. C'était tout ce qu'il pouvait faire pour l'instant. Se présentant comme un policier en retraite, bien qu'elles ne lui aient rien demandé, il ordonna à ces dames d'aller appeler une ambulance depuis le Coliemore Hotel et se précipita vers la jetée. La licorne de Mrs Tomelty se tenait sur la petite plage. N'y fais pas attention. Le type était déjà dans l'embarcation du passeur et, sans signe de présence du propriétaire, il tirait sur la corde pour faire démarrer le moteur. Le petit garçon était assis dans le bateau, il pleurait en s'accrochant à son banc, comme si ça pouvait servir à quelque chose. Le moteur retentit, le passeur sortit de sa cabane et jeta un coup d'œil inquiet comme un vacher qui repère un voleur, mais trop tard. Le petit bateau, presque une simple barque, jaillit dans le port et s'engagea dans le chenal.

Mais où allait cet idiot ? Qu'est-ce qu'il allait faire ? Tuer son enfant dans cette embarcation ? Le noyer ? Le jeter dans le courant ? Un père était-il capable d'assassiner son enfant ? Bien sûr que oui, pensa Tom. Comment l'arrêter ? Il n'y avait pas d'autre bateau prêt à partir, aucun autre bateau à moteur. La barque était désormais à mi-chemin de l'île. Le père comptait-il s'y réfugier ? Tom rêva d'hélicoptères, de hors-bord, de garde-côtes, mais il n'y avait que du calme en ce jour d'été à Dalkey.

Tout à coup, il repartit en courant vers la maison. Coliemore Road était en pente, et même si sa côte consistait surtout en un faux plat, ça jouait en défaveur de Tom. Ce fut une torture, une véritable torture, son vieux corps livré aux affres de la douleur. Tom eut l'impression de mettre une éternité à se déplacer dans l'air sirupeux. Une vraie douleur, une douleur sombre, une douleur qui sapait toutes vos forces. Mais il s'en moquait, il s'en moquait bien, parce que la souffrance importait peu, pourquoi ne souffrirait-il pas ? Au bout de deux minutes de ces olympiades sans pitié, il atteignit la petite maison de McGillicuddy et gravit les marches, écumant, misérable, jusqu'à la terrasse. Ce fut presque un soulagement de se tenir devant le fusil et son trépied, de braquer son excellente lunette sur le type et le petit garçon. Ils avaient atteint l'île et, par la lunette, Tom vit l'homme tenter d'amarrer le bateau. Le petit garçon était toujours sur le banc. Tom pesa le pour et le contre. Il avait souvent dû agir de la sorte dans l'exercice de ses fonctions. L'enfant était en danger. Tom vérifia que McGillicuddy avait bien chargé son arme. Il retira la culasse, et une douille prit son envol comme un colibri. Le père avait attaché le bateau, il s'apprêtait à récupérer le garçonnet. Un tir dégagé. À trois cents mètres. Sois calme, Tom. Tu as une seule chance. Serein comme une ballerine sur pointes. Immobile. Récite la prière du tireur, expire, bloque ton souffle. Feu.

Oh, Thomas Kettle. Il rentra chez lui et prit place dans son fauteuil sans plus quitter l'île des yeux. Au bout d'environ une demi-heure, il suivit du regard le noble bateau des sauveteurs de Dún Laoghaire qui remonta le chenal et récupéra le petit garçon. Il s'attendait à voir aussi arriver les garde-côtes, ou encore mieux, un hélicoptère de la police, voire des secours en mer. Ça devait être terrible pour ce garçonnet d'être resté comme ça près de son père mort. Ça devait être terrible pour ce garçonnet. Tom réfléchit. De tout ce temps, personne ne vint le voir. Ni Miss McNulty, ni personne d'autre. Ni le grand-père, ni McGillicuddy, ni ses collègues de la police. Personne. Il se dit : En un sens, je ne suis personne. Personne ne venait à personne. Il en était ainsi. Mais Tom était absolument certain qu'ils allaient venir. Plus tard. Son fauteuil en rotin lui paraissait curieusement doux. Il s'adaptait à merveille à son corps. Tom alluma son dernier cigarillo, qu'il fuma presque par dérision. La journée se prolongea jusqu'au soir, et lorsque le soleil se coucha dans son dos, une vaste étendue de lumière tamisée surgit sur l'immensité face à lui. Le phare au-delà de l'île ressemblait à un petit bateau à vapeur à jamais en partance. À jamais en partance, mais pour nulle part. Comme à leur habitude, les cormorans étaient perchés, confiants, sur leurs rochers. Il y avait toujours du mouvement autour de l'île, les pompiers, et sans doute la police locale demanderait-elle des renforts, peut-être même que Harcourt Street serait impliquée. Peut-être pas. Il y avait à Wexford, Wicklow, Dublin Sud, des gars capables de faire un aussi bon boulot. Puis ils étudieraient les angles de tir, et à un moment donné, l'un d'entre eux, un petit malin, Tom n'en doutait pas, repérerait la terrasse de McGillicuddy. Il espérait sincèrement qu'ils ne viendraient pas l'arrêter. Même si ce n'était pas une très bonne idée de laisser une arme chargée sans surveillance. Le petit garçon était en vie. Tom avait promis tacitement à Miss McNulty de tout faire pour le préserver des dangers qui l'entouraient. Par principe, mais aussi selon une règle personnelle qui faisait que tout enfant doit être protégé. À l'abri, et si possible entouré d'amour, c'était encore mieux. Menacer un enfant, lui faire du mal, était le pire crime devant Dieu et les hommes. Il ne devait jamais rester impuni. Un enfant est par définition une petite chose. Qui parle au nom de l'enfant ? Qui agit au nom de l'enfant ? Tom avait l'impression que, dans la terrible noirceur des affaires humaines, il savait que lui, oui. Qu'il l'avait fait. Dans un instant de clarté. Aussi clair que cette mer et cette île baignée de la lumière du soleil. Tom avait répondu à ce moment par une action précise. Le petit garçon était sauvé. Et il sut que gisait là la graine de son propre salut.

Il était vingt-trois heures. Ça n'aurait dû surprendre personne, ça ne surprit pas Tom – c'était comme s'il se regardait faire de là-haut –, qu'il descende sur la petite jetée en béton au pied du jardin de Mr Tomelty et pénètre dans l'eau vêtu de son étrange short de bain jaune. Cette fois, et seulement cette fois, il s'élança dans le chenal sans respecter la règle des trois mètres édictée par Winnie. L'eau était tiède et féroce. Le sel le faisait flotter, et Tom avait l'impression d'être couché sur l'eau plutôt qu'immergé. C'était comme si la mer même faisait office de vieux lit gonflable. Soudain, tout ce que Tom avait aimé dans cette vie, par opposition à tout ce qui l'avait atteint et oppressé, s'engouffra en son cœur. Emplit ses membres malgré lui. Il savait que le tourbillon se trouvait au sud de l'île, il savait qu'il devrait lutter pour traverser le courant jusque-là. Cela nécessiterait de nager avec détermination et endurance, sans pouvoir prendre le moindre repos. Tout ce que Tom avait jamais éprouvé pour June le pénétra telle une troupe de messagers bruyants venus annoncer de bonnes nouvelles. Tom était empli de leur bruit et de leur agitation. Son amour pour Winnie, qui avait perduré au-delà de la mort, et son amour pour Joe comblaient son cœur. Il nagea sous l'éclat éternel de la lune en train de se lever. Il n'y avait pas de nuages dans le ciel nocturne. Tout autour de lui, la mer faisait de petites vagues sous les rayons argentés de la lune, comme ces sprats qui attireraient les maquereaux en août. Ainsi que, sur la jetée, les garçons avec leurs cannes à pêche. Tout cela continuerait à jamais, toutes ces petites gloires de la vie. Sa brasse était ferme et régulière, Tom ne ressentait pas la moindre fatigue. Il était animé d'un dessein pur. Celui de la victoire. Une fois qu'il aurait atteint le tourbillon, il ne pourrait plus faire demi-tour. Il cherchait la miséricorde. Toute sa vie, il avait ployé sous quelque chose qu'il pouvait à peine nommer. Il avait demandé qu'on lui accorde June et, ce faisant, il avait eu l'impression de contracter une lourde dette. Ses amitiés, toute l'admiration qu'il avait ressentie pour les gens, lui semblaient en réalité une forme de calcul. Il avait souffert comme tout un chacun, mais il avait aussi été le récipiendaire d'un bonheur incommensurable. C'était l'heure des comptes. Tom avait emprunté à ce tourbillon, il allait à présent lui rendre son dû.

Lorsqu'il atteignit le courant circulaire, il fut surpris de voir avec quelle douceur il se mit à tourner de façon de plus en plus serrée, avec des tourbillons de plus en plus brefs. Puis il se sentit aspiré par le fond. Et fut étonné de pouvoir respirer même sous l'eau. Son corps était illuminé, Tom se sentait capable de s'adapter, il avait l'impression d'être un dauphin. Il plongea encore plus, remonta, plongea, regagna la surface et se réveilla dans son lit.

Ce n'était pas comme s'il était confus. Un instant il était dans l'eau, le suivant il se réveillait et revenait à lui. Éveillé, d'un coup. Aurait-il rêvé que le petit garçon était en danger, aurait-il rêvé cette nage forcenée ? Un homme aurait-il pu franchir le chenal comme il venait de le faire ? Peut-être n'était-ce pas possible.

Kol Nidrei retentissait dans la maison voisine... Le coup de feu était plus que possible, pas de doute. Tom se sentait fier de ce tir. À trois cents mètres. Ce type abattu comme un cormoran ! Sa chambre était noire, bien que selon lui, d'après les reflets dans la fenêtre, ce soit déjà le petit matin, les toutes premières lueurs de l'aube, le soleil surgissant à l'horizon lointain en soulevant son antique couronne. Tom secoua la tête comme s'il s'en voulait, s'en voulait de sa stupidité, frotta les grains de sable du sommeil dans ses yeux, et se rendit compte qu'il y avait une femme sur la chaise à côté du lit. Elle le regardait depuis ce siège. Il connaissait cette femme. Les mains posées sur ses cuisses, cette position qu'il connaissait si bien. Elle n'était qu'à un mètre de lui, alors pourquoi ne l'avait-il pas vue tout de suite ? Il sentit que ce n'était pas nécessaire qu'il lui parle, ni elle. Tout semblait naturel, normal. Il vit qu'elle avait mis une robe en l'honneur de l'été, cet été si étrange. Aussi neuve et jolie que le premier jour où elle l'avait portée. Alors que la pièce s'éclaircissait au fil de toutes ces minutes, Tom distingua mieux son visage. Ce visage dont les contours et les couleurs le touchaient plus que tout autre de la Création. Le sentiment de bonheur absolu que ça lui procurait. Il n'avait pas de mots pour l'exprimer. Il était terriblement reconnaissant. Il loua tout ce qui pouvait être loué parmi les dieux et les hommes. Elle était si près de lui qu'elle n'avait qu'à se rapprocher de quinze centimètres pour poser sa main sur la couverture. Elle lui fit son ancien sourire, oh miséricorde, et Tom eut l'impression d'être sous perfusion de morphine. Cette main délicate et sombre, il se demanda si, en tendant la main gauche, il serait capable de la saisir ? Et s'il pouvait la saisir, qu'est-ce que ça signifierait ? Il ne bougeait pas de crainte qu'elle disparaisse, mais il était également assez courageux pour prendre ce risque, alors il tendit le bras de quelques centimètres et, avant de s'en rendre compte, il saisit ses doigts chauds. Il voulut lui dire quelque chose, mais le contact des mains disait tout ce qu'il avait à dire. C'était comme s'il venait de la rencontrer, ce sentiment éprouvé dans un café qui n'existait plus, et pourtant, Tom savait tout ce qu'il y avait à savoir sur elle. Un étrange privilège. Une délicieuse extravagance.

Composition : PCA
Achevé d'imprimer
par CPI Firmin-Didot
à Mesnil-sur-l'Estrée, en juillet 2023
Dépôt légal : juillet 2023
Numéro d'imprimeur : 175404

ISBN : 978-2-07-302242-4/Imprimé en France

593693